诗是什么

李黎 著

中国青年出版社

（京）新登字 083 号

图书在版编目（CIP）数据

诗是什么/李黎著. —北京：中国青年出版社，2013.7

ISBN 978-7-5153-1842-4

Ⅰ.①诗⋯　Ⅱ.①李⋯　Ⅲ.①朦胧诗–诗歌评论–中国–文集
Ⅳ.①I207.25–53

中国版本图书馆 CIP 数据核字(2013)第 181311 号

责任编辑：李　磊
装帧设计：门乃婷工作室

*

中国青年出版社 出版 发行

社址：北京东四十二条 21 号　邮政编码：100708
网址：www.cyp.com.cn
编辑部电话：(010)57350401　门市部电话：(010)57350370
三河市世纪兴源印刷有限公司印刷　新华书店经销

*

700×1000　1/16　19.25 印张　230 千字
2013 年 9 月北京第 1 版　2013 年 9 月河北第 1 次印刷
定价：39.80 元
本图书如有印装质量问题，请凭购书发票与质检部联系调换
联系电话：(010)57350337

献给

我的双亲李树谦先生与陈立女士

感谢你们给了我博爱之心与自由之魂

吞枪已先

公无为上

中石

欧阳中石教授为

本书题词

目　录

"诗歌中国"前言(代序)

李　黎

在二十一世纪高新科技与现代商业之大潮气势汹涌,仿佛欲将远古的温情与诗意扫荡一空、吞噬殆尽的今天,"八〇"后与"九〇"后,是否还知道华夏神州曾经是世界上最伟大的一个诗的国度?

从《诗经》、《楚辞》、《乐府》等数千年前不绝如缕的吟唱,至唐诗、宋词、元曲等诸多经典的传颂不衰,拥有数千年历史与文化积淀的中国确曾是一个诗歌大国;我们的祖先之中,曾出现过无数伟大的诗人,为人类抒写过数不清的绝妙佳句。

也许是屈原当年用滔滔汨罗江水写就了"路漫漫其修远兮,吾将上下而求索"的中华之诗魂;也许是李白狂放不羁、笑傲王侯的浪漫情怀与"天生我材必有用,千金散尽还复来"的千古名句,潜移默化地影响了一代代年轻的仁人志士去"鹰击长空,鱼翔浅底"、"指点江山,激扬文字","面壁十年图破壁,难酬蹈海亦英雄",最终"换了人间",成就了一个崭新的人民共和国⋯⋯

或是古乐府凄美婉约、透着淡淡的却是深刻的伤感;或如上世纪二三十年代浪漫派诗人潇洒挥手,带走了天边的最后一抹云彩;或是北岛、舒婷、顾城们的朦胧月色,为二十一世纪的中国预先洒下了无尽的遐思;中国的诗歌作品虽然各有千秋,却因诗人们的独抒性灵,赋予了诗歌长久的生命力而得以流传至今。

二十一世纪的今天,国运昌盛,民族崛起。在中国又一次走向世界的进程中,随着"中美文化年"、"中法文化年"、"中俄文化年"、"中意文化年"等一系列国际交流活动的开展,无数事实在不断地告诉我们:一个经济大国必须要成为一个文化大国,才具备在世界舞台上的感召力与影响力;因而,诗人也理应以其心琴为这个伟大的时代奏出独特的诗之旋律;生活在二十一世纪的华夏臣民,也应该像我们的先人一样为后人留下这个时代特有的诗的日志与诗歌精神。因为诗,永远是人性的不泯之光;她所抒写的永远是人类与他的子民心灵深处的对白与独白……

当海外华侨幼小的孩童在远离祖国、远隔万水千山的异国他乡,用稚嫩的童音背出"床前明月光,疑是地上霜。举头望明月,低头思故乡";"春眠不觉晓,处处闻啼鸟。夜来风雨声,花落知多少"这些流传千古的名句时,我们有理由相信:华夏子孙无论身在何方,均永远是龙的传人与诗的传人。此刻,我们呼唤诗的回归,奉献出了"诗歌中国"的篇章,推出了"诗歌中国"的系列活动。因为我们相信:中华民族伟大、丰富、代代相传的诗歌艺术财富必将陶冶并激励我们海内外的每一个炎黄子孙:不仅要成为华夏文明的传承者,更要勇于担当为一名21世纪中华新文化乃至世界新文化的创造者。

作为"诗歌中国"系列活动的一个重要组成部分,我们愿这套丛书与我们的相关活动能使更多的人沐浴、享受诗与美的洗礼,并在传承中华民族传统文化精髓的过程中,找到属于自己的文化之根和永不迷失的精神家园,从而以诗歌的复兴带动中华文化的复兴,以中华文化的复兴带动我们伟大民族的复兴,创造出既无愧于前人、也无愧于后人的二十一世纪中华新文化,为人类文明再次做出我们应有的重要贡献。

二〇〇七年深秋草毕;二〇一三年春夏润色于京华

解开诗学上的司芬克斯之谜

——对诗歌美学本质问题的探讨

Boswell: Then, Sir, what is Poetry?

Johnson: Why, Sir, it is much easier to say what it is not. We all know what light is; but it is not easy to tell what it is.

这是英国人鲍斯韦尔在他那本著名的《约翰森博士传》中记载的他同约翰森的对话。这段对话的中文意思是:

鲍斯韦尔:那么,先生,诗是什么?

约翰生:哦,先生,还是说诗不是什么要容易得多。我们都知道什么是光,但是要说出光是什么就不那么容易了。[①]

写诗难;要说明"诗是什么"或"什么是诗"更难,这是多少年来无数诗论家、文学批评家、美学家及其诗人们的共同感叹。的确,诗人要写出一首好诗固非容易之事,但是与之相比,要准确、简约地回答出什么是诗——即给诗歌这种古老而又常见的文学样式下一个定义,实在比写出一首好诗更困难得多。

但是尽管如此,我们却仍要执著地探究诗的本质。而事实上,这种探究,自从诗歌艺术产生以来,几乎从未停止过。这是因为,

---

① 见《20 世纪的文学批评》(《20th Century Literary Criticism》)(London 1972)第 1 页。

在整个文学艺术的构成序列之中，诗歌具有一种特殊重要的意义。诗既不同于绘画、雕塑、音乐、舞蹈等艺术形式要依赖于某一具体的媒介手段——如绘画对于色彩的依赖，雕塑对于具体物质材料的依赖，等等——因而不可避免地要受到媒介本身的某种限制，又不同于一般叙事文学——诸如小说、散文、戏剧、电影等等，主要利用生活真实形象与客观逻辑关系，以艺术化了的生活情境本身描写与评判生活，而并不鲜明地标示出审美创造中的主客体关系。诗歌一方面能够抛开各种实物性媒介手段的束缚，以本身即为精神观念形态的语言述诸人的情感表象世界，另一方面，又可以不受客观物象形态与一般生活逻辑的局限，创造出一个不同于客观生活世界的美与艺术的世界。诗的构成，最鲜明地反映出了文学艺术构成的根本特质，最充分地展示了人类进行自由自觉的审美创造活动的内在奥秘。诗歌每每被人们誉为文学艺术的皇冠，诗的作品常常被直接用来说明美学的基本原理，人们往往喜欢以"有诗意"一语来称赞一部小说或电影，都说明了诗歌本身的这种特殊性质与地位。

今天，我们正面对着一个既活泼生动、又众相纷呈——充满着无数运动与撞击，隐蕴着无限创新欲念（这些欲念将随时可能成为诗的现实）的诗坛。东西方两大诗潮的彼此交汇融合，已从开始不自觉地渗透、吸引，发展成为自觉的、具有建设性文化意识的创造。作为千古文明诗国的臣民，我们显然没有理由面对这个诗坛而迷惑不解，甚至因之惶恐不安。我们的义务只能是，依据当代艺术与科学的一切可能性，在错综纷纭的艺术现象中努力揭示出其潜在着的普遍规律，从哲学的高度把握诗的本质，解开这一诗学上的司芬克斯之谜。这样，我们的理论也许将不仅仅是一篷桅帆，只能随创作的浪潮上下起落，而是期待它成为与大潮并进、乃至催促这创作的大潮向前涌进的雄风。

可见,对于诗歌本质问题的探索,不仅直接有助于我们认识诗歌艺术本身的基本定性与审美规律,而且有助于我们对于整个文学艺术性质与规律的理解,从而促进我们对于美学与艺术哲学中一系列基本问题的深入研究;这既是一个数千年来无数诗人、诗论家、美学家所试图解决、而犹未彻底解决的历史之谜,又是近年来我国当代诗坛活跃的创作与批评实践向基础理论提出的挑战,是一个不应回避,也无法回避的问题。

下面,就让我们对这一问题作一次尝试性的探讨。

一、疑难——在历史与现实之间延续

如上我们已经提及:在中外诗歌艺术发展的漫长岁月中,曾有不少人考察过诗的本质。他们其中的有些人作出了自己对诗的定义,但也有的经过研究,认为诗的本质是不可言说的,给诗下定义是不可能的。而那些各不相同,甚至彼此间南辕北辙的定义,今天看起来,也都很难科学、准确、令人满意地说明诗的本质特征了。

若对前人的种种定义作以分析考察,则它们大致上构成如下几种类型:

第一类,对"诗"的认识,仅仅停留在诗歌艺术某一特定的发展阶段上。

比如我国古代儒家早期的经典性诗论《诗大序》中所载:"诗者,志之所至也。在心为志,发言为诗。"("志"者,当时有"记载"、"怀抱"等意)

西汉时代的《史记》中,记载董仲舒论诗——"诗以达意"。

比以上两种论述更早一些的《尚书·尧典》之中,则更直接、简约地记为:"诗言志,歌咏言。声依永,律和声……神人以和。"

西方十二世纪最重要的诗人但丁认为:"诗不是别的,而是写

得合乎韵律,讲究修辞的虚构故事。"(《论俗语》)

另一位文艺复兴时期的著名作家卜迦丘则说:"'诗'这个语词导源于一个很古的希腊语词 poetes,它的意义是拉丁语中所谓的精致的讲话。"(《异教诸神谱系》)

今天的人们对于诗的概念的理解,显然已与上述见解差异甚大,因此,这些关于诗的定义已不能直接拿来说明今天的诗歌了。

第二类,是直观、形象式的说明与描述,多带有某种神妙与夸张的色彩。

如唐代诗论家皎然说过:"夫诗者,众妙之华宝,六经之菁英……彼天地日月,玄化之渊奥,鬼神之微冥,精思一搜,万象不能藏其巧。"(《诗式》)

晚唐诗论家兼诗人、《二十四诗品》的作者司空图认为:"文之难,而诗之难尤难。古今之喻多矣。而愚以为辩于味,然后可以言诗也。"(《与李生论诗书》)

论诗直接受到皎然、司空图等人影响的宋代诗论家严羽,进一步发挥了上述观点:"诗者,吟咏情性也。盛唐诗人惟在兴趣,羚羊挂角,无迹可求。故其妙处莹澈玲珑,不可凑泊,如空中之音,相中之色,水中之月,镜中之象,言有尽而意无穷。"(《沧浪诗话》)

这类论述的产生,主要由于随着抒情诗艺术上的成熟,人们逐步意识到诗歌不同于一般文字形态之复杂、微妙的独特性格,但又没有一种严谨的科学方法进行分析、研究,因而导致这些似乎趋于玄妙的种种直观性描绘。

第三类,多是诗歌创作者——诗人们自己的描述与说明。

如英国著名浪漫主义诗人雪莱认为:"在通常的意义下,诗可以界说为'想象的表现'。"(《讨辨》)

与雪莱同时代的另一位杰出诗人济慈却认为:"诗应当以美妙的夸张夺人,而不是以古怪离奇自炫;应当使读者觉得这是他自己

的最崇高思想的表达,好像就几乎是自己的一种回忆。"(《致泰勒》)

而我国五四时代的重要诗人郭沫若则指出过:"我觉得诗中无画还不十分要紧,因为诗最重节奏,就是要'气韵'生动。"(见《文艺论集》)当代青年诗人顾城在回答"诗是什么"的问题时,对我说:"我觉得诗是诗人用心灵同宇宙的对话。"

——由于诗人们都是从自己的创作体验出发,以内省的方法回答"什么是诗"的问题,因此,一百个诗人几乎有一百种关于诗的定义。他们关于诗的见解尽管各有各的道理,但由于缺乏哲学高度的概括与抽象,往往各执一隅之见而顾一漏百。

还有一类关于诗的定义,是美学家、文艺理论家们的论述。例如:

黑格尔认为:"诗的本质在大体上是和一般艺术美和艺术作品的概念一致的。"(《美学》)他并没能对诗歌这门具体的语言艺术下一个定义。

而别林斯基认为:"诗的本质就在于,给不具形的思想以生动的、感性的、美丽的形象。"(见《别林斯基论文学》)——用这话概括某些现代绘画似也未尝不可。此外,音乐是否也可以说是如此呢?贝多芬《命运》交响曲,柴可夫斯基的《悲怆》交响曲,不是也为我们提供了一幅生动、感性的画面吗?

美国现代美学家苏珊·朗格却认为:"诗从本来意义上说并不是一种叙述,而是一种创造出来的,作用于知觉的人类经验。"(《艺术问题》)——说诗不是一种叙述固然是对的,但是"一种创造出来的,作用于知觉的人类经验"则显然不唯诗才如此了。音乐、绘画、小说、戏剧在某种意义上都可以说是作用于知觉的人类经验,而诗毕竟是一门特殊的语言艺术。

我国近代学者王国维认为:"诗歌者,描写人生者也。……"此定义未免太狭。今更广之曰"描写自然及人生"（《屈子文学之精神》）。"描写人生"已经够宽泛的了，加上描写自然与人生则更笼而统之，大而化之了。这一定义当然不是没道理，但却什么具体问题都没说明，王国维显然并未对诗歌的本质问题作深思熟虑的探究。

只要我们稍予留神，就会发现上述哲学家、美学家、批评家们的定义似乎都可以作为对于整个文学艺术的概述，而很少涉及诗歌作为一种特殊的语言艺术本身的具体定性。从整体性来说，这固然显示出比那些仅仅执其一端的定义优越的一面，但它们仍然无法准确概括诗歌作为一门语言艺术的独特性格。

在中国的当代文坛上，虽也有人陆续地探讨过诗的本质定性，但往往是侧重于诗的外在社会功用，或韵律、节奏等具体外观形式，如何其芳曾这样给诗下定义："诗是一种最集中地反映社会生活的文学样式，它饱和着丰富的思想和情感，常常以直接抒情的方式来表现，而且在凝练与和谐的程度上，特别是在节奏的鲜明上，它的语言有别于散文的语言。"（《关于写诗和读诗》）应当说，这个关于诗的定义是全面的。然而，这个概述只是停留在对诗歌外在特征的描摹上，而没有深入到诗的内部，从其艺术的本质构成上，从语言、形象、情感的总体内在关系上进行有机的分析，这不能不说是一种缺憾。

总之，由于各方面的复杂原因，特别是由于缺乏历史上、哲学上、美学上的深入考察与分析，我国的现当代文坛，对于诗歌本质定性与基本审美规律的研究，其进展速度不能说是很快的。连朱自清先生也只给诗下了"诗不过是一种语言，精粹的语言"这样并不很令人满意的定义，并且认为："诗究竟是不是如一般人所说的带有神秘性，有无限可能的解释呢？这是很不容易回答的。"（《诗的语言》）

这种情形,今天并未完全改变。因而当代有的谈诗论文中,只能作出"诗,就是诗"这样似乎是执著自信,实际上是无能为力的定义(因为这种同语反复不管论者目的如何,都说明不了任何问题)。又有的论者,甚至宣布:给诗下定义是骗人的,骗自己,也骗别人。

——如果说,认为"诗,就是诗",意味着诗不是别的,只是它本身,而其本身到底是什么,眼下尚无法说清楚,这还不失为坦率的态度,还能够让人理解的话,那么后者,由于自己不能说明诗的本质,于是也禁止别人从事探索(——谁探索,谁就是骗子),这种态度则是科学研究上所不能允许的了,因为这种说法实际上否认了认识真理的可能性,也否认了学术研究的必要性。

从以上的考察、分析中,我们可以看到,要说明"诗是什么",的确不是一件轻松的事,仅凭一点感受,一点体验,一点直觉,或一点片面的思考,是无法得出全面、准确、简约的结论的。然而,诗歌艺术作为一种实际存在的具体艺术形式,其本质特征又并不是不可知的。前人的论述——凡是经过认真考察与思索的,大都从某个侧面,或多或少,或直接或间接地涉及了"什么是诗",或者诗的本质问题,从而给予我们以不同程度的启发。而要真正全面地、科学地回答这一诗学上的司芬克斯之谜,认清诗歌的美学本质特征,则"必须重新研究全部历史"①——诗的历史,人类文明的历史,并依据现当代先进的科学方法从理论与实践的结合上进行研究。

无须讳言,笔者曾受到前人的启发,而笔者进行这一课题研究的起点,也正是在前人研究的结论上开始的。比如我们前面谈到了朱自清先生关于"诗是一种精粹的语言"的定义,这一观点仅仅停留在诗的具体媒介上,而没有进一步深入到语言的内部,显得过于笼统与抽象;但是它亦有其合理之处:即诗毕竟是语言艺术,再

---

① 见《马克思恩格斯选集》第 4 卷第 475 页。

优美高妙的诗,离了语言也是瘫痪的,即无法存在的。因此,笔者以为,若从考察历史入手,分析语言的起源,诗歌的起源,并在此基础上进一步对比一般实用性规范语言与诗的语言的差异与关联,对于我们认识诗的本质和回答"什么是诗"的问题,将是会有所帮助的。

二、探索——开辟新的研究途径

现代社会的人们提及语言的目的与功用,首先想到的通常是它实用性的交际、交流作用与帮助人思维的作用。因为我们每天最最寻常的事,就是通过语言进行思考,通过语言交换基本的日常生活信息。离了语言,人们就不可能进行正常的思想与交际活动,这已为普通的人们所尽知。这样,现代的文明人类,实际上是靠语言文字把自己与客观世界联系在一起的。

然而,语言本身非实用的,宣泄与抒发人主观情感的功能,却因语言本身越来越浓重的实际应用性,而不易为一般的人们所注意了。事实上,语言之产生,既是实用性交际的需要,也是抒发情感的需要,既是与外界发生联系的需要,也是输导内在欲念、冲动的需要。我国现代著名诗人兼学者闻一多先生曾这样描述过语言的起源:"想象原始人最初因情感的激荡而发出有如'啊''哦''唉'或'呜呼''噫嘻'一类的声音,那便是音乐的萌芽,也是孕而未化的语言。声音可以拉得很长,在音调上也有相当的变化,所以是音乐的萌芽。那不是一个词句,甚至不是一个字,然而代表一种颇复杂的涵义,所以是孕而未化的语言。"①

出于具体的研究对象是诗歌艺术,闻一多先生并没有提及:随

----

① 闻一多《歌与诗》。

着人类的不断进化,越来越频繁的实用性交往对语言起源过程的重要影响。但他所重点强调的情感之发泄对产生"孕而未化"的语言的作用,这同样是语言发展的一个重要因素;而对于研究诗歌与艺术的起源,则尤其具有重要意义。至少,它使我们以一种为世人所忽略的新的目光去看待语言。

我们知道,一个事物的基本性质,往往在这一事物刚刚构成雏形之时就已经包含于其自身之中了。语言也正是从它一产生起,就包含了实用性交往与抒发更深一层的内在情思这两项功用。

在语言刚刚萌生之时,无论是其实用性方面,还是其抒情性方面都是极为简单的。但是人与客观自然界尖锐对立的严酷现实,以及人类生存与延续自身的迫切需要,使得语言在其实用性方面得到了较快的发展。而当时的"诗歌",还只是单调的、感叹式的呼号(如"侯人分猗"①只是单词加两个感叹虚字),而且多与舞乐混合在一起。例如,我国的《吕氏春秋》中就曾这样记载:"昔葛天氏之乐,三人操牛尾,投足以歌八阕:一曰'载民',二曰'玄鸟',三曰'遂草木'……"这就是对当时原始部落的人们在舞乐中吟歌之情形的生动描绘。

在西方关于艺术起源的论著之中,也多有类似的记述,从而证实了诗、舞、乐三位一体不可分割的艺术起源阶段。不难看出,在这种原始"诗乐舞"形式中,语言的比重是十分小的,其表现的意义也是宽泛与抽象的。

而当时作为独立性语言的应用文体(指脱离乐舞混杂的语言文字形式),却无不采取重叠、繁复的韵文形式,这一点,可以从上古遗留下来的文献资料中得到证实。"诗"与"史"两个字,在实用性散文从韵文中脱胎出来之前,本是同一个概念。当时的所谓

---

① 《侯人歌》见《吕氏春秋·音初篇》。

"诗"，实际上负担着记载事实的"史"的任务，这与我们今天"诗歌"的概念是完全不同的。"诗言志"，以及"诗者，志也"等提法，是我国上古文献之中对"诗"颇普遍的解释。而"志"的最原始意义，即为"记"——记载、记述、记事等等。如《国语·晋语》所载："礼志有之曰'将有请于人，必先有入焉'"；又《吕氏春秋·贵当篇》中："志曰'骄惑之事，不亡奚待'"，并注："志，古记也"。同类的记载是很多的，它们不但说明当时"诗"通于"史"，"志"同于"记"，而且可以看到：直到我国先秦时代，"史"仍以讲究字数整齐，对偶押韵的韵文文体来记载。闻一多先生在《歌与诗》一文中，曾引过如下两则古文，一是《贾子·道德说篇》中的"诗者志德之理而明其指，令人缘之以自戒也"，即诗记述德之理；一是《管子·山权数篇》中载："诗所以记物也"，也就是说诗是用来记载事物的。此二语，一是说诗是记理，一是说诗是记事，但这正如闻一多先生指出的，"所记之对象不同，但说诗的任务是记载却是相同的。"①这一点从《论语》中载孔子所说学诗可以"迩之事父，远之事君，多识于鸟兽草木之名"②一语中，仍可以看到当时"诗"这种性质的残留痕迹。

总之，由于上古时代，实用需要的迫切性与人类艺术审美意识的非自觉性，作为独立语言形态的"诗"，尚为实用性记事文体；而作为抒发情感，表现寄托这种真正意义上的"诗歌"，还与舞、乐等混同在一起，而较少有文字形式的记载。

文明的不断发展进化，人与自然、人与人之间交往的频繁增加，社会生产方式与生活方式的日趋复杂，使人们在逐渐改变那种"繁于文采"的以"诗"记事，以"诗"记史的文字形式，于是终于导致

---

① 闻一多《歌与诗》。
② 见《论语·阳货》。

"诗亡然后春秋作"①（"亡"字古汉语作"逃亡"、"逃跑"解）——即以"诗"记史的文体消亡了，像《春秋》那样散文性的记史文体才应运而生。存在决定意识，"人们的意识，随着人们的生活条件，人们的社会关系，人们的社会存在的改变而改变。"②人类日益发展的生产实践，在改变了人类物质生活窘迫境况的同时，必然要作用于人类智力的发展，作用于审美要求的自觉与明确。因此，也正是此时，诗歌才终于从歌、乐、舞之中独立出来，并逐步正式走入韵文的领域。这一点，在我国的标志就是"诗三百篇"的出现，在西方则是史诗的出现。尽管二者在具体形态上有颇多差异——这是由地理条件、自然环境、经济发展、政治形态、文化心理结构等等诸种复杂因素决定的——但是我国的《诗经》与西方的史诗，都处于一种由"史"向"诗"发展的中间阶段，这重要的一点，二者却是一致的。在这两种文学现象中，都表现出既采用一般叙述性语言，又具有鲜明的抒情色彩；既有某种真实事件的记述，又有大量景物间接烘托和夸张性语言这样一些特殊的性质。这种双重性质相互混杂的诗的形态，虽然还不是成熟了的诗，亦即还不是诗的自觉意识的结晶，却已经表现出了这种自觉的诗歌意识的萌生与发展。请看《诗经·魏风·伐檀》：

　　　坎坎伐檀兮，置之河之干兮，河水清且涟猗。不稼不穑，胡取禾三百廛兮？不狩不猎，胡瞻尔庭有县貆兮？彼君子兮，不素餐兮！

　　……

----

① 见《孟子·离娄下篇》。

② 马克思、恩格斯《共产党宣言》，见《马克思恩格斯选集》第1卷第270页。

全诗借对伐木劳动情景的描绘,引而抒写对不劳而获的奴隶主的不满与怨怼。与完全成熟了的抒情诗相比,它的描写与抒情还都嫌过于直接与单纯,没有达到后世诗歌那种情境交融的意象性,也显示不出抒情主人公独特的个性色彩,这正像黑格尔在论说西方史诗的特征时所指出的:"它按照诗的方式,采取一种广泛的自生自展的形式,而诗人退到台后去了。"①但是此诗已显然不同于纯粹记事说理文字,它表现出了抒情诗所特有的跨越性、反复性,以及与诗中主旨无直接关系的景物描写。从其外观上看来,此诗把记事性语言与用于抒发情感的感叹词"兮"、"猗"等组合在一起,也恰好标示出当时诗歌特定的过渡性。

这里,不能忽视的是脱离了韵文束缚的实用性散文语言也在飞速发展。比如造成我国春秋战国时代"百家争鸣"生动局面的诸子散文;在西方则有古希腊时代"智者学派"的诸种哲学著述等等。实用性散文语言,是人与现世生活诸种利害关系的中介。人的主要实践活动,都是发生于物质生产与生活领域的,因为,只有经济状况达到一定水平,人类才有可能从事文艺娱乐的消遣,这就是说,实用性的物质利益要求是第一位的,这在某些特定的社会发展阶段表现得尤为突出。

这样,由客观世界种种物质利益关系所确定的实用性的语言系统,实际上把大多数人们的主要注意力限定在一个一般日常生活观念的境界之中,一个扬弃了具体存在物本身,超越了对于事物形、色、声、味的体验、感知过程,这样一个抽象概念与经验知觉的领域之中。这诚如培根在三百多年前指出的:"人们以为,他们的理解支配语言;其实,同样真实的是词语反作用于理解"。②培根无

---

① 黑格尔《美学》第 3 卷下册。
② 培根《新工具》。

疑注意到了常规语言对于人们思维的反作用。这是因为,一般的实用性语言,本身是客体对象的符号,随着应用时间的不断延续,它们就成为某种固定意义的标示了,人们运用语言时,往往只意会到这种标示,而不再思索客体对象本身了。这就是实用语言系统对于思维与理解的限制。

当代的一些语言学家进一步分析了这种情况,如欧洲著名语言学家魏斯格贝尔认为:客观世界与主观世界之间隔着一层"中间世界",这就是语言。瓦尔特布尔格说:"我们说掌握语言,但是,实际上是人被语言所掌握。"他们之中有人甚至认为,"语言其实不是语言,而是世界。"①——认为语言本身就是世界,这当然是失之偏颇的。但是他们的这些观点,却从一个侧面说明了客观生活之中,种种实际性复杂关系(亦可称为客观性法则),通过语言的网络对人们的限定。事实上,常规语言正是人们一般实用性生活与交际的实际天地。

但是我们又必须看到,并不是所有的人,并不是一个人所有的精力都投放于以物质利益为中心的生产、生活活动之中,像巴尔扎克的《欧也妮·葛朗台》一书中老葛朗台那样绝对单向发展的守财奴,毕竟是特定社会发展阶段的特定人物。人类之所以伟大,之所以不同于一般的动物界,正在于人的活动并不只为生存的本能所驾驭与驱遣。人类不仅有提高物质生活水平的欲望,而且能够以主体的身份看待自然的物质世界,在自然与历史面前反思自身,从而产生一切其他类的存在物都不具备的自我意识——即对自身的认识。经济生产的发展,物质文明的提高,语言的不断丰富、进化,必然进一步开阔人类的视野,增加人类的自我意识,增加人类征服必然命运,获得宇宙自由的决心。

....

① 以上转引自《哲学研究》1984 年第 1 期。

以实用性规范语言与每个人相联接的毕竟是一个有限的、为一定客观必然性所支配的世界,在这个客观现世的必然王国中,是无法完全达到人类的自由的。歌德曾说过这样一段话:"对我们的心灵来说,这一生是太短促了,理由是:每一个人,无论是最低贱、最高尚,无论是最无能或最尊贵……没有一个人能达到他自己的目的,尽管他渴望着这样做;因为他虽然在自己的旅途上一直很幸运,往往能眼看到自己所向往的目的,但终于还要掉入只有上帝才知道是谁替他挖好的坑穴,并且被看成一文钱不值。"他同时指出:"我觉得我们最高尚的情操是:当命运看来已经把我们带向正常的消亡时,我们仍希望生存下去。"①

人们对于自身所处的必然世界反思的结果,不断促进着诗的自觉意识的成熟。黑格尔指出:"人必须认识到推动他和统治他的那些力量,而向他提供这种认识的就是形式符合内容的诗。""人一旦从事于表达他自己,诗就开始出现了。"②——当人从生产实践活动转入思考自身的静观默想,无限的精神力量与有限的现世世界的尖锐对立,势必使他产生要通过精神上的自由创造,把自己的情感、思考、欲念等等传给他人,留给后人,利用片刻实现永久,通过有限达到无限——在一个由自己情感所统辖与制约的对象化的世界中,战胜必然,获得充分的自由,这样一种艺术创造的欲望。

"金樽清酒斗十千,玉盘珍馐直万钱。停杯投箸不能食,拔剑四顾心茫然。"(李白《行路难》)面对金樽清酒,玉盘珍馐,却不能尽食,而茫然执剑,这就是因为诗人面前的山珍海味、美酒金樽,仍不过是现世世界之中的东西,并不能使人达到永久与无限,于是诗人才有"抽刀断水水更流,举杯消愁愁更愁"之无限愁思,才写下"人

---

① 见《西方文论选》上册。
② 黑格尔《美学》第3卷下册。

生在世不称意,明朝散发弄扁舟"的悲慨诗句。

"哀吾生之须臾,羡长江之无穷,挟飞仙以遨游,抱明月而长终。"(苏轼《前赤壁赋》)这慨叹本身,不正是对无数诗篇之中,花鸟可以落泪,山河可以吟哦,人更能够升天遁地,溯古瞻今等等自由的艺术境界——美的境界的贴切说明与生动描绘吗?

"九州不足步,愿得陵云翔,逍遥八弦外,游曰历遐荒。"(曹植《五游咏》)朱光潜先生在谈到曹植这首诗时说:"他所表现的与其说是切身的情感,毋宁说是想象中的情境。"①

……

——古今中外,漫长的诗歌发展史上,具体作品的情感类型不同,诗的境界、风格不同,表现手法与技巧不同,但它们却有一个实质性的相同之处,即要在一个以语言为媒介的情感与表象、欲念与现实、主观与客观和谐统一的境界之中,在一个超乎一般客观的、有限的、必然性的现实真实境界的美的境界中,抒发感情,表现寄托,实现主体自身。

通过如上分析,我们可以看到,尽管诗歌产生于人类的现实生活之中,尽管诗歌本身采用语言文字作为形式媒介,但是诗歌并无直接实用性的目的,诗的语言,也并不在描写对象的纯粹客观性质。诗歌语言的功用,主要是利用语言可以唤起情感表象的特点,通过这种诗的表象——审美意象构成一个对象化的美与艺术的世界。超越一般语言的实用性与常规性,这是一切诗歌语言的本质定性与特征。

----

① 朱光潜《楚辞和游仙诗》。

三、诗歌的价值及其实现方式

从为不可名状的情感而驱遣,在鼓乐与狂舞之中发出"啊"、"呜"、"猗"、"哦"一类的呼啸声,到进入有意识的自由创造活动——在一个无限的美的世界中实现主体自身,今天的诗歌与它的雏形相比,犹如现代人类与其祖先类人猿相比一样,的确已经面貌一新了。然而,就抒发情感与表达心境这一最基本的内在定性说来,却非但没有被诗歌艺术所摒弃,却反而愈来愈突出,愈来愈自觉,愈来愈鲜明、生动。

我们在前而已经论述过:客观真实世界是有一整套规范性的实用语言制约的。联系诗歌萌生状念那种唯在宣泄情感,而无实际意义的感叹词,则似乎成熟之后的诗歌也应当有一整套独特的、与一般客观实用性无关的"诗的语言"。这个问题,当年黑格尔就已经注意到,他指出:"单从语言方面来看,诗也是一个独特的领域,为着要和日常语言有别,诗的表达方式就须比日常语言有较高的价值。"并认为:诗为着要跨进自由的艺术领域,"有意地或自觉地要和散文对立起来。"①

但是黑格尔却没有正视这样一个事实:即成熟的诗歌,恰好是利用与一般实用语言基本同音同形同义的语素组合,即单字的组合——或毋宁说,就是利用一切的语言文字本身来完成自己,实现其作为诗的艺术审美价值的。而且黑格尔所谓"诗的表达方式就须比日常语言有较高的价值"一语中,何谓"较高的价值"呢?这本是关键性的论述在他那里却是含糊其辞的。诗之所以难,正在于这种艺术形式不像雕塑、绘画、音乐等等艺术样式有自己独特的媒

---

① 黑格尔《美学》第3卷下册。

16

介手段,而无须承受某种规范性、固定性的负担;也不像小说等以描述事件、刻画人物、评判生活为主要目的的叙事性文学,可以直接利用语言的一切实用性常规。诗歌艺术一方面通过并无客观实用价值可言的虚设表象抒写情思,另一方面又必须用一般的语言文字做它的媒介,诗正是在虚幻之精神世界(心念表象世界)与日常语言之世界(客观真实世界)其间确定自己的位置的,超越前一个极限,诗则变成毫无确定性的混乱符号——西方某些"具体派"诗歌就是如此;而若滑过另一个端点,诗则势必混同于一般纪实性与说理性的常规语言文字(非文学散文)。这两种情况虽然性质并不相同,但是都丧失了使读者产生审美愉悦,艺术共鸣的可能。

诗歌既要使用一般的语言文字符号,而其所转达的又是超出语言本身一般常规性与实用性的意义,那么诗的价值又是如何实现的呢?换句话说,诗歌是依据什么规律来组合这些平凡的单字,从而构成自己独特的价值系统的呢?

当一首诗的艺术作品展示于我们面前时,首先给予我们以诗的提示的,是它在直观上全然区别于散文的独特的排列方式。这种富有跳动性、跨越性的外观形式,是与诗歌情思、意象的跌宕、起落协调一致的;其次是诗歌独特的标点与断句方式,它们不是按照一般常规性语言的语序出现,而是根据一首诗独特的情思、意蕴、风格,显示出鲜明的主观随意性。

诗的思维方式是一种意象思维,是主体情思与客体表象之间相互渗透,相互融合,乃至达到相互包含的一种过程。诗中的审美意象,并不追求客观的实用价值,它所创造的是美学价值,是诗人内在情思与心境的一种外化与象征。这样,诗就必然要与各种明喻、暗喻、夸张、象征等等修辞方式结下不解之缘,这是当我们开始具体欣赏某一首诗,真正步入其境界之后的进一步感受,是诗歌更深一层次的艺术特征。如果说,用诗的行式、节式、标点断句方式也可以表达散文的内容,仅靠它们本身还不能构成真正意义的诗歌,因此可以将它们看做是诗的外在形式(这种外在形式只有成为一首诗的一个有机部分时,才真正具有诗的意义——美学的意义),那么,由明喻、隐喻、夸张、象征等等所构成的意象与境界,则可以说是诗歌更高一层次的形式了,因为它们同时又可以看做是内容本身,若根本离开了它们,也就很难谈诗的存在了。当然,如果诗歌放弃了外在形式,放弃了它应当利用的行式、句式、格式、节式等等,那显然也是一种缺欠,因为那样一来,很多读诗时会产生的微妙的直觉感受就会减弱或消失。

根据系统科学的原则,一个完整的系统并不等于它各个部分的机械相加,而是这诸种要素的有机结合;孤零、独立的单一符号、单一要素并不具有任何价值,只有当它们按照一定方式组合起来,构成特定的系统时,即它们是作为该系统的一个有机构成部分时,才会获得价值。诗歌所运用的文字符号,与一般实用语言运用的文字符号,在语素意义上——即单字意义上并无根本差异,它们之所以能够代表诗的价值,是诗人用特定的审美体验与情思把这些文字符号以独特的方式组合起来的结果,这种组合具体表现为新奇、独特的意象;跌宕起伏的行式、句式;以及意象之间、诗行诗节之间相互作用产生出美妙的韵律性——只有这几者和谐一致,无懈可击,文字符号才把诗的价值完全实现了,诗才构成了不同于一般客观世界的美与艺术的世界。

这其中,诗歌一个重要因素:内在韵律感的形成。又须依赖于排比、对偶、对照、反复、顶针、连珠等等辞格以及节奏与韵音的巧妙组合,因此,一首诗中,排比、对偶、对照、反复、顶针、连珠,以及节奏与韵音等等,通常也都是不可缺少的要素。在诗的艺术品中,文字符号所担负的任务,就是通过有序的组合构成特定的行式、句式、节式;构成诸种明喻、隐喻、夸张、象征、意象、意境;构成排比、对偶、对照、反复、顶针、连珠,以及节奏、韵音,等等(这一切,都是文字符号在作为实用性交往的语言媒介时无须负担的)。而如果说,上述每一个要素都是构成诗歌总体价值的一个有机环节的话,那么诗人的主观情思,则显然是将这一切统辖为一个有机整体的血脉与骨骼。抒发情感,表现寄托,正是诗歌作为一个独特语言系统的内在目的性。

总之,解开诗歌语言的特殊性质之谜,是最终从根本上把握诗歌艺术——作为一种语言艺术美学本质的关键。要完成这样一个任务,既需要哲学的思辨,又必须从大量具体的诗歌现象入手,进行细致、深入的考察与分析,这一点,黑格尔那种仅仅在抽象概念之间进行演绎、推理,而放弃具体分析诗歌作品这一细致工作——这样单一的思辨哲学当然是无法胜任的。

四、对诗歌独特语言系统的分析

结构主义诗学认为,诗歌从整体上表现为一个反常规的语言系统;是在原有的语言的废墟上重建语言。这种理论,把实用性语言看做是"废墟",认为诗歌的目的就是重建语言,显然是并不正确的。但是,诗歌作品的语言从基本目的、使用功能到具体组合方式都与一般常规语言有很大差异,这却是稍予注意就能够发现的事实。为了解开诗歌语言之谜,认清诗歌作为语言艺术的本质定性,我们必须将研究的触角再向纵深推进一步:对一般常规语言与诗歌作品的语言这两种外观上似乎并无明显差异,而在实际功能上却迥然不同的语言系统进行一下具体的比较和剖析。

以下考察,准备着重从实用性与娱乐性;直接性与间接性;规范性与独创性——这三个既有独立意义,又彼此密切相关的方面进行。

实用性与娱乐性

我们首先会注意到的是,常规性语言与诗歌语言这二者,在被使用的根本目的上就是颇为不同的。

一般常规语言的使用目的不外乎如下几点:

1.对客观物质世界的认识与把握——这是自然科学领域运用语言要达到的目的;

2.对于人类社会与人自身的认识与思考——这是历史学、哲学等等诸门社会科学运用语言从事的工作内容;

3.日常的、一般性的生活交流——这是语言最基本的任务,也是它最古老的实用性目的。

上述三者所构成的三个领域虽然各不相同,但是它们都把实用性作为基本目的,都把清楚地说明实际问题,明晰地传达主体意图,作为对语言的基本要求。它们并不是客体对象本身,而只是客体的代称,起一种精确、真实的传达符号的作用。一篇自然科学的试验报告,一篇哲学、经济学或史学论文,一个通知、通告等等,决不会追求超乎实际内容、语言技巧上的娱乐性(这与文风的生动活泼完全是两回事),因为明确而有条理地说明观点,表达意旨,就是它们的最高宗旨。

请看下面的这段文字:

> 去长城旅游的同志,请于明天早晨六点在工厂门口等车,并请自备午饭。

人们一看,就知道这是个通知。它的目的只在于告诉人们一个具体的、实际的情况,此外并无别的任务。因此,人们一旦领会了它的意旨,就把这段文字越过去了,绝不可能把注意力长久地停留在哪儿个具体语言文字本身上,反复进行感受与品味。

与上述语言现象明显不同,诗的语言则既是媒介手段,又是目的本身。因为诗的语言是以诗人的内在精神、情感等为线索,通过韵律、节奏、微妙的谐音,生动的暗喻,乃至独特的分行与标点方式等等要素所构成的一个以给人们审美愉悦为目的的有机的整体。一首诗歌作品,就是与那些韵律、节奏、谐音、暗喻、句式、行式等同在的,取消了它们,不要说诗意、诗的思想等等,这首诗作为艺术品本身也已经不存在了。

让我们来看下面的句子:

> 君不见,黄河之水天上来,奔流到海不复回;君不见,高堂
> 明镜悲白发,朝如青丝暮成雪。

(李白《将进酒》)

这段文字,显然不具备客观的真实性与准确性:黄河水怎么可能是从天上流下来的呢? 它的源头明明在巴颜喀拉山嘛! 头发在早晨还是黑若青丝,到黄昏就变成满头白雪,这也无实际可信性。

再如这段新诗:

> 踏着虹的桥,星河的大道,
> 星儿向着你的来向奔跑,
> 你向前走去欢迎明晨,
> 你因为必要做着第一个百灵!

(殷夫《月夜闻鸡声》)

——哪里有什么"虹的桥,星河的大道"? 星星是宇宙中的天

体,怎么可能向着人奔跑?人又怎么会变做鸟——"百灵"呢?

这两段诗歌虽无客观的真实性与准确性,但却具有艺术作品特有的令人感受、玩味、思索等特征,显示出谐趣性与隐喻性。欣赏者要领悟诗的妙趣与内涵,必须使自己暂时摆脱实用性欲念,进入审美静观状态,对诗的语言信息进行感知、体验,与艺术再创造。任何对于诗的鉴赏,若无对于诗歌语言本身的感知、体会与玩味的过程,都必然是无法进行的。

诗歌语言的娱乐性特征,可以通过多种方式表现出来。有时它采用和谐悦耳的韵音,有时采用形式工丽的对偶、排比、重叠、反复、顶针等等独特句式,有时则利用隐喻、象征、暗示等等引起读者的鉴赏兴趣——而往往意思越隐秘,读者的好奇心就越强,一旦破悟,所得到的审美愉悦也就越多越充分,即便是描写痛苦、忧伤、哀愁一类情绪与心境的作品,也无不是通过这种娱乐性文字来完成的,如杜甫的名句:"感时花溅泪,恨别鸟惊心"——花鸟居然能具有流泪、惊心等人的情思,虽是写国破家亡之诗,仍具"谐"、"隐"之别趣;李清照的《声声慢》中:"寻寻觅觅,冷冷清清,凄凄惨惨戚戚"一连七对双声叠韵词语,有明显的文字游戏色彩,却恰是以诗的艺术方式,表现了诗人的凄苦之情;再如李煜的《虞美人》的最后一句:"问君能有几多愁,恰似一江春水向东流"——化无形无影无声无色之"愁"字为滚滚东流的一江春水,娱乐情趣更是隐蕴于诗的字里行间。

如上事实告诉我们,一般的实用性语言与诗的语言在其使用目的与基本功能上是很不相同的,前者具备的是外在实用价值与客观真实价值,后者则无前者这种真实与实用价值可言,它所表征的是一种审美愉悦价值,一种超越狭隘实用目的,超越有限现实世界的更为普遍的人类价值。中外诗歌发展史上,一切卓有成就的诗人,无不是出色地利用一种民族语言(充分挖掘这种语言潜在的优美、微妙性)，创造并实现这种象征着人类自由的美学价值的大师。而正因为如此，正因为诗人们要充分利用语言娱乐性、微妙性等等特点，诗歌作品才表现出明显的"抗译性"——越优美的诗歌，便越难从一种语言完美无损地译成另一种语言，即使这位译者同时是一位出色的诗人，能够在翻译过程中领悟原作的妙处，并进行一番"再创造"，可是在诗原作本身固有的音节，音色，韵律，以及为该民族语言特有的谐、隐、文字游戏(我国古代就常以"丝"双关"思"，以"莲"双关"怜"，以"碑"暗示"悲"等等)等内在规定性面前，他仍是无能为力的，译后的诗之于原诗总要打一些折扣的。法国的机器翻译试验也证明了这一点，放入翻译机中的两篇文章，一篇是可以翻译的，另一篇则不可翻译，而这后一篇正是一首诗。

同样道理，诗的艺术品，严格说来是不能用散文性语言加以解释的。

直接性与间接性

实用性语言与诗歌语言在根本性质、在使用目的上的差异，决定了它们在具体运用与组合的途径、方式上，也表现出了诸多的不同。这些运用与组合方式的不同，可以总括为一般实用性语言记事达理的直接性与诗歌语言抒情写意的间接性。让我们来具体考察：

1. 前者简略，后者繁复

在回顾语言的起源与发展时，我们已经注意到这样的事实：实用性散文语言，其本身就是由于韵文"繁于文采"，才从当时的"诗"的形式中分离出去的。这种常规语言本身并不是目的，它们只是某种标记、某种符号，其使命就是准确、清楚地转达使用者的意旨，在这一要求的基础上，文字越简练、越经济越好。而诗的语言，则显示出既是符号、媒介,同时又是目的本身,这样一种复杂、微妙的情形。"诗缘情而绮靡"(陆机语)——真正的诗的语言,即便是三言两语,也绝不是直截了当地讲出诗人要表现出什么情感,说明什么道理(事实上,真正属于诗的意旨,也是理性语言或常规语言表达不了的)。而总是"欲擒先纵",通过某种特殊的词语组合,造成"弦外之音";或展示某种新奇、生动的艺术境界,构成"韵外之致",间接地,暗示性地抒发情感,表征心境。而当欣赏者通过语言,走向表象、意境之中,并循"象"观"意"——感受、品味、领悟诗人的审美寓意,乃至进行从容的艺术再创造时,诗歌也就在这一过程本身实现了它的目的。这同对于实用性语言的接收相比,显然是一个间接的过程。

我国宋代词人辛弃疾有一首《丑奴儿·书博山道中壁》,很恰切地说明了这种情况:

> 少年不识愁滋味,爱上层楼。爱上层楼,为赋新词强说愁。而今识尽愁滋味。欲说还休。欲说还休,却道天凉好个秋。

诗人在初学作词时,总是强说"愁"思,直接渲染;而在他艺术上走向成熟之后,则不再"实"写愁绪,而是"欲说还休,却道天凉好个秋"——通过清凉之秋色来表征诗人的愁思。如果我们改换一个观察的角度,用接收实用性语言的观念看待这句诗,完全可以断言诗人是在故意绕弯子和浪费语言,但这恰好从反面说明了诗歌语言不同于一般实用语言的独特个性。

2.前者抽象,后者具体

常规语言是一种抽象的观念性群体,是对于具体现象世界的超越。因此,它不需要经过人的感知表象领域,而是直接通过观念性的经验、思维等等诉诸神经中枢,这样人脑也就得到了语言所转送的信号。而诗歌作品的语言,在总体上则属于一种图画文字(Picturewriting),即通过语言唤起一种作用于知觉的情感表象,这种情感表象并不通过一般抽象思维系统,而是由感知系统诉诸人的心灵。

海水中含有盐的成分,因此它的味道是咸的。

当我们读到这段文字时,尽管海水本身是具备形态,可见可感的,却仍不会在自己的感知表象系统直观到海水的形状、颜色。因为作为实用性的科学语言系统,这句话的目的是说明海水的客观真实性质(化学性质与物理性质)。这种语言系统,是要把我们直接送到实用性目的地,而不是领我们流连沿途的风光。因此,这时海水的具体形态、色泽以及与其相关的波涛、海风、渔帆、海鸥等等实体表象已被这个特定的语言系统本身限定与抽象掉了。而如果我们听到或读到:"海水像一块美丽的蓝丝绒,裹藏着贝壳们无数个神奇的梦……"这样诗的语言时,我们则会在大脑中映现出蔚蓝、柔和的波涛,五颜六色的贝壳等具体、生动的感知表象。这种图画文字给予大脑的信息,不但作用于第二信号系统——观念性的语言系统,而且要作用于第一信号系统——感觉,表象系统。当然,作为一种语言,诗的语言也是经验性与精神性的东西,也必定具备观念性的成分;但这种语言却并不是将对象的形、声、色、味等具体形态抽象掉,而恰恰是努力唤起人们的表象贮存,转达生动、新奇、易刺激人直觉感受力的具体表象,从而给鉴赏者提供进行艺术感受,亦即审美鉴赏的可能。

就审美客体来说,被欣赏的对象具备的具体性、鲜明性、生动性,总称"可感性",是构成任何审美事实的必需条件,无法转化为情感表象的抽象性语言文字,绝不会是诗;而就审美主体来说,驾驭图画性语言,组合情感表象的能力,恰是考察一个诗人"才气"——艺术直觉能力与创造能力如何的一个重要尺度。

3.前者纪实,后者虚设

实用性语言也有描述具体事物的形状、颜色、声音、气味等等外观形态的时候。比如地理学家对自然山川的考察,物理学家对物质外在形态、样式的描述等等。就是日常会话、交谈中也常常需要描绘一件物品的形状、大小、轻重、颜色,一个人的肖像、身材、气质、神态,一个地点的方位、特征等等。但是这种描述性语言,仍是直接的、写实的。因为它们所记述的,是那些被记述对象本身的客观实在性,仍是起一种纯粹的媒介符号的作用,而并不在于、也并不具备"象外之象"或"象外之意",表述的直接性、功能的实用性,依旧是其本质特征。

诗的图画语言却不在表述对象的客观真实属性,而在于抒写诗人心中的情感与寄托。因此,诗的语言所转达的客体之象,总是升华为被主体审美情感所统辖的"意象",成为一种主体情思与心境的象征。再逼真、生动的客体物象,如果它的规定性只在于作为客观存在物本身,而与主体的心境与情思毫无关系,就必定是非诗的与非艺术的。

诗的图画语言既然是一种"意象"——审美情感与具体表象构成的审美契合,就意味着它不是直接如实的描述,而是对于情感与心境的暗示和象征;它并不在乎真否,也不求于客观之真,它只是一种虚设的幻象,象后之"意"才是它的"真宰"——"是有真宰,如不可知,意象欲出,造化已奇。"[①]这种"象"后之"真宰"(即司空图所谓"韵外之致","味外之旨"),并不直接在外表露出痕迹来,而是一种间接的、只可意会的启示或相对于理性语言说来,模糊不定的象征。我国古人所乐道的:"超以象外,得其寰中","不着一字,尽得风

---

① 司空图《二十四诗品》。

流"，"其妙处莹澈玲珑，不可凑泊，如空中之音，相中之色，水中之月，镜中之象。言有尽而意无穷"，等等，讲的就是这种图画语言——意象的审美妙趣。

唐代诗人李商隐有一联为读者尽知的名句：

春蚕到死丝方尽，蜡炬成灰泪始干。

表面上看，这十四个字是在写"春蚕"与"蜡炬"，诗人的真正用意却是用情感的线索将"春蚕"与"蜡炬"由一般客观物象升华为诗的审美意象，以蚕丝与情思；蜡滴与泪滴的微妙暗示，表现诗人对于爱情的忠贞不渝。

这样的例子，诗歌作品中比比皆是，这里就不多例示了。

4.前者一义，后者复义

由于诗歌语言的目的不是转述清清楚楚、实实在在的事理，而是通过意象表达某种心境与情思，诗歌语言并不严守实用性语言的一般规范，而显示出一定的主观随意性，（这一点，本文下面将具体论述），这样，与实用性语言的"一义性"——亦即准确性相反，诗的语言往往表现出"复义性"——多义性的特征。有人把诗的语言称为"模糊语言"，也是指诗歌语言的这种宽泛性、不确定性。

英国当代诗歌批评家兼诗人燕卜逊，曾专门写过一本关于诗歌语言多义性的论著《含混七型》。在此书中，燕卜逊列举了四十九位诗人两百多段包含着"含混"现象的作品，而且主要例证取之相对现代诗歌说来较为规范、好解的十七至十九世纪的古典诗歌。

事实上，由于汉语语言结构的灵活性与中国古代抒情诗艺术的繁荣情况，"含混"与"复义"的现象在我国诗歌作品中要远比在西方诗歌作品中复杂、频繁、生动得多。例如，柳宗元著名的《江雪》一诗中，"千山鸟飞绝"，是强调鸟飞完了（指过去），还是强调现在没有鸟（指现在）？"万径人踪灭"是指没有人来行走了，还是指人的踪迹都被雪覆盖了？亦似均无不可。另外，他的《柳州二月》一诗中，"宦情羁思共凄凄，春半如秋意转迷"。——"春半如秋"是说春天有一半如同秋天，还是春天过半即如秋天了？"意转迷"是指春天，还是指诗人？还是既指春天又指诗人？似乎也都说得通。

再如刘禹锡的《竹枝词》："杨柳青青江水平，闻郎江上踏歌声。东边日出西边雨，道是无晴却有晴。"是天气之"晴"？还是郎君之"情"？两者互为依存，又彼此包含，它们共同组成了一个美妙的艺术机制整体，充分显示了诗人自由自觉创造的情势，显示了人类在美与艺术领域中的主体性与无限性。

中外诗歌发展的历史告诉我们，多解与复义现象不仅是诗歌语言的一个基本规律，而且也正是诗歌进行艺术表现的妙谛之一。有时，读者的感受与理解也许并不合于诗人的本意，然而，这种创造性的误解（creative misunderstanding）却同样能给他以审美的愉悦。这一点，诚如燕卜逊在经过他那长达三百多页的评析之后所作出的结论那祥——"这些含混大部分是美的。"

规范性与独创性

要完成表述真实事理的使命，要直截了当、准确无误地传达使用者的意图，要避免出现含糊不清、模棱两可，使语言接收者不知所云，不得其旨的现象，实用性的常规语言，就必须具备严格的规范性、稳定性。它们具体的使用规则，是一种强制性与约定性的规则，这些规则，是不以使用者的意志为转移的。

语言在长期实际应用中形成的规范性与稳定性，在多方面均有表现，比如，名词都具有所指对象的固定性质与含义；形容词必须合乎所修饰名词的基本性质；形容词不能修饰动词，副词不能修饰名词;主、谓、宾、定、状、补等句子成分都有原则上基本固定的位置;成分的省略或提前必须符合语言的使用规范;以及不允许任意造词或拆词等等,甚至标点符号的使用,在实用性语言中也是必须合于语言的使用习惯的。

诗的语言,则无不与上述各者相差异。托尔斯泰有句名言:"越是诗的,越是创造的。"由于诗的本质是自由自觉创造的结晶,是诗人情思的展现,是他借助想象的力量,为人类确立的一个不同于客观真实世界的情感与意象的世界,所以诗的语言并不如同常规实用语言那样有一整套约定俗成的规则——尽管它不是完全背弃语言本身。当实用性语言谨小慎微,不敢越固定规范与习惯的雷池一步时,诗的语言则表现出奔放不羁的反常规性与活泼生动的独创性。这些特征,我们可以从如下方面得到证实:

1. 为定性词语增加新的性质

诗歌语言最鲜明的特点,就是在语言常规定性的制约面前,往往显示出自己桀骜不驯的性格,它可以为语言开拓与增加新的角度、新的含义,使语言标志的客体具备本身并没有的奇异的性质,使名词动词化,使形容词修饰动词,副词修饰名词,使抽象的、无法进行审美感受的概念性名词变得生动具体、活灵活现。

——比如中国一般读者都熟悉的岳飞《满江红》一词:"怒发冲冠,凭栏处,潇潇雨歇。"起始的"怒发冲冠"四字,就有两处具有创造色彩。其一,头发本身是并无情感的,这已为人们的生活常识所尽知,因此,"怒发"二字无疑是对头发这一名词固有性质的挑战;其二,常规告诉我们,再硬朗、劲拔的头发在帽子之下都是无能为力的,便是怒中之发,也绝不可能像"千斤顶"一样把帽子顶将起来,然而岳飞的《满江红》一词,却为意义、性质既定的客体增加了新的意义。

——闻一多《死水》一诗:"这是一沟绝望的死水,轻风吹不起

29

一丝漪沦。"

水是无机体,既无思想,又无欲念,不可能存在"希望"或"绝望"的问题,然而此诗中"水"却具备了新的性质。

——泰戈尔《园丁集》中的诗句:"南风驰荡的眷日是心神不定的。"

春是一种自然季节的代称,并不具备人的情思与心境,而"心神不定"四个字则把"春天"从规范性语言的牢笼中解放了出来。

需要指出的是,这种违反语言常规与日常检验的"独创",一旦出现在诗歌特定的语言程序之中,人们不仅能够容忍,而且往往津津乐道地称之为"佳句"。

2.打破语言组合的正常规律

常规语言有其正常组合的基本规律,通常是主语、谓语、宾语三大部分,定语修饰主语与宾语,状语修饰谓语等等,若违反这些规则,就会出现通常所说的"语病"。然而,这种在实用法规范语言中须严格避免的"语病"现象,在诗歌作品的语言中却是极为常见的。

请看我国唐代王维的《山居秋暝》一诗:

空山新雨后,天气晚来秋。明月松间照,清泉石上流。竹喧归浣女,莲动下渔舟。随意春芳歇,王孙自可留。

诗的开始两句,语言的组合就不合语言规范:"天气晚来秋",实用性语言中是见不到这种词语结构的。接下来的两联对偶句,其正常语序本应当是:"明月照松间,清泉流石上。浣女归(而)竹喧,渔舟下(而)莲动。"而诗的语言却使这种正常的主谓宾结构与规范的逻辑因果关系变得面目全非了。

又如杜甫的《旅夜书怀》一诗:

细草微风岸，危樯独夜舟。星垂平野阔，月涌大江流。名岂文章著，官应老病休。飘飘何所似，天地一沙鸥。

此诗的前二句可分为如下单字与词组：细草、微风、岸；危樯、独夜、舟。它们都是名词或名词性词组，却不经任何其他成分，化为一个句子，这种完全抛开规范性句子结构的语言组合，无疑是一种大胆的创造。诗中下边各句，也多是或没有谓语，或没有主语的单字，或成分相同对等的词组的组合，如"星垂平野阔，月涌大江流"；最后一句，实际上是把动词"飘飘"二字放在主语的位置上了。

在各国诗歌之中，这种现象都是大量存在的，因考虑到本文的直接对象，这里就不对外语诗歌具体列举分析了。

3.语言的跨越与省略

诗的语言不仅可以调换正常的句子组合方位，而且常常进行为主体抒情所需要而造成的语言随意性跨越与省略。

——跨越式。典型的如元代散曲中马致远的《天净沙·秋思》：

枯藤、老树、昏鸦，小桥、流水、人家，古道、西风、瘦马，夕阳西下，断肠人在天涯。

此诗的前面几句，每一句都只有一个词，这些并列着的句子，都是成分相同的偏正词组，这些字句，实际上每一个都是一个单独的意象，它们不是相互关联地自然过渡，而是从一个词跳到另一个词，从一个意象跨向另一个意象。这种"怪诞"的句子结构方式，也是明显违反一般语言规范的，但是正是这些直接转换，流动跳跃的图画语言，才造成了一种独特的，若行云流水一般清新的诗的气息。这种情况,诗歌中常可见到,一般实用性语言中却无法存在。

——省略式。这在诗歌语言中亦极普遍。如我们前文中已提到的李清照《声声慢》一词,"寻寻觅觅,冷冷清清,凄凄惨惨戚戚。"是谁在发出如上动作,得到如上感受?诗中没有主语。

杜甫《春望》之中"感时花溅泪,恨别鸟惊心",是谁在"感"与"恨"?诗句也不具备主语,因而惹得后世诸注释家们争论不休。

再如辛弃疾的《水龙吟》中:"楚江千里清秋,水随天去秋无际。遥岑远目,献愁供恨,玉簪螺髻。"作者原意,是说远处起伏连绵的山峦,像是无尽之愁绪,然而,他直接写下:"献愁供恨,玉簪螺髻"八个字,其余成分一概省略了。

这种随意性跨跃与省略,无疑也是构成诗歌语言创造性功能的一个重要方面。

4."造词"自用

在一些特殊情况下,诗歌语言还可以出现诗人自己创造、组合词汇,以及拆散固定结构的成语等等特殊现象。

比如杜牧的《江南春》中"千里莺啼绿映红,水村山郭酒旗风",不管"酒旗风"该当何解,这三个字都显然是一种只属于诗歌语言的组合。此外,"茅檐烟里语双双"(杜牧《村金燕》)中的"语双双";"迟日江山丽"(杜甫《绝句》)中的"迟日";"隔巢黄鸟并"中的"黄鸟并"(同上);"且尽生前有限杯"(杜甫《漫兴》)中的"有限杯";"欲饮琵琶马上催"(王翰《凉州词》)中的"琵琶马上催";"一枝红艳露凝香"(李白《清平调词》)中的"红艳"等等,实际上都出于诗人艺术表现需要的主观性安排,在一般常规语言中,是不允许随便出现的。当然,它们之出现于诗中,有的读来似并不十分顺口,但因为有全诗整体上的艺术情势,因此不是必须排斥的。

相反,诗歌作为创造型艺术,最忌讳的是那种"诗歌常用语言",即专事于描写形、色、声、貌的形容词与固定成语等等。一个词语,一旦过多地被诗人们共同运用,往往容易变成独立于一般语言的所谓"诗歌用语",一个词再巧妙,一到了这个境地,实际上就已经成了某种言筌词套,因此具有独创精神的诗人们是不愿与这种"常用语言"打交道的。闻一多在给诗人曹葆华的信中写道:"词句太典雅,最易流为 Mannerism,此不可不知。……鄙意 Broning 最足医滑熟之病。"他所谓"典雅"之词,所谓"Mannerism"(可译为"故意造作的风格"),所谓"滑熟之病"等,都是指用那些落于俗套中的"诗歌常用语言",若受这些语言的束缚,势必影响诗的独创性,影响清新、生动的艺术气息。"生气远出,不着死灰;妙造自然,伊谁与裁"——司空图的话,即是针对诗歌独创性而言的。

当然,对于词语主观随意性的组合或分解,只是在特殊的情况下才出现的,如果用得过多,则会使语言产生"生涩"之感。诗歌作品中语言的独创性特征,更多的还是表现在为常规语言开掘新的角度,增加新的内涵等前几种方式上。

5.诗歌语言的个性化特点

从如上四方面的考察中,我们能够看到:诗歌语言担负的是抒发情感,表达心境的任务,而情感与心境无不显示着浓重的主观色彩,因而诗歌语言具有较强的主观随意性——即创造性。在审美创造中,诗人犹如一个小造物主,可以根据他的具体感受、心境、意绪等等,把各个不同的词语原来固有的规范性原则与习惯扬弃掉,亦即将它们"不合规范"地组合在一起。由于情感类型是受诗人性格、气质、生活经历、艺术修养诸种因素制约的,这样,在艺术个性较强的诗人那里,诗的语言也会打上诗歌抒情主人公鲜明的个性印记。就我国唐诗来说,李白语言的汪洋恣肆,不假雕琢,杜甫语言的千锤百炼,纯熟自如;李贺语言的清峻、奇峭,李商隐语言的纤秾、文雅等等,都是为历代公认的。又我国五四时期的新诗诸家中,郭沫若语言的响音亮节,铿锵愉耳;谢冰心语言的清丽隽秀,恬淡近人;闻一多语言的严谨工丽,持重老成;李金发语言的立异标新,不拘一格等等,个性特征也是显而易见的。

此外,诗人们对不同诗歌形式的选择与创造,如——白朗宁夫人严谨、精致的十四行,惠特曼洋洋洒洒的自由诗,泰戈尔用字虽多,却并不嫌松散拖沓的散文诗,普鲁斯特清新、流畅的抒情短诗……也都是由这些诗人们不同气质、不同性格、不同的创新意识,造成对诗歌语言各自独特的调动与组合而形成的。

小结:一个尝试性的概括

以上,我们又从实用性与娱乐性;直接性与间接性;规范性与独创性三个不同侧面,对诗歌语言不同于一般常规语言的独特功能作了考察与分析。虽然这三部分的角度与侧重点各不相同,但是通过分析所得到的根本性结论却是基本一致的,这就是:实用性的常规语言,无不是把人与客观真实世界紧密联结在一起,换句话说,就是把人们规定在客观的、实际的、常规性的世界之中;而诗的语言,则总是力图跃出常规的、客观的、现实的世界,把人带向一个具体形象,有声有色,新奇生动的情感与意象的境界之中。因此,从哲学的意义上说来,实用性规范语言虽然不能等同于现实世界,却可以理解为有限的客观现实世界本身的一种标示,而诗的语言则是对这个有限的、为客观必然性所主宰的现实世界的超越,它构成了一个无限的、能够充分展示人类自由自觉创造能力——这种人的本质力量的对象化的世界,即美的世界。而我国古人所谓"诗家圣处,不离文字,不在文字,唐贤所谓性情之外,不知有文字云尔"[①]的论述,便恰好准确、简约、生动地概括出了这两种语言之间

---

① 元好问《陶然集诗序》。

的关系。

基于如上对语言的起源与发展,对诗歌艺术的起源与发展的追踪考察,以及对于诗歌语言与一般常规性实用语言各自功能的多方面对照分析,我们尝试性地对诗的本质作一个简约的概括,也许将不再是轻率或勉强的了。笔者以为,诗的本质即在于用具有创造性的语言,构成一个直观的、由诗人主观意绪所统辖或观照的情感与表象的世界,通过这个世界,使人类的情感得到自由的抒发,使人类的寄托得到恒久的展现。由于以语言文字作为形式媒介,诗不依赖任何物质媒介手段,不受任何时间与空间的限定,在这里,诗有别于绘画、音乐、雕塑等等艺术样式;诗是一种创造性的语言系统,它只为情感逻辑所主宰,而不受客观真实观念与常规语言逻辑的制约,它所构成的是跳跃、跌宕、断续、错落的审美意象,在这里,诗又把自己与小说、戏剧、散文等等文学样式区别开来。

由于诗歌本身是一个演变,发展着的整体,因此,我们的定义只能是对具有诗的自觉意识之后的作品的概括,原始的、过渡性的作品,以及游离了诗的基本艺术定性的作品(如我国魏晋玄言诗,西方古代教诲诗等等),则显然无法包括在我们这个定义之中了。

——事实上,如果本文中所作的考察与分析能给读者一点启发或参考,笔者写作本文的主要目的就已经达到了。而"条条大道通罗马",科学研究的途径总是多种多样的,因此,对于具体定义的赞同与否,毕竟是较次要的事。

1984 年 5 月 14 日初稿
于中国人民大学
1985 年 5 月 22 日改毕

人类精神情感意境之中的缪斯

——对诗歌审美创作主体的探讨

诗人——种种神奇、美妙诗境的开拓者,无限自由的艺术宇宙的主宰者,几千年来,曾引起过人们多少感叹,多少赞美,多少猜测! 其中,当然不乏诸如认为诗人是缪斯、是吉祥的夜莺、是"世界上最富于创造性的人"这样的盛誉,但也同样不乏对他们趋于怪诞的描述,不乏嘲弄与讥讽。比如有一种说法认为,诗人是睁着一只眼睛做梦的人;也有人甚至认为诗人近似疯子。莎士比亚的名剧《仲夏夜之梦》中,雅典公爵就把诗人、疯子和情侣三者相提并论,认为他们都是幻想的产儿。

——是全然的无稽之谈? 是由于心灵之隔阂造成的误解? 还是有某种微妙的内在根据? 这些,显然也都不是一两句话就能说得清楚的。

要认识诗人的真实面目,要懂得诗人们创造一首首美妙诗篇的甘苦,要深刻理解诗歌艺术的美学本质,这一切都要求我们必须对作为诗歌审美创造主体的诗人,对其从事审美创造的特殊性,对其气质、性格,先天的、后天的诸多特点作一番考察。

一、诗歌审美创造的特殊性

在《解开诗学上的司芬克斯之谜》一文中,我曾这样论述过诗的本质,即:诗的本质是诗人以具有创造性意象性与音乐性的语言创造的一个具体、直观的情感与表象的世界,通过这个世界,使人在客观现实世界之中无法完全实现的本质力量得到展示与实现。诗歌艺术的微妙性正表现在,它是以通常用作实用性交际的语言文字进行审美表现的,一方面要创造出一个超乎一般实境——"于天地之外,别构一种灵奇"的幻象境界,另一方面,又要用一般的文字符号作媒介,还要能歌咏。这就使得诗歌与其他诸种文学形式与艺术形式具有较大差异。

比如,在造型艺术中,艺术家无不是以某种物质性的媒介:青铜、大理石、石膏,或油彩、水粉、画布、纸张等等,通过它们创造出一定的艺术实体,供鉴赏者直观;音乐家则把情感化为由长短、轻重、薄厚等不同声音所构成的旋律,不用视觉,而是通过听觉实现审美共鸣;而小说家、戏剧家等等叙事文学的作者,所要表现的则是具有一定客观独立性,与审美主体在某种程度上相对独立自足的人物,情节与矛盾冲突。诗人的任务,却既不是去塑造客体对象的外观形态,不是通过宽泛朦胧的声音表达自己难以诉诸语言的审美感受,也不是用语言去叙述对象的具体实践性活动。诗人利用语言的言情功能与表象功能,将情思意绪化作表面上错落纷纭,内在却是有序组合着的生动、新奇的审美意象,在这些心象与意境所构成的超现实的直观世界之中,实现主体的审美表现。就其进行审美创造的具体过程来说,诗人实质上并不是用眼睛、用耳朵、用一般逻辑关系与生活形态从事审美创造,而是用自己的心灵去观察、去谛听、去感知和创造的。

由于美术家也用具体、直观的画面进行审美表现,也讲究意象的生动与传神,也构成一定的艺术境界,因此,无论是中国,还是西方,诗与画都曾经被人们等量齐观——画是无声诗,诗是有声画。但事实上,由于具体媒介形式的不同,诗人与画家从艺术意念的萌发,到构思与创造的整个过程都是颇不相同的。画家的感受与创作,自始至终伴随着他所特有的色彩与线条,伴随着这些色彩与线条同具体表现对象的交汇,没有这些具体媒介,他就无法进行一个美术家的艺术想象,当然更无以谈到艺术创造了。而诗人的感受、想象和创造,则显然没有色彩与线条一类外在的物质性媒介手段相伴随,他使用的媒介是最富有精神意蕴的语言,这样,在整个艺术活动中,诗人完全能够放弃对于语言媒介本身的意识,直接以心灵去呼唤各种表象,通过来自这心灵的情思意绪,使它们构成诗中一组组审美意象。诗的境界,是一种更高级——更精神化、观念化(指情感的主观性,而不是指普遍概念的"观念")的境界,一种海市蜃楼一般隐映着人间世相,却又凌然超越于人间世相之上的境界。

若仅就上述意义来说,诗的境界与宗教的境界倒是具有某些共同特点的,宗教的境界也都超于现实之上,且带有浓重的情感与幻象色彩,但从本质上考察,宗教的境界,是一个主体丧失自我意识与独立人格的世界,宗教徒们所要做的是取消自己的思想与灵魂,使其从属于"神"——诸种异己的偶像的工作,他的一切情感意念无不是由外在于他的偶像或信条所决定。诗人的工作,其本质上恰好与之相反。诗人以高度的主体意识进行自由、自觉的创造,他所营构的诗与美的境界,是一个以他自己心灵的气息作为阳光、空气和雨露的崭新的宇宙,是诗人独特气质、性灵与人格的直观化,是对主体自由的最高度肯定与最充分展示。任何一个人的自觉的时代——如我国古代的魏晋南北朝,现代的五四运动前后、二十世纪七十年代末开始,一直影响到今天的思想解放运动,以及西方的文艺复兴时代——无不同时是诗的自觉的时代,也恰好生动说明了诗歌的这样一个本质特点,说明了诗人们所从事的辛勤的劳作,对于拓展整个人类自由精神的领域所具有的至高无上的意义。

有趣的是,在诗与宗教这相异的一点上,诗人的工作与小说家、戏剧家们的工作显示出了在一个更大范围内的相通性；而诗与宗教在其境界上类似的这一点，诗人们所从事的工作，又与其他诸类文学家们所从事的工作表现出了较多的不同。无须讳言，小说、戏剧、散文以及电影这些文学形式，其本身也具有很大的伸缩性与滑动性，可以在纪实与虚拟，再现与表现，叙事与抒情之间不断重新确定自己的位置。就小说来讲，狄更斯、巴尔扎克与卡夫卡、乔伊斯，就戏剧讲，莱辛与布莱希特、狄德罗与奥尼尔，其美学规范无疑是相差甚远的。上述叙事文学形式，同样可以使人物形象产生由主体艺术情思所决定的"变形"，并能够在某些程度上摆脱客观真实概念与逻辑关系的束缚，但是，除了接近纯诗化的散文诗外，叙事文学形式仍须通过叙述事件、营造情节、刻画人物，通过总体上的叙述性语言来实现艺术自身，而它们之作为文学作品，也并不如同抒情诗那样——以诗人心灵之中的情思意绪为法则，从根本上超越一般生活常规与语言法则的束缚，"不离文字，不在文字"，去建立一个凌然于现实真实境界之上的新的宇宙。小说家与戏剧家们所展示的，显然并不仅仅是自己的心境、心象而已。他们既然以具体、逼真的事件、情节、人物等等为主要艺术材料，既然以描写人的命运与人物之间的矛盾冲突为主要艺术目的，就不可能从根本上全然脱离叙述与描绘，不可能不受客观的、约定俗成的语言规范与生活逻辑常识的限定，他们必然不同程度地利用这些法则与规律，通过与诗人有所不同的途径去实现自己的艺术目的。这尤其表现在，这些叙事文学家，往往较为广泛地深入于具体的现实与历史之中，通过对活生生的人物命运的展示来撼动读者的心灵；并以这些现实与历史人物命运之中所蕴含的哲理本身去评判生活，激发人们获得情感的升华与理性的沉思。

正是如上分析之中所揭示出的诗歌本身不同其他文学艺术形式的独特性格，决定了作为诗歌美主体的诗人，具有一系列不同于其他文学家与艺术家的特质。

二、诗人的工作特点与一般规律

诗人所要进行的工作,既不是以具体的感性媒介手段直接诉诸人的直觉感官——如画家、雕塑家、音乐家那样,又不是简单地和直接地利用实用性常规语言展示人的命运与生活——如小说家、戏剧家那样,而是以独特的情感与表象的语言系统表征内心的情思意绪,在这种情思意绪为统辖的意象化的世界之中实现主体的本质力量。情思意绪显然是不具形、不可感的,而要将它们与具体、生动、别致、新颖的表象形态统一起来,构成诗的最基本单位审美意象,这就首先提出一个诗人必须对宇宙间一切感性形象,具有比常人更敏锐的直觉感受、把握能力的问题。直觉的感受,会形成一种强烈、而带有意向性的感官印象;直觉的把握,则可以在这种感官印象的基础上构成一定为主体心灵所观照的具体形象,并随时准备将这种呈以表象形态的宽泛情思用诗所特有的图画语言(Picturewriting)表现出来,使之成为诗中具体的审美意象。

人脑每日都要映现大量各种不同的表象,这包括自然界的山水风光,包括人每天的生活与活动场所,包括艺术作品中展现的种种境象,乃至梦境之中虚幻、怪诞、不可思议的潜意识心念表象。但是,一个常人,除了对其中与自己某种特殊关联的那部分影像外,大多数印象都不过如同一缕缕拂面而过的轻风,并不在他心灵的屏幕上留下清晰的形迹。而作为一个诗人,由于他最基本的表现方式就是根据情感类型组合表象,寻找情思意绪与诸多表象之间的对应、同构关系,因此,他不仅对生活中各种具体的事物有敏感、清新、主动的感受能力,而且能够将听觉、触觉、嗅觉等等感官获得的直觉印象转换成与之对应的知觉表象;他不仅具有对某一事物一眼看上去就可得到清新、深刻的印象——这样一种直觉感受能力，而且随时随地以自己的心灵与这些表象交融、对话，把自己的情思渗透于具体的表象之中；他不仅善于捕捉、感知与把握包括潜意识心念表象在内的一切实与虚，原态与变态的感性之象，而且善于以特殊的语言形式将它们表现出来、固定下来，让它们显示出为诗与美的领域所特有的光彩。

由于诗歌之中的境象无不是诗人情思意绪的直观化，是诗人心灵深处波痕的展示，因此，诗人接受、感知诸种表象的一个重要特点，就是他们鲜明的主体特殊性与强烈的心灵意识。诗人们并不以冷静的客观态度看待与感知一个具体表象，并不停留在对于事物一般客观性质的知觉、理解上，而是根据主观的独特性灵、独特心绪，来感受并规定这些表象，使这些表象形态充分心灵化，成为情思发生、运动、变化的标志与象征。我在诗的本质一文中已反复阐述过，诗歌作为创造型与表现型艺术的一个突出特点，就是诗中所提供的语言与意象，并不具备客观实用性价值，也不因自身的客观之真否而获得存在的可能，它们是主体，是创造者与鉴赏者心灵的世界，它们所代表的是人类进行自由自觉的创造——利用片刻实现永久，超越有限达到无限这种更高层次、更具有普遍意义的人类价值。正是由这一根本特点所决定，诗人总是依据自己的情感类型去寻找、感受、并解释各种表象，使表象充分对象化和人格化，成为自己诗中的意象。中国现代诗人郭沫若说过："诗人的宇宙观以泛神论为最适宜。"郭沫若之所以把泛神论作为诗人最佳宇宙观，就是因为泛神论把一切事物都感知和理解为具有心灵意识的。这也就是说，作为一个诗人，他要自己的心灵去解释一切客观对象，去与大自然、与整个宇宙万象对话。王国维在其《人间词话》中有一段话说得很生动、形象，他说："词人之忠实，不独对人事宜然，即对一草一木，亦须有忠实之意，"因此诗人才能够"以奴仆命风月,与花鸟共忧乐"。若按照客观生活常规来看,对没有生命意识的花草树木谈忠实之意不是可笑和不可思议的吗?然而,诗歌史上一切留下名字的诗人,其作品中几乎无不如此,这与泛神论的宇宙观显然是十分接近的。而事实上,许多重要诗人,如布莱克、雪莱、歌德、泰戈尔等等,也的确是泛神论者、或受过泛神论哲学的明显影响。

敏锐的易感性与强烈的心灵意识是作为一个诗人最基本的素质,而要真正进入诗歌构思、创作的具体过程,着手于对于某一具体诗歌作品的设想、组织、营造,则要求诗人必须善于把易感性与心灵性协调为一,即:诗人要善于把各种形态的生动表象依据思想情感的内在尺度进行选择与提炼,完成美学意义上的重新组合。这是一个诗人在诗歌创造中的表象自由联接能力问题。在这里,诗人运用情感表象语言的能力如何,诗人内在的旋律与节奏感如何,开始直接显示出了意义。

对于一首诗,对于一个完整的艺术境界的统觉性直观,与对于一个单独的具体表象的感知观照相比,无疑是一个更为复杂的总体机制过程。诗人需要依据内在情思意绪的特点,依据自己的旋律感、节奏感对它的反应,在心灵的直接观照下有序地组合语言,调动起韵律、节奏、意象——这些起伏流动,或疾或徐的奇妙波涛,最终完成诗歌的审美创造。当然,诗人在审美构思至创造的整个过程中,是无法以清醒的意识感觉到如上的某一具体环节的,他的整个工作,是在作为主体强烈的创造意识驾驭下进行的。若把这一过程看做是一个完整的系统,则如上的韵律、节奏、语言、表象等等,正是实现了充分有机组合的诸要素,在一个诗人的具体创造活动中,它们相互联接、相互依存,是不可能单独分离出来的。这些,也可以总括为诗歌创造之中的审美主体特有的直觉思维能力,应当说,这是一种很难得的创造性直觉、创造性思维。

值得提及的是,诗人自我在上述审美创造活动中的地位与作用。诗人以自己的情思意绪组合表象,使诗的意象成为自己心灵的外化与表征,因此,诗的创造过程即为一个诗人自我实现或曰自我超越的过程。从美学与艺术的角度来看待诗的创造,则"自我表现"论并非谬误。这种审美活动中"自我"的决定性作用,与伦理学、社会学与一般实践概念中的"自我"、"唯我"、"个人高于一切"等等概念,并非属于同一层次。审美创造,是主客体之间以主体为中心的一种统一与契合,因此,诗人自我的独特气质、性格、文化基础、生活经历,乃至具体心境等等,都会或直接或间接地影响具体诗歌作品的构成。在诗歌中,每一个审美意象都是诗人情思的对象。十分明显,人在审美活动之中,并不如同在一般实践活动之中,他已经放下了现世生活中直接物质利益关系的重负(——况且诗人的世俗价值观念一向就比常人要淡漠,这一点,在后面还将谈到),否则,他是无法真正跨入美与艺术的天国的。因此,当诗人进行审美创造时,他虽是通过主体的独特的心灵,虽是在表现自我与实现自我,但同时,他所抒写的又是整个人类共有、共同体验过的喜怒哀乐之情,他已经超越了那个为现实客观性所规定的、伦理学与社会学意义上的"自我",达到了显示着永恒、无限与自由的诗与美的境界。这时的自我,既是他为一个独特的审美主体本人,又已经成了整个人类精神情感的象征。

　　席勒曾经指出:人正是既作为他个人又是作为整个类的代表来审美的。在诗的审美创造过程中,诗人的具体情思意念转呈为直观、新颖、生动、别致的审美意象,就是这个诗人把自己从实际客观生活境况中的自我,净化和升华为诗歌艺术之中"自我"的标志。

　　在我如上所谈到的内容之中,无论是诗人锐敏的直觉感受能力,还是其接近泛神论的宇宙意识;无论是那种在神奇的表象之间进行非逻辑性组合的能力,还是诗人自我的独特气质性灵,都显示了较多的诗人先天禀赋的成分。一个诗人的所谓"才气",他的先天素质,是一种无法否认的客观存在,我们平时所常常说起的,某人直觉思维能力较强,而某人思辨能力较强等等,都包含了这样一种天赋的因素在内。但是,同样值得肯定的是,上述天赋能力,只有依附于开阔、深邃,具有一定艺术素养与人生追求的主体心灵,才能构成一个诗人巨大的审美创造能力,他所创造出来的诗,才能够具有更为普遍的人类价值。而这后者,显然更多地依赖于后天生活的造就。锡德尼在他那本著名的《为诗一辩》一书中说过:"一个诗人,如果不加上自己的天才,却并非勤劳所造成。因此,这是一句老谚语:演说家是造成的,诗人是天生的。但是我一向承认,犹如最肥沃的田地也必须耕耘,所以飞翔得最高的才智也要有个代达逻斯(希腊神话中的巧匠,曾用自制翅膀飞过爱琴海)来指导他。"可见,诗人在"后天"生活中逐步具备的基本素质同样是不应被忽视的,而且它们与诗人的先天禀赋一样,也是有规律可循的。

三、作为一名诗人必要的后天修养

现在,让我们着手分析一下造就一名诗人的主要后天因素。

首先会引起我们注意的,是诗人与大自然的关系。因为在中外诗歌发展史的任何阶段上,大自然几乎无不是诗人们所咏歌的母题。

莫非大自然之中原本就流溢着奇妙,不可思议的诗的气息?

莫非只有在大自然的怀抱里诗人才能超越世俗社会的种种限定,达到诗与美的辉煌境界?

抑或诗人只有利用丰富纷纭的大自然之象,才能表达自己无法直接诉诸常规语言的情思意绪?

对于这些问题的思索是饶有兴味的。

从根本上讲,人类本是大自然的一部分,是大自然自身不断发展与进化的结果。而审美活动,则是人类对其自身的一种反思,这样,自然界的风光物象必然构成人类主要的一部分审美内容。诗人广泛接触自然界的山水风光,能够通过对山水的审美静观,细腻地体验到诗人自我作为整个人类的代表,在日常物质生活中不易体验到的整体宇宙意识;同时,也才能为自己以审美创造积累大量生动、新奇、直观的感性表象。在大自然的怀抱里,被常规与理性所僵滞的心灵复苏了,现实物质生活的重压远逝了,奇瑰纷纭的风光与清芳润朗的气息如甘露滋入诗人本来就更富于感性的心灵;他的理想、期求、欢乐、忧伤,他沉浸在心底无法宣示与表征的情丝,都在大自然那里找到了寄托与象征。古今中外,一切成功的大诗人,曾受到大自然多少恩惠,多少启迪呵!被誉为诗仙的盛唐大诗人李白,便以"五岳寻仙不辞远,一生好入名山游"而著称。他的足迹远涉塞上、江南,几乎走遍全国的名山大川。因此,李白才写得出"飞流直下三千尺,疑是银河落九天";"孤帆远影碧空尽,惟见长江天际流"等等无数流传千古的名句,才能与自然的大千世界永有一种"相看两不厌"的亲切情意,才即便在寂寞孤独之时,也能够"举杯邀明月,对影成三人"。

同样,雪莱若不是酷爱大自然,能够在狂放的秋风之中聆听大自然的心音,他就不可能为后人留下脍炙人口的《西风颂》,留下这样的美妙诗句:

狂放的西风啊,你是秋天的浩气
你并不露面,却把死叶横扫个满天空
像鬼魂在法师面前纷纷逃避
......

——几乎每一个诗人,都与自然的天光水影、山川林莽保持一种亲切默契、心照不宣的情谊,都具有一种对于变幻着的自然界的气象风光特殊的敏感,而且也只有这样,尘世的所谓常识、规范,实用性的功利价值观念才往往在诗人那里被蔑视。事实上,大自然本身就可被看做是一首丰满而和谐,充盈而生动的诗,作为一个诗人,只有经常接受自然的陶冶,才能对美的法则、艺术创造的法则心领神会,在诗的总体构成,诗的内在韵律,诗的意象组合等等至关重要的环节上达到得心应手的境界。

从诗歌史的角度来看,中国的古典诗歌与自然之间尤其体现了一种难解难分的渊源关系。"师法自然";"放形骸于山水之间"、"妙造自然"、"自然英旨"等等诸多类似的主张,被历代诗人们看做是诗歌创作极高的准则。而唐代司空图著名的《二十四诗品》,则更把诗的每一种审美风格、原理与一种自然的风光气象印证在一起,从而把"控物自富"、"妍造自然"提到诗人从事创作至高无上的境界。

人类是同时作为自然与历史的反思而审美的,因此,社会生活也是造就一个诗人不可忽视的因素。诗人既应是一个自然之子,也当是自己时代的产儿,只有把自己投身到生动活泼的社会生活之中,以一个作为"当代人"的真实自我去爱、去憎、去喜、去悲、去追求、去期待、去体验人类的一切欢乐忧伤,这个诗人才能真切体验到自己所处的时代不同于其他任何时代的诗歌气息,才能不落前人之窠臼,准确地把握自己时代所独有的审美意识,从而拓新出一整套蔚为奇观的艺术表现形式,实现自己独特不群的创作个性,并跻身于诗歌史上诸多杰出的诗歌前辈之列。

在作为欧洲近代诗歌发端的浪漫主义时期,许多著名诗人,如华兹华斯、拜伦、雪莱、济慈等人,都曾是当时时代的弄潮儿,他们具有火热的生活激情,具有不安于平庸与世俗的天才敏感,又勇于投身于剧烈动荡的社会变革之中去,因此,他们的作品无论是艺术气息还是其中闪烁着的思想锋芒,都具有鲜明的时代特点。其中拜伦,就是为支援希腊的民族解放事业在战斗中牺牲的。尽管他们中的华兹华斯因精神上遭受挫折提出了返回大自然的主张,但他以往密切关注社会现实的热情与实践,仍对他的创作具有明显的影响。

在中国诗歌发展史上,更不乏诗人,同时又是政治家、军事家的生动事例。伟大诗篇《离骚》的作者屈原,便是一名社会改革家,他以振兴楚国为己任,投身于当时的时代旋涡之中,最后因理想无法实现而投汨罗江,竟为其而捐躯。可以想见,屈原若没有远大的政治理想与抱负,没有那种忧国忧民的真挚情感,没有博大的襟怀与深刻的历史感,是很难写出《离骚》这样情感浓烈,境界绚美,撼天地、泣鬼神的优秀诗章的。

"男儿何不带吴钩,收取关山五十州。请君暂上凌烟阁,若个书生万户侯。"(李贺《南园》)诗史上这样的情况是常见的:出色的诗人,同时又是著名的政治家、军事家、思想家、社会改革家。屈原、曹操、曹丕、庾信、王维、王昌龄、柳宗元、刘禹锡、白居易、欧阳修、范仲淹、苏东坡、王安石、岳飞、辛弃疾、文天祥……这是一串长长的,闪耀着光彩的名字。甚至像李白、杜甫、李贺、李商隐、陆游等等纯情类型的诗人,也都具有自己的政治抱负与社会理想,而不满足于只作一个吟诗弄曲,与时代无关的人。"岂其马上破贼手,哦诗长作寒螀鸣"(陆游诗),由于他们把诗人之自我与社会生活联系起来,并走在自己所处时代的前列,因此,他们也就能够呼吸到具有时代特点与历史深度的诗的气息,酝酿出既具有独特性灵,又有较广的社会与历史涵盖性的诗情,他们是以自己作为一个赤子,一个自己时代痛苦与欢乐的体验者,来完成自己的诗作,完成自己作为一名诗人的历史。中国当前诗坛上,之所以能够涌现出一大批极有生气,极有抱负,极有创新意识,因此也极有希望的青年诗人,与中国二十世纪五六十年代至七十年代这段特定的动乱生活显然具有直接关系。这批青年诗人曾是很单纯,也很脆弱的。他们有纯洁而美好的生活理想,并天真地相信天空永远都是纯蓝纯蓝的,道路也是开阔坦荡的,他们热情地呐喊过、追求过。他们造过反、流过血,许多人曾咬破指头写上山下乡的决心书。然而,他们在一个早上终于发觉:自己被人利用了,上当受骗了,由缺乏思想,到像饥饿之中的人需要食物一样渴求思想。他们开始了凝重、冷峻的自我反思。他们一代人最早的一批诗歌就是在这种痛苦的反思之中呱呱落地的。"告诉你吧,世界! 我——不——相——信! 纵使你脚下有一千个挑战者,请把我算作第一千零一名!"轻信——不信——深信,这是一个否定之否定的过程,也是社会对于一个真正的诗人锤炼、造就的过程。可以说——若无"文革"这段特定的社会生活,没有这种社会生活对于一代人的磨难与洗礼,是不会在二十世纪七十年代与八十年代之交的中国崛起一代令整个世界瞩目的青年诗人的。

个人的命运,无论如何是无法从根本上与他所处的时代的命运脱节的。若一个诗人抛弃了他所处的时代,他必然也同时被时代所抛弃、所忘掉。而这样的诗人,情趣势必显得平庸,情思势必显得狭小,即使天生有一些灵气,也会如同一株秧苗——终会因得不到必要的阳光、水分而枯萎。"江郎才尽"这一中国读者皆熟知的谚语中的诗人江淹,就是这样的一例。说到底,这样的诗人还是不具备大诗人的素质,还是一种才气不足的表现。

最后,我想谈一下诗人的宇宙观与哲学意识与其创作的关系问题。

我曾经提到,在审美创造过程中,诗人就如同一个小造物主,也就是他依据自己的审美直觉能力与创造性想象能力,用那些感性的具体表象——亦即用负载着这些审美意象的创造型语言,构成一个以自己的情思意绪为统辖的审美境界的过程。而他既是这样一个造物主,就必然要赋予那些非情感化、非心灵化、彼此间并无关联,并不相通的诸种表象以内在的契合性、关联性;他既然要创造一个新的世界,他就要为这个美与艺术的世界创立独特的法则与秩序。要构成这样一个诗的宇宙,诗人则无法不将自己的宇宙观与哲学意识提到一个重要的位置。此二者将直接影响到诗人诗笔下营造的世界的大小、丰富、新奇、独特的程度。因此,具有自己独立的哲学观、历史观、宇宙观,对于造就一个杰出的诗人无疑也是十分重要的。诗人在广泛接触大自然与社会生活的同时,也需要广泛汲取哲学(包括美的哲学)、历史以及其他各种社会科学理论,并适当涉猎自然科学方面的知识,以丰富自己的心灵。读万卷书,行万里路——二者是同样重要的。

当然,哲学、历史与各种社会科学、自然科学知识,其在诗人知识结构中的位置、作用乃至表现形态,与在哲学家、历史学家以及其他各种科学专门家们那里,是有较大差异的,方式与目的也是有根本不同的。这集中表现在,各学科专门家们学习与掌握这些知识理论,是为了在自己特定的领域内进行专门性的研究,诗人们学习、掌握必要的哲学、历史与各种知识则是为了开阔视觉、丰富思想,并反作用于具体的审美实践活动。诗人显然并不是去简单、直接地重复这些哲学原理与历史常识,也不是机械地为这些现成的原理、常识等等作图解,而是使这些深刻的哲学思想与历史意识渗入自己思想情感的领地之中,成为活生生的、有血有肉的审美意识的一部分,构成一种完整的、独立自足的宇宙观。具体说来,各类专门家采用的,是一种观念性、条理性、论辩性的把握方式,诗人们则是取一种感性的、整体的、抒情式的把握方式,将这些理论融化为生动活泼的情思意绪,在诗的作品中以宽泛的象征方式隐现于具体意象之中。二十世纪的重要诗人叶芝说过："诗人需要全部哲学，但他必须将这些哲学摒弃于自己的作品之外。"①——既要有哲学的深刻精神，又不能在具体作品之中露出呈以理论形态的哲学观点，这与我国古人所谓"羚羊挂角，无迹可求"、"重兴趣而理在其中"，强调的都是一个道理。将哲理融于意象，使诗趣蕴含哲理，这是诗人不同于哲学家与其他专门家特有的艺术本领。

尽管在诗人的宇宙之中，无法直接看到理性成分的经纬线，但是哲学色彩与思想深度对于这个诗的宇宙的整体美学价值却有着不可忽视的影响。我国宋代重要诗论家兼诗人严羽，在其著名的《沧浪诗话》中强调：诗人要有"别才"、"别趣"，认为创造诗歌必须"不涉理路，不落言筌"，但他也同样强调了这样的道理："然非多读书多穷理则不能极其至。"不妨打一个比喻，如果我们把诗人的灵感与直觉感受能力比作火花，将包括哲理性、历史感在内，由多层次思想内涵构成的总体宇宙观看做火花之上的干柴，那么显然——一个诗人的思想意蕴越丰富，他的宇宙观越博大、越深刻，他的灵感与直觉所点燃的审美创造之火也就燃烧得越旺盛、越持久，其作品迸射出的光彩也就越绚烂、越辉煌。而另一方面，一个对人生、对历史、对社会有自己独特见解的诗人，也肯定要比一个哲学意识与历史观念冷漠或麻木的诗人具有更多获得灵感的契机，因为那些属于他自己的独到见地，往往能够为他提供对审美客体不同于常人的感受方式与角度，从而使他更多地超越常规观念方式与语言方式的束缚。

随着人类现代意识的日趋形成，人类审美需求的不断提高，整个文明社会的诗的观念在不断改变。读者对于诗歌作品的哲学意识、历史意识、文化意识的要求越来越多，写实方式的直述白描，纯

---

① 见《20世纪的文学批评》(《20th century Literary Criticism》)(London 1972)。

浪漫式的情感简单宣泄,已经无法满足人们对诗的审美要求。新奇、生动、独特、别致的审美意象,由这些意象组合成的多层次的审美空间,深刻的哲理与丰富的思想,民族整体文化心理结构的直观化,对于整个人类、生命界与整个宇宙规律的探索与揭示这些,已成为现当代读者对于诗歌的普遍期待。近现代许多著名诗人,如波特莱尔、瓦雷里、里尔克、叶芝、托·斯·艾略特、艾利蒂斯,以及我国近几年来在诗坛上脱颖而出的诸多青年诗人:杨炼、北岛、江河、顾城、舒婷……其作品也都鲜明地标示出了这一点。像托·斯·艾略特的《荒原》,就是以总体构思象征的手法,对于经过世界大战与经济危机之后,整个欧美精神与文化状态历史性的描述,因此在当时欧美诗坛造成极大反响。我国当代年青的诗人杨炼的诗集《礼魂》等等,则是将现代人的思想气息与审美方式,同中国数千年的文化渊源沟通起来,以古代神话、传说、文化遗址等为母题,以雄浑的笔力、开阔的境界,璀璨纷呈的色彩,直观地展示了一个民族的命运,它的文化渊源,并对整个天地自然之道,对宇宙万物万象的生存、变迁规律做了富有诗意的探讨。北岛的《一切》、《回答》,江河的《纪念碑》,舒婷的《一代人的呼声》,顾城的《红卫兵之墓》、《生命幻想曲》等等,也都从不同层次表现了这一代青年初醒的哲学意识与反思精神,容纳了较丰富的时代感、历史感。他们的诗,与五十年代、六十年代的诗的最本质不同,就是在生动、新奇、独抒性灵的意象之中,蕴含了丰富的、属于他们自己的思想,他们作为八十年代的中国青年特有的、闪烁着智睿、跳动着生机的新型宇宙观。这种宇宙观是建立在对于自我,对于现实社会,对于中华民族的历史,对于几千年的文化传统冷静、深刻的反思与清醒、自觉的自我意识之上的。

除与大自然的亲切情谊,对现实社会生活的热切关注,对于哲学、历史与各种社会科学与自然科学的广泛涉猎这几者外,广泛的生活兴趣,对一切新鲜事物的敏感与好奇,以及对于生命、对于人类的真诚执著之爱,也都是构成一名出色诗人的重要因素。如果一个诗人能够酷爱人生、酷爱自然,注意感受自己所处时代的脉搏,具有自己独立不移的哲学意识、历史意识与人格信念,具有广博的生活情趣,那他本身就是一个和谐、充盈、既有多重规定性、又有统一独立性的宇宙,就是一首优美、和谐的诗。杨炼在《礼魂》"后记"之中说过这样的话:写这些诗的并不是我,诗人其实是诗自己。这在一般人看来,这也许是不可思议的,但许多诗人在到达一定境界之后都有这种感觉。若我们把一个诗人看做一个由各种要素构成的系统,按照系统论的原则:一个系统越复杂,其功能也就越强,因此,具备上述诸种后天良好素养的诗人,再加上我们上一章谈到的敏锐的直觉感受能力与表象联接能力,则该诗人势必显示出极强的审美创造能力,他将不仅能新、能奇,而且能深、能博,能建立起一个只属于他独特性灵的诗的宇宙,请看下面的诗句:

> 若是灵魂里充满了回响,
> 又何须苦苦寻觅?
> 要歌唱你就歌唱吧,
> 但请轻轻、轻轻、温柔地……

这是舒婷《四月的黄昏》一诗中的名句。如果说最后一句"轻轻、轻轻、温柔地"表现了她在此诗中特定的情思类型,那么前几句则是揭示出了我们如上所论及的这样一种普遍原理——"如果灵魂里充满了回响,又何须苦苦寻觅",一个诗人达到了这种境界,将不会再为久久等待灵感而苦恼,不会再为苦苦搜寻某一个意象、某一个韵脚而反复冥思,灵感的闪电将随时掠过他的心灵,照亮常人所无法看到的诗的天国。他将从容而自信地在自己诗国的中心运筹帷幄,以他心灵的目光去点铁成金——在并不为世人们所注意的物、象、情、境之中提炼与合成出诗的纯金。这样的诗人,将携带着他们极富感性、极富哲理、并且极富个性,显示着普遍的人类价值、生命价值和整个宇宙价值的诗章,从容地走入辉煌而恒久的诗歌圣殿,在各个时代、各个民族最杰出、最优秀的诗人中间,发现注定属于他们自己的位置。

四、诗人诸种独特的心理素质

通过如上分析,我们对于诗人作为一个艺术上、美学意义上的主体,其各种特征已经有一个大概的了解了。但是对于诗人作为生活中的个体,一个活生生的人,亦即一个完整的、独立自足的自我,在人生其他各个方面所表现出的特点,还不能说是清晰的。分析与考察诗人们具有一定普遍性的气质、特性、神经类型、心理规律、思维方式与为人特点等等,对于我们深入理解诗歌创造的本质,对于我们认识为什么人类需要诗,为什么有的人与诗具有不解之缘,而有的人却与诗十分隔阂,以及对于我们理解诗人劳动的甘苦,解除以往某些对诗人的误解等等,都不能不说是一项极其重要,极有当代意识的工作。随着整个世界对于人、对于每一个个体的日益关注,对于诗人、艺术家气质、性格、诸项心理素质的研究,也必将进入一个新的天地。

限于本文的性质与格局,我这里不能对这许多问题一一作以详尽、细致的考察、分析,而只能在前文的基础上,对这些问题作一个粗线条的勾勒和提纲挈领式的论述。下面准备依次探讨的是,诗人在气质、个性等方面的相通特点,它们分别是敏感的心灵性;思维的非逻辑性;人格的独立性与艺术上的早熟特点。

1.敏感的心灵性

我在本文第一部分与第二部分中已经谈到，诗人具有较强的审美感受能力，能对具体物象产生敏锐的直觉印象，并能将情思意绪随时转化为表象形态。这些特点反映在诗人的基本素质构成上，就是在诗人们那里普遍显示出的情感与心灵的敏感性。从心理学的角度来看，诗人大都属于"多血质"的气质类型，对诗人的心理测验也表明，许多人都近乎神经质，有的还要更严重一些。这种天生的敏感性与主观性，使他们极易激动，许多人在拿起诗笔之前，心灵与躯体就时时受着情感的撞击与煎熬。诗人顾城曾谈到，他从小就特别容易激动，看到夜晚天幕上的星星他激动，看到雨后松塔上悬挂的雨珠他激动，看到路边一朵无名的小花他激动。敏感的心灵使他在刚刚四五岁时，就在独自思索生与死这些永恒的和艰深的问题，并已经意识到自己一生的使命。

　　这种心灵的易感性，几乎在所有具有一定艺术成就的诗人那里都有不同程度的表现。他们带着一颗敏感的心灵来到人世间，比一般人更能够细微地体验人生的各种欲念、忧患、憧憬、痛苦，体验生与死、爱与憎、期待与失望等等细微感受，体验社会、自然、人生、宇宙之中种种不可思议的神秘力量。这些情形，与常人们每每沉浸于现实生活诸种实际利害关系之中，而无暇观照那些带有浓重的本体色彩、与现实利益并无重要和直接干系的"大而空"的问题，显然是很不相同的。由这种心灵的易感性所决定，诗人们在现实生活中，往往容易显得不那么客观，不那么"成熟"，遇事不那么冷静。他们中的许多人，甚至不屑于光顾那些在常人看来是天经地义的人情世故。他们常常于精神上超离俗境，在主观情思意绪编织成的幻象世界中流连忘返。而周围换一个环境，换一批朋友，都会极强烈地影响他们的情绪。这种心灵的易感性，无疑是他们从事诗歌艺术创造的天赐条件，但也给他们的生活带来诸多甚于常人的痛苦与麻烦。《拜伦传》一书曾这样描述诗人拜伦："可怜的他,怀着那么敏锐激烈的感情生下来,比一般人更深地感受到烈火一样痛苦的激动,以柔弱的体质,飘摇在不能胜任的感情的暴风雨中,度过他的一生。""他的那种复杂性的由来,是在于他能够最敏锐地感受外界的变化。不断流转、时刻推移的宇宙万象的姿态,无尽无休地反映到他的心境中。他的神经生来是敏感的,所以他的欢悦、悲痛、羞怨、爱憎都超过常人一倍。"①若没有这种敏感的心灵,没有这种倍于常人的痛苦、激奋,没有这种与世俗常规之间的不融洽与不和谐,一个人就很难成为一名艺术上极有造就的诗人;谁若不预付数倍于常人的痛苦、兴奋、忧郁等等代价,谁若没尝过被诗思缠绕得辗转反侧、夜不成寐的滋味,诗人的桂冠是不会无由地落到他的头上的。

2.思维的非逻辑性

心灵的易感性,决定了诗人直觉——情感——表象系统的发达,而这种感性系统的发达,必然造成对于理性——逻辑——概念系统不同程度的排斥,因此,诗人大多不善于理论思维,而习惯于情感式、意象式思维,这也就是思维的非逻辑特点。

在上几章中我们谈到过,诗人进行审美创造,是以感性的图画性语言为媒介,进行一种情感表象为内容的精神活动。这种精神活动的特点,就是它不依据客观的逻辑因果关系,不遵守一般实用性常规语言的组合规则,而是秉循具体的感性表象的形、色、声、态、味等等外观形式,以其作为发展线索。由于先天强烈的易感性和后天经常从事这种意象式的思维,诗人在一般的思维过程中,在涉及理论、逻辑、辩难等等概念性思维时,仍然表现出明显的跳跃性、具象性、宽泛性、不确定性等等非逻辑特点。那种简约、明了、前后贯穿、组合有序的理论思维,那种沉着、冷静、不露声色却辩证

---

① 〔日〕鹤见祐辅《拜伦传》第21页。

而严谨的推理论证,最为诗人们望而生畏。他们擅长的是从总体、整体、从外观上直观地把握事物的悟性思维。诗人们常常这样认为,理性与逻辑把本来浑然一体、生机盎然的具体对象分割成碎块了,冷冰冰、干巴巴,令人仿佛闻见解剖室里的气味(——这本身就是一种直观的判断)。诗人们的话,他们对自己的思维方式所做的辩护并非没有道理。意象式、直觉式思维尽管显得过于艺术化,不易精当地道破事物的确切内涵,但这种思考、表述方式也有整一性、概括性、丰富性等等优点,且有情有理、有意有象、易吸引人、启发人。中国传统诗学的著述方式,就接近于这种方式,其中司空图的《二十四诗品》,则是典型的意象式表述形态。这些特殊的理论著述,不是今天仍焕发着不衰之活力吗? 不是经常给予我们以妙思般的启发吗? 当然,仅限于非逻辑的意象式思维是很不够的,模糊与清晰,感受与推理,对于一个文明社会来说都是不可缺少的,关键要看具体对象与目的。我们没有道理强求一个诗人熟练于理性的逻辑与概念,因为他们宁愿去作十首诗,也不愿写一篇地地道道的诗学论文。在构成人类精神领域感性与理性之平衡的天平上,诗人们无疑属于前一个秤盘中的砝码。

既富有意象思维能力,又富有理性思辨能力的诗人也有,如艾略特,但这样的例子毕竟太少了。而诗人们的理论著作,尽管也包含了精辟、深刻的美学思想,但与美学家、诗论家们的著作相比,仍不免显得情彩胜于思辨,机智胜于严谨。

3.人格的独立性

诗人要通过审美创造,构成一个独立自足的诗与美的宇宙,他要用全身心与作为客体的万物万象对话,充分调动起自己内在特有的直觉力、想象力、节奏感、韵律,这样,诗人们在日常的生活之中,也必须要具备自己独立不移的人格信念,具备不同于世俗价值尺度的人生价值标准。

真正杰出的诗人（这一点也包括其他艺术家），往往不那么看重现实的物质利益，不那么看重为众多世人所倾慕、所追逐的权势富贵。但是，他们却把精神自由、思想自由、人格自由视为至高无上的生活理想，把对于正义、真理、尊严、人道主义等等，这些用现世价值标准看来比较缥缈、比较虚幻（——这些都不是看得见、摸得着，有实际现实物质利益可得的东西）的追求置于较高的层次上。一名真正的诗人、艺术家，是很难为了得到某种功名头衔与物质利益而放弃自己人格的独立性的。也许正由于如上种种原因，他们在现实生活中常显得"矫矫不群"（司空图语），显得"过于"愤世嫉俗，他们与现世俗境总是不易融洽，不易和谐。他们每每为世人们所误解，也常常表现在这些方面。

李白当年被帝王视作贵宾迎进国都长安，与皇上平起平坐，宰相称他为"谪仙人"，大臣为他脱靴，每天随意出入于宫廷之中，金樽美酒，玉盘珍馐。但唐明皇召李白进宫只是为了附庸风雅，并不考虑李白的所谓独立人格，李白的政治理想与人生追求并不能得以实现。王公贵族们那种终日于酒色之中醉生梦死的生活，是为李白所不齿的。因此，即便有显赫的身份，有优厚的物质生活条件，他仍然"停杯投箸不能食，拔剑四顾心茫然"；仍感到"大道如青天，我独不得出"，"安能摧眉折腰事权贵，使我不得开心颜"；于是他毅然离开宫廷，放浪形骸于名山大川之间，继续寻访名山奇水，在与大自然的交往与对话之中保持精神的自由与人格的独立性。

王国维曾经说过："诗人就是赤子之心没有泯灭之人！"；惠特曼认为："诗人比其他的人更追求和更欢迎自由。他们是自由的声音，自由的解释"；普希金也在诗中这样写道：

我只愿意歌颂自由，

只向自由奉献诗篇；

我诞生到世上，而不是为了

用羞怯的竖琴讨取帝王的欢心。

（《致普柳斯科娃》）

对于真善美的爱与对于假丑恶的恨常常是等量齐观的。诗人们对于现实中丑恶的东西往往会难以容忍，总是大胆抨击，不虑后果。这样，诗人也常会使自己处于某种逆境之中——这尤其表现在恶势力横行的时候。中外诗歌史上，许多大诗人的经历都是如此。也正因这样，诗人才显得比常人更坚忍、更真诚、更执著，身陷囹圄，却每每创造出璀璨夺目、流芳四溢的不朽诗章。

屈原的《离骚》、阮籍的《咏史诗》、杜甫的《旅夜抒怀》、李商隐的"无题"诗、李清照的长短句等等，都是在这种苦难与忧患的心境中创造出来的。

我们都知道，优秀的诗歌作品，往往以其诗境之高渺，诗格之新奇取胜，而诗境与诗格、与诗人的人生境界与诗人之人格是密切相通的。那些传世佳篇所表现出的率真的性灵，独特的立意，奇妙的想象，优雅、开阔的境界，宏大、超俗的气势，与诗人们孜孜不舍于自己的理想与信念，如少女珍重自己贞洁一样注重自己人格的独立性，酷爱思想上、精神上的自由等等，不能不说直接相关。美，没有直接的功利目的性（康德语）；美，是真理的感性显现（黑格尔语）。很难想象一个满身铜臭、利欲熏心的人，一个趋炎附势、不具备自己独立人格与思想的人，能够成为一名诗人。

4.诗人创作的普遍早熟特点

由于诗歌创作是诗人展示自己情思的意象与心灵的境界，最需要敏锐的直觉思维能力，最需要丰盈、充沛的情感与想象；由于诗歌创作是对既定与因袭着的常规观念与思考方式的一种冲突与对立，而一个人的感知表象系统往往在青少年时代最丰富、最敏锐,一个人所受传统思考方式与感受方式的影响也以在青少年时期为最少,因此,一个杰出的诗人往往能够在青少年时代就获得成功,这一点,诗人与音乐家、画家的情况相似,小说家、戏剧家、文学批评家,以及其他社会科学家获得事业的成功在年龄上则显然要迟一些。

在我国唐代诗人中,初唐四杰之一的骆宾王,七岁就写出了被后人吟咏至今的《咏鹅》诗:"鹅鹅鹅,曲项向天歌。白毛浮绿水,红掌拨清波。"——诗趣清新,形象明快;被后人称为"诗佛"的王维,九岁就能诗能画,十六岁时就写出了《洛阳女儿行》,十七岁就写了"每逢佳节倍思亲"这样的名句。中唐大诗人白居易,五岁就开始写诗,九岁就通全部声韵,刚满十六岁就写出了"离离原上草,一岁一枯荣。野火烧不尽,春风吹又生"的著名诗篇。

外国诗人之中,但丁、拜伦、雪莱、济慈、歌德、普希金、莱蒙托夫等人成名之时,也都十分年轻。

再看我国当代诗坛:在七十年代与八十年代之交走入诗坛的这批令人瞩目的青年诗人,开始写诗时,也都不过十六七岁,有的年龄更小一些,如顾城,写他那首著名的《生命幻想曲》的时候才十一二岁;目前已初见端倪的"学院诗"的作者,也都是一群年龄在二十岁上下的大学生。

当然,早熟并不一定是最丰硕的时期,也并不意味着诗人到成年之后诗才就枯萎了,黑格尔甚至认为,诗人到了老年,由于所感日趋增多,经验日益丰富,诗完全能够写得更出色,他还以歌德的创作道路为例,指出,歌德晚年的作品与他年轻时的作品相比,显得更深沉、更成熟,达到了炉火纯青的程度。诗歌史上,这样的先例也不止歌德一人,雨果、泰戈尔、庾信、欧阳修、杜甫、陆游等诸多诗人,其晚年的创作也都显示了新的拓展,显示了不衰的风骨与蓬勃的生命力。诚然,人到中年以后,风华正茂,青春年少的才气时代已经过去,这时,往往会有不少诗人辍笔停吟,这种情况与年龄无疑有一定关联。青春期消逝,人的情感逐渐趋于平静、淡泊,直觉感受能力不如青少年时代敏锐,思想也会自觉不自觉地逐年因袭常规性与传统性的东西。这时若不使自己的思想积极吸取新鲜养料,不保持对一切新事物的敏感与热情,整个精神领域就会逐渐变成一个封闭系统,当然也就很难再激荡起诗情了。这时,即使强打精神,也只能写出一些缺乏才情,味同嚼蜡的伪艺术品。由于诗人们气质、性格、经历、阅历、哲学历史意识与宇宙观差异极大,因此诗人们最终的艺术归宿也是大不相同的。值得注意的,我以为倒是艾略特的那句名言:"任何一个二十五岁以上,还想继续做诗人的人,历史感对于他,简直是不可缺的。"赋有历史感的深邃目光,赋有开阔的宇宙意识,赋有整个人类命运体验者与探索者的姿态——这些能够使一个诗人免除传统陈旧观念的桎梏,保持一颗敏感的、永远青春年少的诗心,从而不断写出更有历史意识与宇宙意识、艺术上不断创新、不断开拓的诗作。

以上,我们依次对诗歌艺术形式本身对诗人的要求、诗人的先天艺术条件与造成一个诗人必要的后天因素,做了较为系统的考察。在最后这一章里,我又对诗人本身的诸种气质、性格、心理特质,诗人在生活、思考、艺术创造等方面的一系列特点作了概括与分析。但愿您读完本文,能对诗歌的审美创造者——诗人——有一个比较清晰、比较亲切的认知与了解,既不必把他们罩在神秘莫测的光环之中,也不至于简单地把他们归入神经病患者的行列之内。但愿人们能够得到这样的初步认识:诗人是生活在我们中间一部分心灵最敏感、情感最丰富、联想最生动的同伴。由气质、性格、神经类型以及诗歌创作特殊的思维方式所决定,他们往往比常人具有较强的个性,有时显得过于敏感,有时表现出过于偏激。但他们却有着鲜明而强烈的正义感,有着执著的理想与追求,有着自己独立不移的人格信念。他们以感性、直觉的方式，探索着同理论、思辨世界中同样深刻，对于人类说来同等重要的课题。他们的工作应该受到人们的理解、尊重、爱戴。

在此，我也希望诗人们读完此文，能对自身有一个更加清晰、更为自觉的认识，更好地发挥出自己潜在的诗才，并不断完善后天必要的诸种修养，不断重新确立自我，超越自我。诗的创造的确不是一种理论、理性的学问，但若能在感性与直觉之中尽可能多地融合和渗透理性的成分，感性与直觉的光芒将会更强、更明亮，所照射到的诗的疆野也将会更广阔和深远。

我衷心期盼的是，能有更多的研究者把目光投到对主体、对人本身的研究上来，这是人类进入现当代社会以后显得日趋重要而迫切的课题，也恰是我们以往的研究工作所忽视的。

1984 年 6 月初稿于中国人民大学

1985 年 9 月改定于北京大学

诗歌，期待着美学的批评

××同志：

你好！来信收到了。以往，你常怪我笔懒，这次我却马上提笔回信了——倒不是我的手变勤了，而是你信中谈的话题唤起了我的兴趣。

你信中谈到，近年来，我国的诗歌创作取得了颇为可观的成绩，但是批评家们却似乎没能对此予以及时的理论总结与升华，促进创作的进一步蓬勃发展，对此，我亦有同感。的确，自粉碎"四人帮"以来，我国的诗歌创作领域发生了很大变化，其繁荣的程度，可以说是新诗产生以来不为多见的。如何从艺术审美的角度评论与总结这一段的创作实绩，促进创作的大潮不断向前推进，这必然涉及一个开展美学的诗歌批评的问题。

马克思主义的经典作家十分重视美学的批评。恩格斯曾多次指出：美学的、历史的标准是文艺批评的最高标准，如果说，小说、戏剧等叙事文学由于更注重揭示人生，评判社会，因而对它的批评也不免更带有历史、哲学与社会评论的色彩（事实上，即使这些文学形式也无法离开美学的批评），那么以抒发情感，表现寄托为主要功能的诗歌，则显然更需要从艺术审美规律的角度，从主体与客观的关系上来进行批评。

记得黑格尔说过："诗比任何其他艺术的创作方式都要更涉及艺术的普遍原则。"他所说的艺术的普遍原则，也就是审美创造的法则，或者说美的规律。我总觉得，对于一首诗的感受、鉴赏、品评,实际上就是对美的感受与把握的一种具体化。因为诗的本质特征就在于:通过感性的审美意象抒发诗人的情感(这情感中包含着思想、意志、欲念、憧憬等等成分);而美的本质恰在于人的本质力量的对象化(马克思语),即:在一个由人的情感统辖着的现象世界中直观自身。我以为,这两个命题在本质上是并无差别的(尽管诗尚有自己具体的技术性手段,如:语言,韵律,节奏等等)。

在我国,升华到美学高度的诗歌批评曾是非常发达的。从钟嵘的《诗品》,皎然的《诗式》,司空图的《二十四诗品》,直到严羽的《沧浪诗话》,王夫之的《姜斋诗话》,王国维的《人间词话》等等——这一传统,可谓源远流长。这些前人留下的诗论著作——各种诗话、词话,已成为我们民族美学与艺术理论的主要构成形态,即便在当代各色纷繁的理论面前,仍闪烁着其特有的光辉。

我国这种特有的美学与艺术理论的著述方式,并不求庞大的规模与复杂的体系,往往针对具体作家、作品、具体文艺现象(如思潮、流派等等),单刀直入,一箭中的,直接揭示出深刻的美学道理。且这种批评,往往有意有象,生动活泼,能以深入浅出,轻巧敏捷取胜。不仅理论家,作者与鉴赏者也都不会感到困惑乏味,绝不像某些大部头的“体系性”专著,仅其厚厚的理论体系外壳,就足以令人望而生畏,退避三舍。而且从本世纪文学批评与美学理论的发展趋势来看,乐于在纷纭复杂的抽象术语、概念之中构造“体系”的人越来越少,大多数理论家都转而把对作家、对读者、对思潮流派以及对作品本身的批评作为主要任务。回顾我们民族文学批评的发展历史,展望世界总体文艺理论的动向,应当说,我们在这一世界性的潮流之中实在是得天独厚的,应该在我们前人宝贵遗产的基础上再做新的建树。

可见,发展美学的诗歌批评,不仅是推动当代新诗创作,总结当前审美经验的需要,而且是继承我们民族的文学批评传统,建立有民族特色的、现代化的文论体系的需要,是一项时代与历史向我们提出的任务。因此,我完全赞同你来信中谈到的"为了发展具有民族特色的马克思主义文艺理论,促进诗歌创作的进一步繁荣,是否有必要把美学理论与诗歌批评结合起来"的想法,并愿同你一道呼吁:诗歌,正期待着美学的批评!

关于批评的具体内容与角度,我略予思考,你看可否从这样一些方面入手:

一是针对某一具体作品,把鉴赏与品评结合起来,从艺术审美的角度,引导读者领略该诗作在艺术表现上的妙趣与整体构成上的成功之处,深入浅出地把鉴赏与品评升华到美学的高度。

二是对一个诗人近作或全部作品的评析,把着重点放在他的诗歌为当代诗坛带来了哪些独特、生动的艺术气息,并以此来管见当代诗歌发展的动态趋向。这就是在一个时代的横断面中考察诗人的艺术审美观,可将艺术社会学与审美心理学两大理论方法结合起来。

三是对美学追求上相通、相近的诗人们的综合性批评与考察。侧重点可针对他们共同的艺术探索,指出他们这些探索与创新的美学价值以及在诗歌发展史上的意义,旨在以此促进这些诗人们的创新,并为其他不同艺术探索与追求的诗人提供参照对象,造成不同艺术流派、不同美学风格百花齐放,争奇斗彩的生动、繁荣局面。

此外,还可以结合具体诗人和作品,对一个时期内普遍表现于诗歌创作之中的重要美学范畴,如:意象、叠印、通感、超感、交感(此三个概念有同有异)、象征、意境、审美直觉等等,作以分析、阐述,并可考察当代诗人们的创作对这些范畴的涉及情况、发展情况,使当代人的新的审美经验及时得以理论上的总结,推动审美创造的更新与深化。

如上这些,只是我收你信后的一些思考,我相信美学批评的范围,肯定要比这些宽广得多。

搞好这项工作,最关键的是理论队伍自身的建设。你一定也注意到这样的情况:与整个世界美学与文艺理论的发展趋向相反,我们国内的不少理论家、批评家,比较注重系统性的学术专著,而较少顾及当代的创作与批评实践。这里的原因当然很多,但是轻视评点式、意象式的批评,也是其中的一个因素吧。去年秋天,我与另一个朋友曾和美学家李泽厚聊起过这个情况。李泽厚说,其实,系统性的长篇论著与评点式的批评文章我们当前都很需要,而一切理论,都首要应从具体作品的感受、体验入手,这是我们民族的传统。没有真切感受与体验的文章,很难写得生动、具体,却颇易变成言之无物的空中楼阁。李泽厚同志还谈到了当代诗人的一些作品,认为是很有成绩,很值得评论的。我想,如果我们的美学家、文艺理论家能像李泽厚同志说的那样,不是仅仅着眼于宏观的理论著述,而是把理论与实践、历史与现实、抽象与具体、演绎与综合恰当地统一起来,注意在当代文学艺术的创作实践中发现研究课题,那么不仅我们艺术批评的面貌会大为改观,而且当代美学研究也肯定会出现新的契机,打开新的局面。

再就是我觉得诗人们也应该参加对作品的批评——一方面总结自己的艺术审美经验,一方面发表对当代创作与理论发展的见解。去年在《文艺报》上见过一篇《作家也要有点理论兴趣》的短文,我以为此问题提得很有意义。从中外诗歌发展的历史来看,许多杰出诗人,同时又是著名诗论家,为当时时代贡献了不少精彩的美学思想。如我国杜甫、元好问等人的论诗绝句,王昌龄的《诗格》,司空图的《二十四诗品》,严羽的《沧浪诗话》,袁枚的《随园诗话》等等;外国从浪漫派的雪莱、华兹华斯、歌德、席勒、海涅,到象征派的波特莱尔、瓦雷里、叶芝、艾略特等等,也都有著名的诗歌美学论述。我相信,在现代社会,如果一个诗作者对于美与艺术没有一点自己的独特见解,对于诗的哲学一窍不通,他是不会成为第一流的大诗人的。

我想,如果美学家、文艺理论家、诗人们都能够关注美学的诗歌批评,再加上原有的诗歌批评家,则我们这支批评的队伍就比较可观了。当然,这些还都只是愿望而已,要想成为现实,还得靠大家的赞助、支持与共同努力。

今天,由于我们是从如何总结诗歌艺术审美经验的话题说起,所以我只就诗歌美学的批评问题发了点议论。其实,从其他角度、运用其他手法的批评——如哲学的、社会学的、伦理学的等等也并非不需要。提倡批评方法的多元化,造成"百家争鸣"的生动局面,这是我们在上次通信中完全一致的主张,也是大家共同期望的,这里就不多赘述了。

即颂

笔健

1984 年 2 月

审美意象初探

　　近几年来,"意象"一词开始越来越普遍地出现于文艺批评与美学理论的文章之中。但是有趣的是,这样一个被广泛使用着的概念本身,却始终处于一种宽泛与模糊不定的状态,相当一部分同志往往将"意象"与"形象"、"意境"等术语混同使用。有些搞中国古代文论的同志,往往从考察历史的角度着手论述意象,而很少把它与当代的文学创作与批评结合起来;搞外国文学的同志,又往往习惯于从英美意象派所使用的"image"一词着手介绍"意象"(事实上,"image"一词在现代西方文论中,也有着五花八门的解释,是一个"灵活得令人困惑"①的术语),同样极少涉及我国创作与批评的现状。这样,就导致了"意象"这一术语在我国当代文论中的歧义。

　　本文准备就意象的起源,中国与西方意象理论之间的异同,以及意象的基本审美特征作些初步探讨。

　　在我国,意象远在《周易》之中,就有了雏形。《周易》中的"易象",是利用八卦图像演绎人生福祸的一种暗示与象征。其中既有"天地自然之象",又有"人心营构之象"(章学诚语),而这二者又往往彼此交错,乃至相互包含。其中的"人心营构之象",是"情之变易为之",即作为立体的人的创造,它不仅代表一定的具体物象,而且有联想,有幻想,有具体的情感因素。如果剔除其中的不可知论以及神秘主义的巫术因素,那么已经颇为近似今天的"审美意象"

<hr>

　　① 见《现代评论术语词典》(《A Dictionary of Modern Critical Terms》)(London 1978)第 92 页~93 页。

了。因此,尽管不能把《周易》之中的"易象"直接等同于后来的"意象",但二者之间却有着密不可分的联系。

此外,《周易》中所提出的"观物取象"、"立象以尽意"等等理论,也已经初步涉及了意象的生成原因、意象的基本美学性格等重要命题,成为中国艺术的哲学基础与美学基础。正如美学家高尔泰所指出的:"周易之中的'易象',是一种抽象,又是一种具象……既是哲学的精义,又是艺术的精义。卦、爻、象形文字是介乎哲学与艺术之间的、象征性的东西,但它们是中国艺术的雏形。"①

到了魏晋时代,儒家一统思想崩溃,魏晋玄学——这种富有浓重思辨色彩的哲学思潮繁荣一时,使得"意象"的概念在理论上进一步完备。当时年轻有为的玄学家王弼,就对意象问题作过许多精辟的阐论。如在《周易略例·明象》中,王弼写道:

> 夫象者,出意者也。言者,明象者也。尽意莫若象,尽象莫若言。言生于象,故可寻言以观象,象生于意,故可寻象以观意。意以象尽,象以言著。……象生于意而存象焉,则所存者乃非其象也;言生于象而存言焉,则所存者乃非其言也。②

王弼的话实际上阐述了这样的思想:"象"是作为主体的人之"意"所为之;意与象相互依存,这种"象",就是意象。因此,意象实际上是主体与客体之间形成的一种契合,是以具体可见的"象",来表现抽象的、不可见的"意"。除此之外,王弼还指出了语言是转述意象的媒介,得象之后,它就失去作用了;具体之"象",最能表达主体之"意"等等,这对于我们研究诸种艺术形式的审美本质,亦有其

---

① 高尔泰《论美》。
② 见《王弼集校释》。

特定的学术价值。

到了晋代，挚虞在《文章流别集》中，提出了"假象尽辞，敷陈其志"①的观点，他的所谓"志"，显然属于主体的"意"的范围，此话的意思，也就是说，要利用形象来表达主体的思想情感。那么这种"象"，实际上就是意象了。挚虞尽管没有直接写出"意象"二字，却已经表达了相同的意义。

与挚虞所处时代相隔不远的著名文艺理论家刘勰，在《文心雕龙》中已明确使用了"意象"的概念，他这样论述到：

> ……使玄解之宰，寻声律而定墨；独照之匠，窥意象而运斤；此盖驭文之首术，谋篇之大端。② 刘勰不仅提及意象，而且将它的生成过程包括到"驭文之首术，谋篇之大端"的整个"神思"过程之中，从而强调了它的重要作用。尽管后人对刘勰提出的这个"意象"概念解释不一，但他的"意象"、"神用象通，情变所孕"、"思理为妙，神与物游"等观点，确是涉及了文学创作之中意象的生成过程，这对我国以后意象理论的发展具有深远的影响。

自魏晋南北朝以后，我国的诗歌、绘画等各门艺术得到了空前的发展，各种流派，各种风格逐步趋于成熟，开始形成中国古代文学艺术的基本美学性格。而创作的实践，势必要在理论上得到总结与升华。这样，《周易》时就已奠定了的中国艺术批评传统，同创作实践得到了进一步的相互印证与促进，一时，"气象"、"兴象"、"境象"、"意象"、"意境"、"超以象外"、"得意忘象"以及"象外之象、景外

① 见《中国历代文论选》第1册。
② 见《中国历代文论选》第1册。

之景"、"气象既得,神采自真"等等术语与观点,纷纷然出现在中国古代对诗、画的品评与鉴赏之中,以对艺术作品中之"象"——审美意象的考察为核心的艺术批评蔚成风气。

如果将我国的意象理论同西方的意象理论相对照,那么可看出两者具有不同的发展线索,这主要表现在:

第一,我国的"意象"说,是从兼具有哲学与艺术色彩的《周易》之中萌生的。还在"易象"阶段,它的基本规定性就是"立象以尽意"——以可见之"象",表现不可见之"意"。在这种哲学、宗教、巫术、艺术诸种成分杂糅着的人类早期精神形态中,往往包含着艺术表现与艺术象征的关键要素,因此,我国的意象理论从开始孕育就与艺术天然相通,成为构成我国整个艺术体系的一块重要基石。而西方的"意象"一词,则是在哲学认识论的范畴中孕发的,且各国与各个时期之间,并无统一与一贯的源头。在西方文论的开山祖柏拉图那里,"象"可用"相"来表示,即指事物的具体影像,而艺术摹仿的正是影像,是影子的影子。亚里士多德虽然对柏拉图的观点有所发展,但在艺术的根本性质的问题上,他依然坚持"艺术的本质即在于摹仿"[①]的观点。至于早于他们的原子论者们则认定艺术起源于摹仿自然,对于"意象"二字更无法想到。从古希腊到近代欧洲的漫长岁月中,"摹仿说"在西方始终占着统治地位,这种以"摹仿"为艺术本质的文艺观本身,就决定了西方早期关于"象"的概念,只能是属于一般认识论范畴的"表象",而无法产生像中国那样以"立象尽意"与"观物取象"为基础的审美意象理论。

值得一提的是,朗加纳斯的《论崇高》中,曾提及了意象、心象的概念,但此书写出后即被遗忘了一千多年(同时代的人几乎没有谁提到过它),因此,它也不可能对西方的意象理论有所影响。

....

① 见亚里士多德《诗学》。

一直到了十七世纪的著名哲学家斯宾诺莎那里，"意象"一词，仍被看做与一般的知觉表象相等同的概念①——尽管他多处用到这个术语。这样，就意象的起源来看，西方的意象概念与我国相比，无疑与艺术的基本要素相差较远。

第二，正由于我国意象理论与文学艺术之间具有这样一种天然的血缘关系，因此，当"意象"这一术语正式过渡到艺术审美领域之后，它便被广泛地运用于对诗歌、绘画等具体艺术门类的品评、鉴赏之中，与创作的实践紧密结合，相互印证，比如唐代司空图论诗的所谓"意象欲出，造化已奇"、"真力弥满，万象在旁"②；宋代黄伯思关于绘画的所谓"得意忘象"才是"深于画者"③，才是传神之作等主张。这种情形，促进了理论与创作的沟通，使理论有可能直接指导或影响创作，创作又反作用于理论，促进理论不断发展。而西方的情况则不然，当十八世纪的德国美学巨擘康德，在他宏大的美学论著《判断力批判》中全面阐述了"审美意象"的概念，把意象正式从哲学领域引入美学领域时，康德指出："审美意象是一种想象力所形成的形象显现。""诗人肩负了这样的工作，要把看不见的一些理性观念的东西，如像天堂、地狱、永恒、创世等，翻译成为可以感觉到的东西。再或者把经验中所发生的事情，如像死亡、忌妒、恶德以及诸如爱情、荣誉之类的东西，借助于想象力的帮助，不仅使它们具象化，而且在具象化的当中使它们达到理性的最高度，显示得那么完满，以致使自然本身相形见绌。事实上，正是在诗的艺术中，审美意象的能力才能得到充分的展示。"④这些论述，与中国古代的意象理论在内涵上十分相似，已经揭示出了审美意象的本

① 见斯宾诺莎《伦理学》。
② 司空图《二十四诗品》。
③ 见《东观余录》。
④ 见《西方文论选》上册。

质构成特征,但这些论述,却并未对当时的西方文学艺术产生直接的影响。

第三,中国传统意象说的基本内涵,是以"意"统摄"象",用"象"表现"意",因此出现了诸如"立象尽意"、"寻象观意"、"得意忘象"等等命题,"意象"可以分解为"意"与"象"两个各自独立的名词术语。这就表现出中国意象理论某种程度上的重"意"轻"象"特点。"象"只是作为一种媒介,一种符号、一种启示,"象"后面的"意",才是它的真宰——"是有真宰,与之沉浮";"乘之愈往,识之愈真"[①],整个中国传统艺术重情、重意、重喻理,而轻形、轻摹仿、轻写实,与源于《周易》的意象体系有着显而易见的关系。而西方的意象理论,从一开始就没有"意"与"象"这种能够分而为二的概念,意象——"image",从来是一个整体,即一种相对于抽象概念的具体、可感的表象。作为集西方理性主义与经验主义两大哲学体系之大成者的康德,虽然提出了审美意象之产生,是由于"它从属于某一概念",但他紧接着就一再强调,"由于想象力的自由运用,它又丰富多样,很难找出它所表现的是某一确定的概念"[②];"语言就永远找不到恰当的词来表达它,使之变得完全明白易懂。这就很清楚了。审美意象和理性观念是相对称的"[③];"更重要的则是因为没有概念能够与作为内心直观的这些形象显现,完全符合。"[④]至于伴随直觉主义、非理性主义出现的欧美诸家现代诗论,则更把意象的直觉性与随意性置于意象之本质规定性的地位。在克罗齐那里,意象即直觉,[⑤]直觉产生杂乱无章的意象;在柏格森那里,则把这种直觉规定

---

① 司空图《二十四诗品》。
② 见《西方文论选》上册。
③ 见《西方文论选》上册。
④ 见《西方文论选》上册。
⑤ 见克罗齐《美学原理》。

为一种排除理性的"一个单纯的进程"①；英美意象主义运动的领袖人物庞德，甚至主张完全排除理性的痕迹，他认为，若有理性成因加入，会使意象不清晰，并指出，"这种情况，是由于作者不了解自然客体本身足够的象征意义。"②如上情况，显然与西方现代哲学、心理学，以及诸种自然科学的发展密切相关。

这样，在西方文坛上，"image"一语，就成为使用得极为杂乱的概念，"任何由文学语言所引起的可感的效果，任何感人的语言，暗喻，象征，任何形象，都可以被称为意象。"③意象的根本含义究竟是什么，则显然很难确定了。

当然，各民族的艺术，尽管形态纷纭，但同作为人类审美意识表现的一部分，毕竟有其彼此相通的某些特质。我国与西方的意象理论，在基本内涵上也有某些相通或相近的一面。

首先，从发展与演变的过程来看，不管是中国，还是西方，意象的概念，都首先孕育萌生于一定的哲学范畴之中，而后才逐渐过渡到艺术审美领域（尽管途径并不一样），成为一个专门的美学与艺术批评术语。这一方面说明：哲学认识论尽管与艺术理论有关系，但它毕竟不能代替艺术理论，正像一般认识活动不能代替审美活动一样。意象由哲学范畴向美学与艺术理论范畴的演变，实际上是人类审美意识走向成熟的一种必然；另一方面，这种发展过程也表明：意象绝不仅仅是一个一般的艺术技巧性术语——尽管它也有技巧性的一面——而是从哲学的高度，对诗与艺术本质特征的概括。事实上，"意象"二字，正是极简要，而又极准确地概括出了这一特征。

---

① 参见《克罗齐〈美学纲要〉一书绍介》(载《美学》第 4 集)。
② 见《20 世纪的文学批评》(《20th Century Literary Criticism》)(London 1972)第 60 页。
③ 见《现代评论术语词典》(《A Dictionary of Modern Critical Terms》)(London 1978)第 92 页～93 页。

其次,我国与西方,意象一词都有一个最基本、也是最主要的内涵,即:与理性的逻辑概念相对的具象性与可感性,这是诗与一切艺术的一个基本特质——没有可感性,就无法构成任何审美事实,也无从谈起任何艺术形式。

尤其是自十九世纪末二十世纪初以来,由于西方诗歌与绘画对于东方、尤其是对于中国古代诗歌与绘画的学习、借鉴,同时,也由于我国诗画等艺术对于西方现代艺术的借鉴,形成了在"意象"这一术语的基本内涵上,东西方逐渐靠拢的趋势,在当今的各国美学、艺术批评之中,意象,实际上已经成为一个融汇了东西方诸民族的艺术审美经验,从而既有确定的基本含义,又有丰富多彩的外在表现形式的文学艺术术语。这样,我们就有可能以如下几个方面,去考察现在通行的意象概念所具备的一些基本审美特征。

表现性:意象,是作为审美主体的文学艺术家抒发自己的审美认识与审美情感、评价的一种直接方式,即创造者借助具体、生动、直观的感性画面来表达主体之"意"。因此,任何意象都必然具有不同层次的表现性。马克思曾经提出过一个重要的美学命题:美的本质是人的本质力量的对象化。[1] 所谓人的本质力量,包括理想、认识、憧憬、诸种情感现象等等(这些精神世界的东西,是人类所独具的,是人与动物的本质区别,所以可以理解为人的本质力量)。在审美活动中,则集中表现为主体之"意";而"对象化",则是把上述理想、认识、憧憬、欲望、情感等等形而上领域的东西(看不到、感受不到),在具体可感的对象世界中得到表现。意象的生成过程,实际上就是这样一个把人的本质力量对象化的过程。

象征性:意象表现人的思想情感的方式,不是如散文那样——用日常的语言与习惯的思维方式,而是通过生动、直观的感性形象

---

[1]　参见马克思《1844 年经济学哲学手稿》(刘丕坤译)第 51 页。

来表现。这就决定了对艺术作品中审美意象的鉴赏,是一个通过感性形象,领悟作者内在情思的过程,这种感受的间接性,也就是意象的象征性所在。意象的象征(亦即艺术象征)特点在于,它表现为生动、独特、直观的具体形态,因此不同于那种狭隘、单一的低级象征。它本身包含着丰富、生动的诸种内涵,既具有外在直观形象本身生动、独特的审美价值,又蕴含着超出这种直观形象之外、更深一层的象征意义,这是一种感性与理性,具体与抽象,可能性与现实性,一与多的有机统一。

创造性:我们已经多次提及,意象是主体与客体的审美契合,是主观精神现象呈以具体感性形态;具体感性形态表现审美主体的思想情感。这样,意象本身,就其外观形态来说,就不可能完全等同于纯粹的客观自然之象,而要闪烁出只属于人的审美创造的光彩。李商隐的"春蚕到死丝方尽,蜡炬成灰泪始干",李贺的"昆山玉碎凤凰叫,芙蓉泣露香兰笑"等诗句——春蚕之思念,蜡炬之泪痕,香兰之笑等等,都并非这些客体(春蚕、蜡炬、香兰)本身所真正具备的特质,而是诗人为了完成自己的审美表现所赋予这些客体的,是不同于这些客体自然规定性的艺术规定性,是审美创造的产物。也正是基于这一点,我们才把艺术活动称为一种创作、创造,而不是一般地称为生产与复制。

多义性:"多义性",亦可称为意象内涵的丰富性,这一点,与上述几者都具有内在的联系。既然意象是以具体形象间接表现诗人的审美感受,则这种感性具体形象必然不同于抽象概念的精确性、特指性,而以丰富性与生动性展示出自己的独特性格。我们知道,表象是不同于逻辑概念的一种更古老的人类心理形态,它的特点,是其内涵的宽泛性和不确定性,它能够包含理性成分,但表象中的理性也呈于感性形态,宛如水中的食糖,是有味而无形,性存而体隐了。因此,意象往往给读者以似领悟,又似非全然领悟;似言此,又似指彼;似乎已经如握在手了,一瞬间,又仿佛距自己很远——这样一种微妙难言的感受。这种情形,在人们日常的艺术审美鉴赏过程中是经常会遇到的。从美学的角度考察,审美意象作为一种艺术象征,其潜在的可能性,可以通过不同的欣赏者实现为多种现实性。对这种多解与复义现象,我国古人早已注意到,所谓"如空中之音,象中之色,水中之月,镜中之象。言有尽而意无穷"等等,都是对这种感性之象多义性的生动描绘。

超感性:由于意象是审美创造的产物,是不同于一般客观物象的"人化自然",因此,意象势必显示出不同于生活客观逻辑关系的独特性格。这里,当然不是说可以不通过感官就能够把握意象,而是强调,无论是对意象的创造,还是对意象的鉴赏,都须依据一套不同于一般感知逻辑关系的美与艺术的法则。

我国清代著名诗论家叶燮说过:"可言之理,人人能言之,又安在诗人之言之?可征之事,人人能述之,又安在诗人之述之?必有不可言之理,不可述之事,遇之于默会意象之表,而理与事无不灿然于前者也。"①叶燮的话,实际上正是指出了意象的超一般感觉性的特征。"不可言之理"与"不可述之事",是这种"超感性"的典型表现。让我们看下面的诗句:

> 尽吸西红,
> 细斟北斗,万象为宾客。
>
> (张孝祥)

> 这曲子传到我耳,像吹拂着长满紫罗兰的
> 河岸的甜美声音,偷走花香,又分送芬芳。

----

① 叶燮《原诗》。

（莎士比亚）

　　这些诗句中的意象若按照人们日常的逻辑观念与感觉方式是无法生成，无法解释的。然而，作为艺术品，它们却都是合乎于审美规律的，并且堪为上乘之作。仔细分析来看，这些美丽、生动、新奇的意象，显然是超乎眼、耳、鼻、舌、身等一般感觉机能的。不是吗？——江水用口能吸尽吗？星斗又怎可以当杯盏斟起来？声音如何会有味感？又如何能"偷走花香，分送芬芳"？旋律是一种声音的组合，怎么可能是"绿色的"？可见，这些意象完全是审美主体"以神遇，而不以目视"，"官知止而神欲行。"[①]这是"得于心，传于手，亦不自知其然而然也"[②]这样一种超感过程的结果。这种"超感性"，包括了通感与交感在内，同时又比这后二者更为广泛，也更深刻地反映出了艺术作品不同于物质产品与一般精神产品的本质特征。

---

　　① 见《庄子·养生主》。
　　② 白居易《画记》。

审美直觉与抒情诗的创造

一

唐代大诗人李白的名篇《将进酒》,是以这样两句诗作开头的:

君不见,黄河之水天上来,
奔流到海不复回。……

也许是由于这诗句已被后人念熟了,人们竟容忍了李白一个违反一般生活常识的错误:黄河之水并不是从天上流下来的。

曹操在其重要诗作《观沧海》中,也留下了这样的名句:

秋风萧瑟,洪波涌起。
日月之行,若出其中;
星河灿烂,若出其里。

这里,只要我们依据客观真实的标准稍予分析,也会发现,它所提供的画面同样是违反常规的:日月星辰都是独立的天体,而不是出自沧海之中。

如果我们继续这样观察、分析下去会发现,中外一切杰出诗人,其作品中几乎无不包含着这种"反常规"现象。试看:

云雾和晦蚀也玷污着太阳、月亮……

（莎士比亚）

——把根本无法同日月实际接触的云雾晦蚀直观为玷污了太阳月亮；

我的情人没有来，但是她的摩抚在我的发上，

她的声音在四月的低唱中从芬芳的田野上传来。

（泰戈尔）

——把四月的柔风感受为从芬芳的田野上传来的情人的低唱；

夜潮退了，退远了，

早晨像一片浅滩。

（顾城）

这是诗人和艺术家所特有的感受方式，它不是依据客体的真实规定性，而是依据审美主体要表达的思想情感，利用客体对象的颜色、声音、形状、气味、动态等等外观形式，为这些对象重新规定性质（艺术性质），使二者在霎那间融合为诗的意象。这就是审美直觉。

二

结构主义诗论认为：诗歌艺术，从总体上表现为一种语言的反逻辑性与反常规性；它力图在一个新的范围内重建语言。

这种理论，把语言自身的媒介作用推到极致，认为诗的目的就在于打破常规语言，建立新的语言系统，而不在于抒发情感，表现

寄托,这是有失偏颇的。但是,它指出的诗歌语言中普遍存在着的"反常规"现象,对我们则是不无启发作用的。"言"出自于"意";既然语言是表达思想情感的媒介,那么"反常规"的语言,显然来自"反常规"的思维。

从上面例举的那些诗句中,我们可以看到:审美直觉正是诗歌"反常规"情绪思维的生动写照。值得提出的是,在一般客观生活逻辑与常识看来是"反常规"的审美直觉,在艺术与诗里,却是合乎情理,合乎规律,甚至是必然具备的。这是由诗的美学性质决定的。

三

马克思在《巴黎手稿》中指出:美的本质是人的本质力量的对象化。即:美是人在自己情感(包括体验、欲念、思索、理想等等,为人类所独有,所以是人的本质力量)所规定的对象世界中直观自身。

诗比其他任何艺术都要更涉及美的普遍法则。

诗的特质就在于:在一个由感性图画构成的现象世界中,使人类的情感(同样包括体验、欲念、思索、理想等等)得到自由抒发与展现。

这样,诗歌的审美创造过程,就表现为诗人出于抒发情感的需要,在情感所及的世界中,为万物万象重新确立定性的过程。在这个过程中,诗人一方面要利用自然界与生活中的表象形态与语言形态,另一方面又要不受这些在一般生活惯例看来是准确的与真实的表象形态与语言形态的限定,从而创造出一个由审美情感所统辖的新的境界。

古人所谓"于天地之外,别构一种灵奇"(方士遮语);所谓"其意象在六合之表,荣落在四时之外"(恽南田语);所谓"空中之音,相中之色,水中之月,镜中之象"(严沧浪语)等等,讲的都是上述这种境界的妙趣:它既不同于具体的客观实境,又不同于抽象的主观世界,却又包含了这二者于一身。这就是诗的境界,这就是美与艺术的境界。

四

毫无疑问,这个"于天地之外,别构一种灵奇"的境界,是建筑在生活的根基之上的。但从其内在结构上看,无论是意象的形态,还是意象之间的发展线索,都是对一般生活境象的更新和升华,都是对美的世界的一次新的开拓。也正因为如此,我们才把诗人与艺术家们的工作称之为"创造",而不是一般地叫做"生产"。

不难看出,由于我们前面分析过的审美直觉能够在一霎那中直接超出生活惯例与客观标准的束缚,因此,审美直觉是达到美与艺术境界的一条捷径,是进行抒情诗创造的必要手段。

当然,诗与艺术总是在形与神、实与虚、似与非似之间游动。所以并非每首诗、每首诗的每一句都要由审美直觉去完成。有时,利用现成的自然意象构成诗的画面,也是完全正常的。只是应该明确:诗中之象,永远是诗人情感的寄托,永远是脱离了客观实体,而依附于主体心灵的虚幻之象。诚如黑格尔所说:"诗的目的不在事物及其实践性的存在,而在形象和语言。"[①]

从这个意义上说,审美直觉虽不是诗歌创造的唯一通途,却是实现诗的目的性,达到美的境界的一条捷径。聪明的诗人,是决不会对这样一条捷径视而不见的。

....

① 见黑格尔《美学》。

五

审美直觉表面上呈以感性形态,实际上却是受理性的直接支配的。它是感性与理性的高度统一。

以往,人们似乎有这样一种印象;直觉的,总是排斥理性的。造成这种印象的原因,主要在于把一般的生活直觉与审美直觉混为一谈,缺乏对于直觉问题美学的——特别是审美心理学的分析。

生活直觉,是一种随意性的、偶然的感觉,并不是主体自觉发生的,因而它显然不受理性的驾驭。而审美直觉,则是诗人为了表现自己的思想情感,有意造成的一种艺术情势,是对客体采取一种人为的"错觉化"的态度,这种艺术创造过程中的"错觉化",是必须在内在理性精神的统辖下才能完成的。完全可以说,没有主体的理性,就无从谈审美直觉。

造成"直觉的,即是非理性的"这种印象的另外一个原因在于,由审美直觉所构成的意象,都表现为一种感性形态,是从可感的具体客体向可感的审美意象的直接转化,在外观上则不显示任何理性的痕迹。但事实上,这个转化却又离不开理性。这时,直觉意象之中显然不是不存在理性,而只是不存在赤裸裸的、哲学论证式的理性。钱钟书先生说:"理之与诗,如水中盐,是有味无痕,性存体愿。"这话准确而生动地道出了直觉与理性之间的关系,又恰好与诗歌的本质特征——通过感性形象表达诗人思想情感——形成了印证。

看不到审美直觉中的理性因素,甚至高呼:"把理性捉来,施以绞刑!"(魏尔伦语)——这正是西方"直觉主义"思潮的失误之处。

现实主义美学的魅力与局限

　　新时期以来,我国的文学艺术创作,犹如奔腾跳荡的一江春水,冲开冰川的禁锢,排除泥沙的干扰,一直活泼、兴旺地向前发展。随着创作大潮向社会生活深处、向人们内心世界深处的不断推进,随着我们整个民族精神文明程度的不断提高和读者艺术审美情趣的不断丰富,这样一系列问题,越来越迫切需要文艺理论、文艺批评界作出回答,这就是:到底什么是现实主义的美学结构与真正内涵? 现实主义的魅力之根源何在? 这种艺术法则本身又包含哪些局限与欠缺? 我们今后的文学艺术在审美表现方式上将会是一种怎样的情况? 现实主义与其他各种流派、方法之间将是一种什么样的关系? ⋯⋯本文愿就上述问题作些初步探讨。

一

　　虽然笔者并不想更多考察现实主义及其前身"写实"这个概念产生与演变的详细历史,但我想,多少了解并分析一下作为一种创作思潮出现的现实主义美学原则,对于我们今天全面认识这种创作方法,还是必要的。简要地说:出现在十八世纪末十九世纪初,成熟于十九世纪中叶的现实主义文学,既是对浪漫主义文学的一种反拨,又是对古典主义文学的一次扬弃;而就文学艺术与社会思潮、社会心理的关系来说,它则是当时整个欧洲社会矛盾尖锐化的反映,是时代精神向文学艺术提出的必然要求。同时,它与当时哲学思潮的影响也密切相关。

我们知道,与我国早期文学艺术注重描写自然风光,崇尚以自然风光表现人的思想感情有所不同,西方的文学艺术,自古希腊时代开始,就把写实——刻画人物与描述事件作为至高无上的目标。正如亚里士多德谈到的那样:"初学写诗的人总是在学会安排情节之前,就学会了写言词与刻画'性格',早期诗人也几乎全都如此。"①因此,当欧洲文学艺术一从中世纪的黑暗桎梏中挣脱出来,马上就呈现出恢复写实传统,描写人的真实面貌与性格,揭示人物命运的崭新局面。然而,由于十七世纪封建贵族势力对于欧洲文学艺术的统治地位,使得注重国家、伦理、道德义务,注重一系列繁复的艺术程式,多描写历史与"英雄"的古典主义一时风靡了当时的文坛。随之,是浪漫主义的清风吹开古典主义沉寂的死水,把文学带向自然风光与现实社会。浪漫主义文学集中表现为对理想、对自由、对人道主义精神的讴歌,它是一个新兴阶级上升时期生气勃勃的精神面貌的写照。而随着资本主义矛盾的发展,社会生活矛盾的日趋复杂化,浪漫主义对于紧扣现实的脉搏,深入分析社会关系的变化,在生活纷纭复杂的细枝末节中展示社会心理的变化——这一当时时代赋予文学艺术的新的职责就显然无法胜任了。我们已经谈到,现实主义本身是对于古典主义与浪漫主义的一种否定,而事实上,事物发展的否定过程,既是对前一过程的排斥与中断,又包含了对它的肯定与继承。因此,这样一种新的文学艺术思潮与表现方法:既是以写人的命运,人的生活为主,而又不限于"英雄"人物和类型化的人物,从而把文学引向生活的各个角落;既是按照生活的本来面目与真实逻辑表现生活,又有一套成熟的艺术表现手法——包括古典主义的概括化、典型化与浪漫主义

---

① 亚里士多德《诗学》。

的某些合理想象;既是刻意于描写客观生活的直观,使读者看不到作家本人的影子,又隐藏着理性的人道主义的批判精神,亦即现实主义的文学,也就应运而生了。

应当插几句的是,如上我们考察的是欧洲现实主义文学的产生情况,而没有例举我国文学发展的历史,这不仅由于"现实主义"(Realism)这个术语转译于西方,而且由于我国文学从未经历过像西方那样从古典主义到浪漫主义,又到现实主义的特定发展过程,而是有自己一套独特的发展线索与美学体系,尽管有些作品包含了某些或写实的、或浪漫的因素与倾向,但与作为一种流派与思潮而出现的浪漫主义、现实主义相比,还是具有明显不同的。因此,我们从西方文学的发展过程来考察现实主义的特质,显然更科学,更准确。

由于现实主义是在文学艺术的古典主义与浪漫主义基础上的扬弃与发展,是文学艺术美学构成的一次飞跃性变化,现实主义的艺术魅力无疑是十分明显的。我们可以从如下几个方面去考察:

首先,现实主义是欧洲古典文学的高度发展与全面成熟。仅以长篇小说为例,在现实主义的大旗之下,集聚了英国从笛福到狄更斯,法国从斯汤达到巴尔扎克,俄国从果戈理到托尔斯泰,美国从哈里叶特·比彻·斯托夫人到德莱塞等整整一代文学大师,为人类精神、文化的宝库留下了上百部华光耀目的传世名著,这是它以前任何一个文学流派所无法与之媲美的。这些作家和他们辉煌的创作实绩,犹如一块块五彩巨石,垒起了现实主义宏伟、壮观的美学结构大厦。我们知道,任何一种美学结构总是来自于审美主体与审美客体之间的关系,那么现实主义的主客体关系是怎样的一种情况呢?在现实主义那里,客体形式的"真"(包括生活图景与客观逻辑)被赋予神圣的、至高无上的地位,艺术表现的真实与生活图景、客观逻辑的真实是完全统一的,审美主体的艺术组织与创造都自觉地以客观形态的"真"为基本前提,因而艺术家对生活的思索、表现、评判,都是以生活形象本身的面貌出现的,而极少产生生活表象的变形和逻辑关系的艺术化。这种主体情感思想的客观化与艺术表现的生活化,使得现实主义具有一种浓郁的生活气息,极易使读者在不知不觉中步入作品的艺术境界,产生强烈的鉴赏共鸣。

第二,古典主义虽然也以刻画人物,揭示人物命运为主,但古典主义作家笔下的人物大都类型化,脸谱化,缺乏真实、生动和丰富的复杂个性特征,它要求:"如果是帝王讲话,尽量摹仿王者的尊严;哲人讲话,要富于格言式的优雅;描写情人,得用任何人听了都大为感动的热情。"[①]而现实主义则这样理解人物的表现原则:"清楚地指出人的变化,指出一个人时而是恶棍,时而是天使,时而是智者,时而又是白痴,时而是力士,时而又是浑身无力的人。"[②]后者无疑更符合人性本身多层次、多侧面的复杂特征,更能表现人物内心生活的多样性,从而使作品因逼真而产生出更强大的吸引力。

第三,现实主义的巨大魅力,还突出表现在它真实的历史感与现实感上。由于现实主义把按照生活的本来面目表现一生活作为创作的基本美学原则,现实主义的作家都把再现客观生活的真实作为自己的神圣目标,因此,现实主义作品往往能够完整、逼真地展示广阔的历史性画卷,展示某一历史时期,形形色色的人物,展示他们的情感、欲望、欢乐、悲伤……列宁说托尔斯泰及其作品是俄国革命的镜子[③],马克思认为巴尔扎克"对现实关系具有深刻的理解"[④],都是从艺术社会学的角度对这一特征的独特评价与概括。

---

① 维加《当代编剧的新艺术》。
② 托尔斯泰《一八九八年日记》。
③ 列宁《列·托尔斯泰是俄国革命的镜子》。
④ 马克思《资本论》第 3 卷。

例如在巴尔扎克的《人间喜剧》中,作者把他的观察视角投向从没落贵族的客厅、筵席,到新兴资产阶级的交际中心;从巴黎都市,到外省僻壤,乃至到最下层的客栈,酒馆,妓院,并通过塑造于洛、葛朗台老头、腓利普·勃里托、老处女、间谍、大企业家、银行家、妓女、大学生等等各色人物,出色地展示了一幅当时法兰西社会的巨幅风俗画。

近年来,出现于我国文坛的一大批具有鲜明现实主义特征的作品,如刘心武的《班生任》,蒋子龙的《乔厂长上任记》,高晓声的《李顺大造屋》、《陈奂生上城》,谌容的《人到中年》,张洁的《沉重的翅膀》,王安忆的《本次列车终点站》,张抗抗的《红罂粟》等等,也都以其强烈的现实感,揭示了我国当代社会特定的现实矛盾和各种人物真实的思想精神面貌,从而给予我国的现实社会生活以很大影响。

第四,也同是由现实主义美学原则的主客体关系所决定,现实主义作品中人物的性格,事件的发展,场景的设置,都是和生活本身的客观面貌与逻辑相一致的,因此,现实主义比起其他流派、方法,更容易为广大读者所共同接受。现实主义文学影响之大,魅力之长久,与这种雅俗共赏性具有直接的关系。这一点,诸如象征主义、表现主义、意识流小说、荒诞派戏剧等等现代主义文学显然是难以与之匹敌的,因为现代派文学把表现作家"内心的现实"作为基本的创作原则,作品中的形象、场景、情节等等,都有不同于客观生活的真实,而为作家主体所确立的独特的审美规范,这就必然形成不同于客观生活真实的标准,显示出主体化了的内在逻辑结构,因此,这些作品虽然也能表现出特定的社会心理状态,并容纳更深刻的哲学意蕴,却不易为各个阶层的读者们所同时接受。当然,一部文艺作品的艺术价值,并不仅以读者的多寡为评判标准,而且当一种思想、艺术气息都较清新的艺术思潮刚刚出现的时候,其作品往往并不为众人所马上理解。但是,文学艺术作品毕竟是期待着读者,寻求着共鸣的,它总是希望自己对于生活,对于人们的心灵有所作用的,因此,上述审美交流上的差异,作为一种客观存在,是应予考察的。

如果说,我们以上对现实主义之艺术魅力的分析,主要集中在它的美学规定性上,而任何一种其他的流派与方法,也都有其美学结构上的独特长处。那么,如下这一特点,则显然是现实主义所得天独厚的,这就是现实主义能够最直接、最迅速、最强烈地干预社会生活,代表一种普遍的时代精神向整个社会发言,并能够以惊人的速度,惊人的效果唤起其他一切表现方法都无法企及的广泛的社会共鸣。这种情况,一般突出表现在社会生活矛盾集中化、尖锐化的时候。因为尽管人们的精神需要与审美情趣等等都是多方面的,但他们最为关注的却仍然莫过于与自己的利益、命运息息相关的社会政治生活。在社会矛盾处于尖锐化的时候,一个感知敏锐,有胆有识的艺术家、作家、诗人,往往能够代表人民群众喊出发自肺腑的一声,拨动生活中绷得最紧的那根弦。他的作品的影响与威力,完全可能超过一篇政治宣言,一次出色的演讲。当然,应当看到,在这种特殊的情况下,文学艺术作品的功用,已经远远超出了它作为艺术作品的美学意义本身,它所唤起的,也更多的是某种特定社会心理的共鸣,而不只是审美心理的共鸣。然而这种情形,正是现实主义之恒久魅力的秘密之一。

俄罗斯著名诗人莱蒙托夫在一八三七年前已写了不少出色的抒情诗,但他的名字却不过为文学界所知。当一八三七年普希金遇害,莱蒙托夫带着一个天才诗人的激愤与勇敢,作为全民感情的表达者出现,写出了《诗人之死》一诗,猛烈抨击了贵族宫廷社会,这首诗在当时俄国产生极大反响,诗人的名字马上传遍全国,并立刻被认为是普希金的继承人。可以想见,如果莱蒙托夫不是紧紧拥抱现实,大胆评判社会,而只是写些浪漫、优美的抒情小诗,他就永远不会为整个俄罗斯所拥抱。

毫无疑问,文学艺术当首先是审美创造的产物,一部作品能否具备恒久的艺术价值,也主要取决于它的审美结构。但是,作为一种特殊的精神形态产品,一部文学艺术作品,在各个不同时代总要被赋予相应的社会功利价值。这一点,是不以人们的主观意志、愿望为转移的。对于艺术作品或文艺思潮本身来说,有时是有意识的,有时则完全是无意识的,是一种没有直接目的性与复合目的性的统一。我国丙辰清明的诗歌运动,最初基本上是自发的、以诗歌为形式的悼念活动,但最后却变成了一次公开抗议"四人帮"封建法西斯统治的政治运动;美国的斯托夫人更不会想到她的《汤姆叔叔的小屋》竟成了爆发意义深远的南北战争的一根导火索。

以上,我们从现实主义的美学结构与社会影响两个方面,对现实主义艺术生命力的根源作了考察。我想,这样的考察结果也许是不会错的:只要生活在延续,历史在发展,人与社会、人与自然、人与他人、人与自我等各种矛盾仍然处于紧张与平缓的不断周而复始状态,只要人类对于历史与社会现实的自我反思没有终止,现实主义——这种善于及时、尖锐地揭示生活矛盾,严肃、执著地评判人生,以客观生活现象本身唤起人们对历史与现实的思索的创作方法,就必然不会消亡。那种认为现实主义已经完全过时了,已经无法揭示我们现实真实面貌了的观点,是缺乏具体、实事求是的科学分析的,是失之偏颇的。

那么,现实主义是否还存在某种局限与欠缺呢?它是否会在文学艺术的一切空间与时间都占绝对优势的地位?这些问题,我们将在下一章中予以继续探讨。

二

马克思在他的《1844 年经济学哲学手稿》中,提出过一个重要的美学命题:美的本质是人的本质力量的对象化。[①] 我们知道,人类作为宇宙中唯一能够自我意识的高级的类存在物,作为万物之灵长,他的本质力量是丰富的和多元的,这就决定了人类对于表现自己本质力量的美,对于美的具体形态——艺术的要求也必然是多元的,而不会是单一的;是不断发展、不断更新的,而不是凝滞不变的。

斯宾诺莎曾说过:"一切规定都是否定。"黑格尔认为:"这个命题极为重要。"[②]恩格斯和列宁在他们的著作中也都给予这个命题以很大重视。[③] 根据这一辩证法的原理,则现实主义既然把真实地再现客观生活,严格遵守生活真实逻辑作为自己的质的规定性,那么不言而喻,它就不可能兼备其他别种艺术审美结构的规定性,不可能兼有其他流派、方法在艺术表现上的那些优点;相反,严格的现实主义,正是作为对其他流派与表现方法的一种否定而存在的。这就决定了现实主义并不是一种十全十美,集所有文学艺术流派之长处于一身的表现手法。

我们知道,现实主义的哲学基础是欧洲十七、十八世纪的旧唯物主义,这种哲学是建立在当时自然科学的最高成果:牛顿力学的基础上的。这种哲学看到了世界的物质性与客观实在性,却忽视了人对于客观世界能动的认识作用与改造作用,把人类的一切意

---

① 参见马克思《巴黎手稿》第 51 页。
② 黑格尔《逻辑学》第 135 页。
③ 见恩格斯《反杜林论》第 139 页;列宁《哲学笔记》第 109 页。

识、精神现象都看成是对客观世界消极、被动的反映；这与当时自然科学用机械的、形而上学的思想方法解释一切现象是直接相关的，是一种具有普遍性的时代风尚。这种时代精神表现在文学艺术的创作上，就是提倡直观而机械地临摹生活——叙事文学不放过最琐碎的生活细节，绘画、雕刻不放过一根纤细的发丝。神奇的幻想，大胆的夸张，对理想境界的热情讴歌，仿佛同人类童年时代的天真、活泼、无拘无束一块消逝了。这种情况，一方面反映了人类在告别了宗教神学的世界之后，开始以客观现世的严肃目光审视一切，却还没能够自觉地为自己开辟一个对象世界的那种特殊的发展阶段；另一方面，也反映了特定的哲学思潮，对于文学艺术创作巨大的制约作用。

多样性，是宇宙大千世界构成的基本法则；对多样性的探索与追求，再探索与再追求，是人的本质力量的必然宣泄与表现。单调乏味，凝固不变，不仅是一切艺术的共同天敌，而且是违反自然规律和悖逆于人性的。世界进入二十世纪以来，随着爱因斯坦相对论对牛顿力学传统理论体系的突破，整个人类社会开始在各个方面进入了一个非常的时期，这个时期的特点，是科学理论在各个领域的全面突破，并且迅速由理论转为技能。一九〇八年出现了飞机；一九二〇年有了收音机；现代风貌的钢筋水泥大厦拔地而起；五颜六色的电器用品风靡世界；各种原子技术突飞猛进；人造卫星、宇宙飞船遨游太空，信息革命方兴未艾……存在决定意识，"人们的观念、观点和概念，一句话，人们的意识随着人们的生活条件、人们的社会关系、人们以社会存在的改变而改变"[①]，科学成就的日新月异，人类生活的不断变更，改变了人与自然、与社会的固有关系，人们必然要以崭新的目光与角度去看待世界。正是与此密切

----

① 马克思、恩格斯《共产党宣言》，见《马克思恩格斯选集》第 1 卷第 270 页。

相关,十九世纪末二十世纪初以来,人类的精神现象世界,也日益呈现出错综复杂的局面,以往那种某一文学艺术流派长期占统治地位的局面被彻底打破,一批又一批新崛起的作家、艺术家、诗人,从陌生,到逐渐为人们所熟识,从不被理解,到逐渐被人们所欣赏,所喜爱了。如诗人魏尔伦、马拉美、瓦雷里、里尔克、庞德、艾略特;小说家卡夫卡、乔伊斯、伍尔芙、茨威格、福克纳、海明威、普鲁斯特;剧作家迪伦马特、布莱希特、萨特、加缪、贝克特、约奈斯库;画家毕加索、马蒂斯、布拉克、康定斯基;以及舞蹈家邓肯,音乐家德彪西等等,等等。

现实主义失去十九世纪中叶前后那种鼎盛时期的绝对优势地位,固然是由于它本身发展得过于充分,因此,当那种特定的社会条件与时代风尚一经消失或减弱,无数大师们的作品便成了某种意义上说来是无法企及的范本;但从更本质上考察,这种情况与人类审美意识永远趋新,对艺术多样性、丰富性的要求永无止境,有着更必然的因果关系。现实生活的真实形态与客观逻辑,显然无法容纳人类审美要求的全部,这就是现实主义文学内在局限性的根源。

在前一章里,我们曾经谈到,人类最关心的,莫过于与他们个人生活与命运息息相关的社会政治生活,但社会政治生活并非是人们生活的全部内容,而且社会政治生活本身也并不是时刻都处于那种令人不能不密切关注的紧张状态。尤其是现代社会经济、文化、科学、教育事业的飞速发展,社会精神文明程度的日益提高,也使得人们的精神趣味、艺术追求不断提高和丰富,能够在轻松、诙谐、超诣一些的情境之中欣赏艺术,当然要比在直白、粗浅或是剑拔弩张的情境中欣赏艺术要受人欢迎了。今年春天举行的第三十二届"柏林国际电影节"中,有这样一部短片给观众留下了很深的印象:它表现的是两尊刚刚用泥巴塑好的一男一女的半身像。

开始,这一男一女互相拥抱,因为是刚刚塑造成的,一拥抱,便扭成了一团泥在桌上滚动。然后,又还原为一男一女的塑像。不久,男的对女的瞪起眼睛,女的也不甘示弱地以眼还眼。男的终于忍受不下去了,于是两人厮打起来,塑像又成了上下滚动的一团烂泥。最后,这团泥又恢复成两个半身像,只是两人当中多了块小泥块。这小泥块朝男的靠过去,男的不理它,它又朝女塑像靠过去,女的也不理它;小泥块不死心,休息一下又朝男塑像那边靠过去,男的不耐烦地把它推开,小泥块差点摔下桌面,它又爬到桌面上,朝女塑像那边靠过去,女的没有反应,小泥块马上蹦到女塑像的胸前。停了一会,男塑像终于笑了,女塑像也展开了笑容。影片就此结束。导演用这种表现形式,描述了人生、家庭的一个侧面,既富有艺术情趣,又很耐人寻味。① 在正常的和平建设岁月里,在愉快而紧张的生活音波中,这种奇特、新颖、独具艺术匠心的表现手法,无疑能给予人们更多审美的愉悦,所以才会受到观众与各国代表的普遍欢迎。无疑,它却是以客观真实形象本身反映生活为基本特征的现实主义方法所不具备的。

由人的本质力量的丰富性所决定,人们的艺术审美情趣也是极为复杂与微妙的。有时,他们往往容不得文艺作品有半点的虚假与做作,要求它们完全符合现实生活的真实——对现实主义作品的要求就是这样;但有时,他们又需要一点传神的、能够给人以遐想的虚构,或是在生活中完全不存在的、用真实的客观逻辑无法解释的艺术境界中寻求乐趣。毕加索的《亚威农的少女们》一画,人体的形态与比例关系都与真实的人体结构明显不同,而且人体不同侧面的器官,也都展现于同一个平面内;他的另一幅名画《格尼卡》,则把变形与肢解了的公牛、马、举灯的人、嚎叫的人头等等

---

① 见《文汇报》1983 年 5 月 15 日。

作为象征符号绘于一幅画面内,用以表现作者对残暴和黑暗势力的抗议、声讨。虽然这幅画采用了怪诞的象征主义手法,但直到今日仍被人们视为无价的艺术珍宝。在我国当代著名女诗人舒婷的诗中,诗人能够"在孩子的双眸里/燃起金色的小火/在种子胚芽中/唱着绿色的歌";"无数被摇撼的记忆",能够"抖落岁月的尘沙/以纯银一样的声音/和你的梦对话";话剧《绝对信号》中,舞台上不仅可以表现人在幻觉中的行动,而且把事件的正常顺序,把生活与内心的逻辑关系完全打乱,按照艺术表现的需要进行重新组织。

这里,我就不想再例举以形式、趣味、写意、抒情为本质特征的书法、装潢、建筑、音乐等诸项艺术了,因为若按照现实主义严格的"写实"原则,就不啻取消了这些艺术门类存在的可能性。

尤其值得强调的,是本文前面已几次提到的:我们民族的审美情趣。从一开始就十分注重写意、抒情、幻想、虚构。无论是代表儒家正统文艺观的"在心为志,发言为诗"的诗言志说,还是老庄一路崇尚清空、自然,提倡"象外之象"、"景外之景"、"味外之味"的审美中心说,都把抒发情感,表现寄托作为文学艺术的重要构成原则。尽管在我国文学艺术的发展长河中,也曾出现过不少富有现实主义精神的作品,但"现实主义"本身,却从未被作为一种创作原则被严格地规定下来。就是那些具有现实主义精神的作品,也明显地包含着多种手法与技巧的因素,如《窦娥冤》中的虚幻境界,《长生殿》中的浪漫气息,《红楼梦》总体构思的意象、象征性和多处离奇、怪诞的表现等等。它们与西方狄更斯、巴尔扎克、托尔斯泰、契诃夫等诸位现实主义作家们严格、一丝不苟的写实性,有着美学规范上的本质区别,分别属于不同文化源流滋润出的色彩不同、香型各异的艺术花朵。因此,我们今天无论是为了丰富、繁荣祖国的文学艺术创作,还是为了更好地继承我国宝贵的文学艺术遗产,建立具有民族特色的文艺理论体系,都没有必要人为地把现实主义视为一种适用于一切文学艺术领域,高于其他一切艺术表现方法,其本身又是由几根抽象、僵固不变的框子所构成的"创作方法"。

三

以上,本文首先考察了现实主义的产生过程、美学结构及其艺术魅力,接着又分析了这样一种文艺思潮与表现手法的内在局限性。读者能够看得出,我们在这里既不是想把现实主义捧到天上,也不是要把它打入十八层地狱;或是先把它捧到天上,然后再重重地摔入地狱,而是为了全面、客观、实事求是地认识一种艺术表现原则,多一点辩证法,少一点形而上学,以便能够使理论正确地说明创作,科学地指导创作。为此,如下几点尚应该进一步明确:

第一,由特定的经济、政治、时代风尚、社会意识形态结构等多种因素所决定,现实主义作为一种艺术表现原则,今后仍会在我国的文学艺术创作中占相当重要的地位。但是它却不会在文学艺术的一切空间都占同样重要的地位,而是主要地被运用于某些小说、戏剧、电影等叙事文学之中;它同样不可能在文学艺术创作的一切时间都占主要地位,它的作用将突出表现在某种社会生活矛盾亟待向广大读者揭示,或某类社会现象迫切需要作家发言、评判的时候。诸如《人到中年》、《天云山传奇》、《乔厂长上任记》、《立体交叉桥》、《祸起萧墙》、《沉重的翅膀》、《冷土》、《人生》、《绿化树》等等作品,都表现出了这一点。

第二,虽然我们肯定了严格的现实主义今后还将大量出现,但是也应当看到,今后文学艺术创作的一个明显趋势,将是多种审美原则与表现手法的相互渗透、相互融合,这些作品,既不同于十九世纪那种正宗的现实主义,也不会是纯然的浪漫主义、自然主义或各种的现代主义,而是容纳了古典、浪漫、写实、象征、意象、意识流、隐喻、怪诞、心理分析,以及悲喜剧、黑色幽默等等多种艺术表现技巧,而又因具体作家主体因素的不同,分别具有某些侧重。就像国外在出现了古典主义之后又出现了新古典主义,现代古典主义;现实主义之后,又出现了超现实主义,超级现实主义,魔幻现实主义;原始现代主义("Paleo－modernism")之后,又出现新现代主义("New－modernism")一样。我国近年来诗歌、小说、戏剧、绘画、舞蹈、雕塑等各种艺术的创作实践,也已经充分说明了这一点。比较有代表性的像舒婷、顾城、杨炼、北岛、江河等人的诗歌;小说《海的梦》、《夜的眼》(王蒙)、《黑骏马》、《北方的河》(张承志)、《疯狂的君子兰》、《浮土》(张辛欣)、《看一眼》、《神鞭》(冯骥才),《神奇的瞳孔》(魏雅华),等等;话剧《尾外有热流》、《绝对信号》、《车站》;以及壁画《泼水节——生命的赞歌》,舞蹈《无声的歌》、《海之诗》,雕塑《猛士》等等。

第三,我们说现实主义能够最迅速、最直接、最强烈地反映现实,干预生活,并不等于说其他手法与方式在现实生活面前都是苍白无力的。因为一切文学艺术形式,一切不同的思潮、流派、艺术手法,都是人类的精神现象在某种特定形式中的表现,都是诗人、艺术家们审美创造的产物,而这些情感、意念、幻觉、欲望等等精神现象,都毫不例外是人们客观存在的结果,都来自社会,源于生活。这就是说,一切文学艺术作品,不论其表现形式再古朴,再写实,再浪漫,再荒诞,只要能够称得上是艺术品,都必然有其特定的生活根源,都或直接、或间接地表现了某种社会心理状态,都是人类的精神现象通过艺术审美的多棱镜发出的色彩斑斓的折光,因此,这些艺术形式与审美风格本身,也在从不同角度,以不同方式说明着生活。就拿去年春天来北京展出的表现主义绘画来说,尽管这个流派追求幻觉、潜意识,追求姿态、运动、色彩构图之间所引起的共鸣,而基本上排斥写实原则,却同样表现出了当时欧洲知识分子的苦闷与求索,揭示了色彩怪异的现代资本主义社会,有的作品还表现了对异化的抗争,对战争的申讨。因此,包括西方一些马克思主义批评家也认为这个流派是以非现实主义的手法表现了现实。这里,著名现实主义理论家卢卡契对卡夫卡的评价是颇有说服力的。在二十年代,卢卡契曾一度赞赏过西方现代派的发轫作家之一卡夫卡,但在三十年代以后,由于受到某种外在偏见的影响,他又一直对卡夫卡持否定的态度。后来,由于经历了"匈牙利事件",亲自体验到了人格遭受剥夺与屈辱的痛苦,卢卡契终于真正理解了卡夫卡,理解了他写《变形记》,写《城堡》,写《审判》的寓意与思索。以后,卢卡契竟认为,卡夫卡也应被列入现实主义的家族。其实,卡夫卡仍旧是西方现代派文学的开山祖之一,他的艺术审美原则与现实主义是大相径庭的,只是卢卡契通过真切的感受与思考,懂得了卡夫卡作品深刻的社会性与哲理性,从而消除了以前对他所抱的理论偏见。

文学艺术,是审美创造的产物,而不是机械、被动的拍照或临摹。因此,文艺作品既可以被作家、艺术家用客观生活中的形象来构成和表现,更可以用他们经过创造型想象而得到的新的形象来构成和表现,虽然美学原则不同,表现方式不同,却都能够或直接、或间接,从不同的侧面揭示生活,评判人生。

第四,诚如唯物辩证法认为的那样:某物只有在与他物的多样关系或联系中,才能表现出它自己独特的性质和内容;不与其他事物相联系的东西,就不可能是一个真实存在着的东西,而只能是一个没有实在内涵的、空洞的抽象概念。[①] 一切文学艺术风格、流派、方式、手法等等,都是与别种风格、流派、方式、手法相比较而存在,相竞赛而发展的,若没有了其他一切流派,现实主义本身也就丧失

---

① 参见《黑格尔〈逻辑学〉一书摘要解析》(张懋泽著)第68页。

了其质的规定性,也就无从使它自身独具的特点得到显现。因此,现实主义方法可以是我们多种多样的创作方法之一,或主要的之一,但若把这"之一"变成"唯一"则不仅否定了其他一切流派、方法,也等于否定了现实主义方法本身。十年动乱期间,"一花独放",一花未存的教训,就是令人记忆犹新的说明。应该说,文学艺术多种风格、多种流派的兴旺发达,彼此补充,是造成文学艺术花圃嫣红姹紫,争奇斗妍生动局面的基本前提,更是一个高度民主、高度文明、生气勃勃的社会主义现代化社会向文学艺术领域提出的切实要求。因此,应当继续坚持毛泽东同志提出的正确方针——鼓励百花齐放,赞同百家争鸣。

最后,有必要说明:我们如上论及的,是作为一种文学艺术流派和美学表现原则的现实主义,即狭义的现实主义;若是所谓"广义"的现实主义,如像法国现代诗人、理论家阿拉贡所说的:现实主义"是对生活和文化的一种态度,而不是一种风格或一种流派"[①],或如加罗第所说:现实主义"是能动的社会的人和不断改变和形成着的世界的对话"[②],那实际上是把现实主义作为整个文学艺术的一个代名词或同义语了。我以为,这样不仅容易造成理论上的混乱,而且现实主义本身赖以存在的质的规定性,它能够表现出自己独特性格的美学基础也等于被取消了。

1983 年 6 月 12 日三稿

1984 年 11 月略改于中国人民大学

---

① 转引自《诗探索》,1982 年第 2 期第 165 页。

② 同上。

中国现代诗学的第一块里程碑

——读朱光潜先生的《诗论》

诗歌，素有文学艺术王冠之称；探讨诗歌基本构成法则与发展规律的诗学理论，则一向被人们看做是整个文学艺术理论的核心。在我国古代，诗歌艺术曾是十分发达的，但诗学研究却相对薄弱。尽管历史上留下了许多诗话、词话，尽管其中确实不乏精彩、新颖的见解，却很少有科学的、系统的诗学专著，很少有人对诗歌艺术作从起源到本质，从创造、表现到鉴赏与批评，从意象、语言、节奏、韵律、句式、结构等基本素质，到诗与画、诗与乐、诗与散文的关系这一系列基础理论上的考察与分析。朱光潜先生的《诗论》，是五四以来我国第一部系统研究诗学理论的专著，也确是迄今为止唯一的一部。

诗是什么？

这是诗学研究首先面临的问题，也是极不易回答的问题。黑格尔当年就指出过这种现象：不少研究诗学的人，总是避免给诗下定义或解释什么是诗的问题，因为这需要论者具有对诗与艺术全面系统的研究与把握。《诗论》的作者认为，说明诗是什么，"这不是易事，但也不是研究诗学者所能逃避的。"一个诗学研究者若无力回答这一本体论的基本问题，标志他尚未能具备自己独特的、自成体系的诗歌美学观念，那么，他也就很难对于整个诗学理论作清晰、完整的思考与阐发。

对这一问题的回答，众说纷纭、相异甚远。有人认为诗是一种押韵、精致的文体,有人认为诗是情感的自由抒发,也有人认为诗是一种特殊的、巧妙的语言,诗是诗人心灵与世界的对话;诗是"众妙之华宝,六经之菁英"等等,等等。《诗论》的作者没有简单地、以直观或即兴的方式参加这种讨论,也没有对前人的诸种观点辨析评价,而是首先着手于对诗的起源问题的探讨,开辟了一条研究诗歌本质问题的新的途径。

在对诗歌起源问题的探索中,作者不局限于前人多采用的历史与考古学的方法,也不仅仅采取哲学、心理学的分析方法,而是将二者有机地结合起来,认真考察了诗、乐、舞三者同源的问题。他指出,诗乐舞三位一体的原始艺术,在各民族那里都是极为相似的,其兴发的动因,都是为了宣泄人的情感与欲念,而其共同命脉则是节奏。走向成熟之后的诗歌,仍含有"重叠"、"叠句"、"衬字"等现象,就是这种"诗、乐、舞"同一时代所遗留下来的痕迹。

十分明显,作者对诗的节奏、音韵、声律等音乐性方面的因素是颇为重视的。这集中表现在,他根据这些因素将诗的起源、诗的本质、诗与散文的区别等问题贯穿起来,把节奏、韵律等特点看做是诗歌情思意绪的天然特征,是构成诗歌本质定性的基本要素。正是基于这种语言的韵律效果与诗人内在情思节奏性契合一致的宗旨,作者提出了自己关于诗的定义:"诗是具有音律的纯文学"。他认为,这一定义将具有音律性而无文学价值的陈腐作品,把有文学价值而不具诗的音律特点的散文都排开了。诗歌的节奏感、韵律感等等,正与诗歌所表现的是情趣意象,而不是客观事理这一基本特征相一致,因为客观事理要求明确清晰,无须委婉含蓄,而诗的情思意绪则低徊往复,宜于一咏三叹,即如作者所述:"诗的情趣是缠绵不尽,往而复返的,诗的音律也是如此。"

上述观点,对把握诗的真髓是很有意义的。因为诗歌是人的情趣意象的一种自然抒写,而真正属于诗的情思,其本身无不具有一种内在的韵律性,韵律的类型特点,由诗人具体的情思类型所决定,因此,具体诗歌作品的情思类型不同,其韵律性也不同。韵律性并不是诗的外加物,它是只属于诗人创作时的具体诗思的。

《诗论》中提出的诗的定义,显然并不是无懈可击的。因为一则音律性尚不能涵盖诗的总体特征——诗还有语言、意象、结构等其他本质特点;二则"纯文学"的概念也过于抽象,不足以清楚说明诗的具体定性。作者本人也指出:"我们不能说'有音律的纯文学'是诗的精确的定义。"诚然,这说明了作者学风的严谨与谦逊,但由于这个定义是在分析、概括了诗的历史与现实的基础上提出的,毕竟说明了诗的一个重要素质,因而,它依然是值得珍视的。

国外的计算机翻译试验,曾表示出这样的结果:输入翻译机中的两段文字,一段是可以译的,另一段则无法译,而这后者恰好是一首诗。这一结果告诉人们,虽然诗歌也采用语言文字作为媒介,但诗的语言与一般常规性语言在总体结构上却是颇为不同的。一般实用语言所遵循的是客观的与常规的语法原则,诗的语言,则以诗人主观独特的情思意绪为转移,它的特点是既"不离文字"而又"不在文字"(元好问)——既使用语言文字,又不受一般文字组合常规的束缚,表现出诸多独创性的特点。如果说,这些特征在诗的声音效果上表现为节奏和韵律,那么在语言的意义效果上,则主要表现为与谐、隐与文字游戏相似的某些特征。《诗论》从"诗与谐隐"的角度探讨了诗歌语言结构的这种"反常规性",显示出新颖、独特的理论价值。

朱先生对"谐"的阐释是:"以游戏态度,把人事和物态的丑拙鄙陋和乖讹当作一种有趣的意象去欣赏。"他认为,诗人之不同于常人,其重要特质之一,就是能谐,能够在丑中见出美,在失意与哀怨之中见出安慰与欢欣,这是一种与命运开玩笑的方式,是生命力富裕的表现。所谓"隐",朱先生为其定义曰:"用捉迷藏的游戏态度,把一件事物先隐藏起,只露出一些线索来,让人可以猜中所隐藏的是什么。"对于"隐"与"谜"的兴趣,是人类比较普遍的心理特征。人们欣赏诗歌,喜欢那些含蓄蕴藉,利用意象巧妙象征诗人意旨的作品,而不喜欢一览无余,平铺直叙的作品;中国的诗论家,也常强调所谓"弦外之音"、"韵外之歌"、"味外之旨"等等,这些全都反映了这种心理。正如《诗论》中所描述的:悬揣愈久,兴趣也就愈强,一旦豁然大悟,看出诗的意象与诗人情思之间隐藏着的巧妙关系,便可得到审美的愉悦感。

"谐"与"隐"都含有文字游戏的特点,却都较注重诗句意义的效果,那么诗中纯粹的文字游戏成分,则不是在意义上,而在形式本身的愉悦性上显示出其独特妙趣。《诗论》对于游戏之于艺术的阐述是颇精彩的:

> 每种艺术都用一种媒介,都有一个规范,驾驭媒介和迁就规范在起始时都有若干困难。但是艺术的乐趣就在于征服这种困难之外还有余裕,还能带几分游戏态度任意纵横挥洒,使作品显得逸趣横生。这是由限制中争得的自由,由规范中溢出的生气。艺术使人留恋的也就在此。

这是对所有艺术中游戏特点的概括。而以语言文字为媒介的诗歌,其游戏性特点显然表现在文字本身上。作者把这一特点概述为重叠、接字、趁韵、排比、颠倒(或回文)等形式。

"谐"、"隐"、"文字游戏"等现象的理论意义在于,它们是构成诗歌独特语言系统、实现诗歌本身质的规定性的重要因素,也恰是诗无法完美无损地由本文翻译成任何外国语言,并且无法以散文转述其艺术效果的关键性原因。不管谐、隐,还是文字游戏,都是为某一民族语言中独有的、最为微妙的特征构成的,因此,无论多么优秀的翻译家在他们面前也是无能为力的。朱先生对于诗歌上述特点的考察,材料丰富、运用自如,尤其是分析的深入和细腻,令人不能不折服。

诗的情思意绪在声音效果上表现为韵律性,在语言构成上表现为"谐、隐"性、反常规性,那么其基本的存在方式上则恰好表现为意象性。以意象化的方式展示主客观世界的一切,这是诗歌至为重要的美学特点。

《诗论》认为,诗的境界是由情趣与意象构成的。这里应当说明的是,由于朱先生是直接从克罗齐等西方批评家那里撷取的概念体系,因此,他也将"情趣"(feeling)与"意象"(image)分离开来,作为两个单独的词语论述。事实上,"意象"本身已包含有情趣,因为意象不同于物象,它是由"意"与"象"二者构成的。"意"即为诗人的情思意绪(包含情趣,而不仅限于情趣);"象"则为生动、新颖、别致的具体表象;而"意象"是诗人情思意绪与具体可感表象之间构成的一种审美契合,是诗歌作品能令人感受、观照的最基本单位。意象是直觉与想象的共同产物,它既不属于纯粹的主观精神领域——(这个领域是不可见、不可感的,也不属于纯粹的客观自然领域——这个领域无人的精神情感现象),而是主观情感取生动、具体的客观存在方式,客观自然之象融入主观情思,或成为这种情思的象征。这恰如《诗论》中所描述的:"自然与艺术媾合,结果乃在实际的人生世相之上,另建立一个宇宙,正犹如织丝缕为锦绣,凿顽石为雕刻,非全是空中楼阁,亦非全是依样画葫芦。"

概括说来,意象的美学层次有三种:一是意因象生,借景抒情(人的自然化);二是物我无间,情景交融(人与自然之间无迹可求);三是依情唤景,秉意取象(自然的人格化)。朱先生的诗歌观基本介于后二者之间。他从现代西方诗歌与诗学所受的影响,使他不以那种排斥主体情思,反对审美移情、维护自然诗境之单纯与淡泊的古典诗学为然;而中国传统诗歌潜移默化的熏陶,又使他极为推崇自然宗旨,崇尚思与境谐,物我两忘的美学境界,而不至走向第三层次的极致。他认为,诗必有所本,本于自然;诗必有所创,创为艺术,"诗与实际的人生世相之关系,妙处唯在不即不离。唯其'不离',所以有真实感,唯其'不即',所以新鲜有趣。"这段话很能说明他本人的诗歌审美情趣。

从三四十年代中国新诗创作的状况与理论批评的发展水平来看,朱先生的诗歌观是有非常益于诗坛之进步与拓新的。他对王国维《人间词话》中一些观点的质疑与辩难,也明显印证了这一点。朱先生针对王国维"隔"与"不隔","有我之境"与"无我之境"等判断诗歌优劣的基本准则,指出判别诗的优劣,不能简单武断,以偏代全。梅圣俞所说的"状难写之景,如在目前"与"含不尽之意,见于言外"两种境界,各有其特点,不能彼此取代。而且诗境之中排除主体因素也是不可能的,朱先生认为:"严格地说,站在任何境中都必须有我,都必须为自我性格、情趣和经验的返照。"

《诗论》对《人间词话》中新的研究角度、方法,给予了肯定。但对王国维那种褊狭、陈旧、抱残守缺的诗歌观采取了商酌态度,这反映了作者与时代共进的审美意识,反映了其诗学观念的现代色彩。作者强调指出:诗从以自然风光本身为吟咏对象,到将自然作为人类情感的外化与象征实在是一种大解放,"我们正不必因其不古而轻视它。"古人特定的生活环境,特定的情感与观念早已不复存在,"采菊东篱下,悠然见南山"的诗趣,那种"池塘生春草","空梁落燕泥"的诗境,在现代诗人那里已无法寻觅得到了。这类作品,作为人类情思意绪曾经有过的一种存在方式,作为一种已经定型化了的美的形态留传下来,它们可以为后人所欣赏、所玩味,却无法指望今天的诗人们,尤其是具有独创性的诗人去续其旧境,吟其陈词。诗的生命在于创造,在于开拓,在于确立前人无法梦到的新的境界、新的空间，只要人类仍然存在，这个创造与开拓的历程就永远不会终结。

《诗论》中尤其难能可贵的，是朱先生作为一个以探讨基础理论为主的美学家，对中国的新诗发展发表的那些看法。

自本世纪初新诗形成以来，围绕什么是新诗、新诗应当如何作、新诗的外观形式应该是什么样的，以及民族化、大众化等一系列问题的争论一直没有止息过。不少人曾试图为新诗规定某种外在的格式、行式、押韵方式，甚至字数、行数，或提出一两种以往的诗歌形态（如古诗、民歌等等）作为创作新诗形式的楷模。《诗论》的作者对之是颇不以为然的。他指出：

> 大家在谈"民族形式"，在主张"旧瓶装新酒"，思想都似有几分糊涂。中国诗现在还没有形成一个新的"民族形式"，"民族形式"的产生必在伟大的"民族诗"之后，我们现在用不着谈"民族形式"，且努力去创造"民族诗"。未有诗而先有形式，就如未有血肉要先有容貌，那是不可想象的。至于"旧瓶新酒"的比喻实在有些不伦不类。诗的内容与形式的关系并不是酒与瓶的关系。酒与瓶可分立；而诗的内容与形式并不能分立。

这里阐述了一个重要的诗歌理论问题，即诗是主体情思的自然流露，这种情思从一开始孕育，就带有自己特定的形式感，因此，行式、句式、格式、节奏、韵律、结构等等，是从属于诗的情思意绪的，是内在的，即如朱先生所说的是"容貌之于血肉"的关系。因此，绝没有超于各种诗情之上的形式。脱离诗歌真实、独特的具体情思意绪，人为地为诗去规定形式、格调、乃至审美倾向性的做法，都不啻在作寻求没有血肉的容貌的工作，这显然没有任何积极的和富有建设性的意义。回顾新诗史上几起几落的关于"格律诗"的争论,回顾只留给人苦涩和滑稽记忆的"新民歌运动",不都是从反面对这一基本道理的一次次证实吗?

基于上述论述,《诗论》提出了新诗的三种参照系,即西方诗歌、中国古代诗歌、民歌。朱先生认为:西方诗歌之于中国的新诗发展意义最大。因为"它可以教会我们一种新鲜的感触人情物态的方法,可以指示我们变化多端的技巧,可以教会我们尽量发挥语言的潜能。"这些观点是很有远见的,诗的拓新,最关键的就是感受方式的变化,只有感受方式的转变,才能带来美学规范的变化,才能带来独标逸韵的新的诗歌气息,乃至带来形式与技巧的转变。新诗要崛起,要自立于世界诗歌之林,先须写出现代中国人特有的美学追求与精神风貌,写出对宇宙人生新鲜、活泼的所感、所思,欲达此境地,西方诗歌(——朱先生尤其强调西方现代诗)中那种近、现代人的生活态度与审美方式,显然要比古诗与民歌之于新诗具有较大的革命性与开拓性。

但朱先生并没有忽视古诗与民歌的意义,他认为,"中国文学只有诗还可以同西方抗衡",他预见,"很可能几千年积累下来的宝藏还值得新诗人去发掘"。重要的不在于机械地去参照与效仿,而在于以一个现代人的独特情思,以诗人自己的真实性灵去感受、去借鉴、去创造,善学的则到处都能得到经验,不善学的则任何模范都会化作桎梏。因此,他强调"聪慧的眼光与灵活的手腕",认为无论是学西方诗歌,还是学古诗与民歌,呆板的模仿都是误事的。

令人兴奋的是,今天的中国新诗终于走上了一条比较开阔的、标向希望与未来的道路。一批生气勃勃,充满创新精神的青年诗人们,正在自觉、不自觉地实践着朱先生当年提出的主张。他们首先从现代外国诗歌中吸取了新鲜的感受方式,新鲜的结构方式与技巧,并以这种新的审美触觉在包括《易经》、神话、楚辞以及各民族民歌、民谣在内的古诗与民歌中汲取精华,挖掘、创造崭新的诗歌实体,使中国诗坛显示出自"五四"以来所从未有过的繁荣局面与巨大潜力。

诚然,任何理论著述都很难达到尽善尽美——超越时代与作者自身一切局限的境界。作为中国现代诗学研究领域的第一本专著,《诗论》也存在着不尽令人满意的地方。我以为,这主要表现在缺乏严谨的理论系统性上。

《诗论》在第一章中就提出了何者为诗的问题,并从心理学和历史,考古学结合的角度探讨了诗的起源问题,这本来是提供了一条探讨诗的本质的很好的途径,但作者却未能继之进行"本体论"的探讨,而直到第五章,在论述"诗与散文"的关系里,才提出关于诗的定义。由于缺少一个内在的、一以贯之的本体论,使全书各章节之间显得缺少一种总体感、一种相关性。比如诗的起源与诗的谐隐之间有何内在关系?诗的意象、情趣与诗的韵律、节奏等是否有联系?诗与画、诗与乐等等在诗的基本素质之中处于怎样的一种地位?这些章节与内容间似缺乏一种内在的逻辑性,它们仿佛是从不同的路径与线索出发,却未能构成彼此之间的交汇点,而是各行其是地走了下去。与此相关,有些内容,如对原始诗歌作者的探究,对诗人陶渊明的考察等等,均显得与《诗论》作为一部基础理论著作分离较大,似不属此书所当必然和必须论述的内容。

上述问题也影响到《诗论》的体例与格局。全书的十三章之中,作者用了六章的篇幅来讨论诗的节奏与音律问题,占全书几近一半的分量,本体论的内容却不够扎实、有力,且对于诗的鉴赏,诗的批评,诗歌创造主体——诗人的考察等重要内容,却没有涉及。这并不是说对音律方面内容的探讨没有意义,而是说《诗论》对此似过于偏重了。声、顿、韵、律等等毕竟只是诗歌总体构成中的一个因素、一个侧面,用几乎一半的篇幅研讨它们,对全书的整体性,对理论的新鲜感与开拓性,不能说是毫无影响的。

早在四十多年前,当《诗论》初版时,朱先生就曾呼吁:"在目前中国,研究诗学似尤刻不容缓,"并从审定我们自己的传统,借鉴西方的经验,推动新诗运动(他强调:"这运动的成败对中国文学的前途必有极大影响")等方面论述了诗学研究的意义。而今天,我国诗学研究所面临的,无疑是比三四十年代更为重要、更具有开拓与建设意义的工作。所以,我们迫切需要反映八十年代中国诗歌创作的诗论著作,需要研究对如何建立中国现代诗学的问题作出回答的诗论著作。在朱先生开拓的这条中国诗学研究道路上应该有更多的后来者,只有这样才能加快中国诗歌创作与诗学研究走向世界的进程。

1986 年 1 月 19 日于北京大学

审美意象与司空图的《二十四诗品》

"象"的概念,在我国春秋战国时代的《周易》中就已经萌芽;到了魏晋时期,王弼更阐述了颇为完备的"意象"理论。但在唐代以前,"意象"还多在哲学领域中被讨论与运用,时至中唐之后,才由"比"、"兴"为媒介,逐渐变成一个在诗歌的品评与鉴赏中被广泛运用的文艺理论术语。司空图的《诗品》,则不但进一步阐发了"意象"理论,而且运用此说,表述了抒情诗的一系列基本审美特征。

在东方的美学体系中,"意象"是由"意"与"象"二因素化合而成的。所谓"意"是指诗人主观的思想情感,所谓"象",则是指具体的客观物象。诗人进行艺术创造的过程,本质上说来,就是作为审美主体的诗人与作为审美客体的物象"神与物游"(刘勰语)——也就是"意"与"象"交融、合成的过程,因此,诗中的审美意象,正是主体与客体之间所达到的一种审美契合。这种审美意象一经生成,就已不再同于原来与其形似的客观物象,而变为寄托着诗人主观情感的"心象"了,即把"象"由自然的领域转化到了人化自然的领域,审美创造也正是这样完成的。

司空图的《诗品》中,多处或直接或间接地谈到了这一诗与艺术的美学构成问题。第一节"雄浑"中,他就以"超以象外,得其环中"八个字,概括了"意象"这种审美创造的基本特征:即诗中之"象",已超出了自然之"象"本身固有的客观意义,而包含了诗人寄予其"环中"(形象之中)的主观寓意。司空图认为,这时的"象",就是意象,它既取以客观自然之象的形态,又"脱有形似,握手已违",

具有比客观物象更丰富的艺术旨趣与审美价值。

人类之所以能够在宇宙中把自己确立为主体,就在于人具有内在精神世界,能够自我意识,这是人类区别于宇宙任何其他存在物的本质力量的表现。然而,尽管人类内在的精神世界是丰富多彩的,却是不具外形、无法直观的,所以,诚如马克思精辟指出的:美的本质就在于人的本质力量的对象化。在艺术创造中,主体要表观的思想情感就属于"人的本质力量";而赋予这些情感以具体的外在形象就是"对象化"。抒情诗与其他表现艺术的本质特征,也都在于诗人、艺术家使不具形的情感之"意",在可见的外在"象"的世界中得到表现和抒发。就主体来说,是使"形而上"领域的思想情感"具备万物,横绝太空"——变无形为有形;而就客体来说,则是使纯客观的自在之物"犹矿出金,犹铅出银"——变物象为意象,在使抽象的人类情感对象化、客体化的同时,使没有思想情感的客观物象人格化、主体化。正是二者的相互依存、不可分割性,才构成了既不属于纯粹主观世界,也不属于纯粹客观世界的美和艺术的世界。"意象"这两个字,极简洁、极巧妙,而又极准确地概括了上述诗与艺术审美构成的本质特征。

意象能达到怎样的审美效果呢?司空图对此问题也作了生动的表述,"意象欲出,造化已奇",由于意象是审美创造的产儿,是既非主观、又非客观的"人化的自然",它必然为欣赏展示一个神奇缥缈、气象万千的境界。司空图以多种形象,从不同角度描绘了这个美的世界,如在"实境"中写道:"清涧之曲,碧松之阴……情性所至,妙不自寻",在"超诣"中写道:"如将白云,清风与归,远行若至,临之已非";在"豪放"中写道:"前招之辰,后引凤凰,晓策六鳌,濯足扶桑";以及"清奇"中的"神出古异,淡不可收";"疏野"中的"但知旦暮,不辨何时"等等。尽管这些句子是在表现不同的审美风格,但这种种风格,都来源于对待以"妙造自然"的审美意象的感受。由于意象本身既具有客观物象之形体，又包含诗人主观之情感，因此，它的画面就既具有作为一般客观物象自然美的审美价值，又有超出这种自然美之外，更深一层的艺术审美价值。司空图把对意象以这种审美感受概括为"远引若至，临之已非"；"脱有形似，握手已违"等等，讲的即是：诗中之象的含意似画面所言，又非仅为其画面所言；似熟悉，又似乎有些生疏；似很浅显、平易，却又似乎隐蕴着难以穷尽的丰富内涵；似乎已经来到它的旁边了，一瞬间，又觉得这个境界还很遥远。——这一切，正是艺术鉴赏的妙处所在，它可以使鉴赏者充分发挥自己的审美感受能力，对诗中提供的感性形象进行充分的艺术再创造，从而得到审美的愉悦与心灵的净化。司空图在他的其他文章中所谈到的"象外之象"，"景外之景"，"味外之味"等等，表达的也是同一意义。

人们通常喜欢以"有诗意"一语表达一种含蓄、悠远、让人联想、启人深思的微妙感受，其实，所谓"诗意"的奥秘正在于意象的美学结构上。因为其一，艺术欣赏都是从可感的图画——"象"入手的，而只有具体的、活生生的形象与图画才能给人以自由联想的广阔天地，抽象的逻辑概念绝无任何审美联想的可能；其二，诗中的"象"都不是无端而来的，而是诗人之"意"所为之，一幅幅看起来各不相干的画面，都是由"性存而体匿"的"意"为血脉连接着的，而诗人之"意"，则往往给人以哲理的启迪。"象"的宽泛性与"意"的哲理性融合为一，就是艺术欣赏使人产生"诗意"感的妙谛。司空图把感受诗意的过程，概括为"乘"象"识"意的过程，即所谓"乘之愈往，识之愈真，如将不尽，与古为新"。尽管这显得过于简约，不易使人准确地把握他的本意，但从《诗品》通篇来看，对意象审美效果之三昧，司空图的确是深为领悟的，"诵之思之，其声欲希"，"但知且暮，不辨何时"等语，都体现出我国乃至整个东方美学所共同崇尚的"思与境谐"、"物我两忘"的审美境界。

尤其值得注意的是,司空图在《诗品》中不仅谈到了审美意象的本质特征与鉴赏效果,而且对意象生成的具体过程、对如何才能创造出生动、丰富的意象等问题,也作了新鲜的描述。如前所述:诗人的内在情感本身是不具形、不可见的,司空图认为,这种情感的不可见性是"虚",而客观存在的大自然界则是"浑",要把抽象的情感"与之园方"——赋予它外在的直观形态,与客观现象的"浑"统一起来,必须经过一个"返虚入浑"、"由道返气",因情觅景,秉意取象的过程。只有这样,作为主体的诗人才能进入"处得以狂"的审美创造境界。这里,"气"、"力"等等主体的情感因素是非常重要的,它们的真挚、强盛、清新、丰富的程度,直接决定了诗中审美意象构成的成败与优劣。"大用外俳",是由于"真体内充",所以,只有"真力弥满",才能够"万象在旁"。

陆机的《文赋》曾将艺术创作的过程概括为"课虚无以责有,叩寂寞而求音",司空图不仅继承了陆机关于艺术创作从"无"到"有"的观点,而且具体论述了诗人艺术创作从一般生活感受到审美感受,再由审美感受进行审美创造的整个过程,他对于艺术创作中审美主体心理发展过程的理解,显然比其前人超越了一大步,对于我们今天的美学与艺术理论研究,也是不无启发的。

当然也应该指出,尽管司空图的《诗品》中蕴含了丰富而珍贵的美学思想,但出于《诗品》本身"意象"式的表述方法,使得这些观点不免显得模糊、零乱,并且往往彼此交错、重复;它们能够极精彩、极生动地涉及深刻的美学原理,却又缺乏内在的系统性与层次性。这正是整个东方美学的普遍特点之一,是长处,也是弊端。

诗是什么

一

在今天,没有比回答"诗是什么"这一问题更能检验一个诗人的诗歌创作理念;没有什么比提出探讨"诗是什么"更能考察一个理论家对诗学、对艺术思考的深度;没有比探讨"诗是什么"之于当代诗论领域更为重要的了。

二

人们都知道,在艺术的起源阶段,诗乐舞本是三位一体,无法分开的——我国的《吕氏春秋》之中就曾这样记载:

"昔葛天氏之乐,三人操牛尾,投足以歌八阕:一曰'载民',二曰'玄鸟',三曰'遂草木'……"

如果说,任何一个事物的基本性质,都是在它刚一构成其雏形之时就已经包含于其自身之中了,那么诗歌也确实没有例外。就以上述这段记载为例,其歌句所表现的无疑是一种情感,而这种情感又是通过语言与形象(舞蹈动作本身)得以实现的。只不过由于其形式本身的不够成熟,这种情感尚带有某种实用功利性,显示着某些巫术祭祀的色彩。

三

到了《诗经》时代,大部分作品已经基本上具有了地道的诗的形式,而其中之优秀者,诗艺上已经显得十分出色了。如《蒹葭》:

> 蒹葭苍苍,白露为霜。所谓伊人,在水一方。溯洄从之,
> 道阻且长;溯游从之,宛在水中央。
> ……

天地苍茫之间,只有无边的芦苇与霜痕,诗歌主人公心中之"伊人",可望而不可即地隐现于秋水的另一方,令诗人思念之情萦绕于怀,一咏三叹。这令诗人反复吟诵的"伊人"是谁? 诗中描写的境地是在何处? 不知道;也完全无须追究。在这"蒹葭苍苍"的反复咏叹之中,在这芦荻、秋水、霜露、雾霭迷离的孤岛等多重意象的不断证印与组合之中,诗人已经完成了自己抒发情感、表征心境的目的。这诗中的境象,既如现实般逼真,又似梦境般虚幻,它宛如海市蜃楼,映现的是人世间的风光情态,却又悬浮于现实的土地与天空之间。

当人的情思意绪超乎于客观现世的具体功利性,当语言、情感、意象三位一体,无懈可击,达到一种难解难分的境界时,一首真正的诗也就降临了。

四

由特定的自然、地理环境、特定的经济形态与生活方式,以及与以上几点密切相关的文化心理结构所决定,我们的民族是一个

理性思维相对薄弱，而悟性思维相对发达的民族。思辨哲学长期顿滞，而诗画艺术得以充分发展，就是这一民族气质与性格造成的。正是与此密切相关，我国古代的诗歌艺术，在审美构成上，更具有现代诗歌的某些基本素质。如《蒹葭》一诗的韵律效果与朦胧气氛，如诸多唐诗宋词之中意象的微妙性、构思的象征性等等，不正是象征派、意象派以来，为西方诗人们所梦寐以求的诗歌理想境界吗？

然而，中国古典诗学却过分依赖于自然之象。"师法自然"、"妙造自然"、"无我"、"化境"——当它们作为诗歌创造途径之一的时候，无疑会显示出自己神奇的魅力，然而若将其作为一种诗歌观念凝滞下来，它们就会退化为干枯的法则与无形的藩篱，在诗歌与人的心灵之间构成隔阂。中国传统诗学排斥主体的直接加入，对于在审美创造中产生艺术变形的诗歌意象不以为然的态度（如王国维的所谓"隔"与"不隔"之说），就反映了这种诗学自身的局限。

五

中国古典诗学的弊端，在西方传统诗学那里恰好表现为长处。西方传统诗学，是在其源远流长的基督教文化的土壤之上孕育、发展起来的。西方人擅长思辨的特点，给了它理性与知性的基础，而唯灵论、泛神论等哲学与宗教思潮，又把这些理性与知性携向了美与艺术的领地。在西方古典诗歌中，我们经常能够看到一个抽象概念（如"正义"，"良知"，"邪恶"等等）能说能笑，能思考，具备人的一切情思——而这在中国古诗中是绝对见不到的。

六

西方古典诗歌最缺乏的,是我们如上所提到的,典型的中国与东方诗歌中最属于现代诗歌的那种地道的诗的气息。而经过自法国象征主义、英美意象主义为开端的西方现代主义文学运动,东西方诗歌体系之间的这种交融互补,之于西方诗歌,业已逐步完成。而这种交融发生于中国新诗身上,自五四以来,经过几个不同的发展阶段,到今天,也已经臻于成熟的境界。其主要标志,就是既保持了东方诗学特有的意象与意境效果,又极大增加了诗人的主体性,开拓了诗歌的取象范围。无论是客观世界中的自然物象,还是人的精神领域并无光线色彩的情思意绪;无论是理性世界的抽象概念,还是潜意识深处的心念表象,都可以通过独特的语言媒介,在这个诗的世界中创作出别致、生动、新奇的审美意象,实现自身的永恒与无限。

七

正是在这个意义上,我们能够站在一个历史的合题的高度说:诗既是一种语言,又是一种情思,同时,又是一种表象的组合。

——诗是语言,却不是一般实用性语言,而是一种具有一整套独特机制功能的语言系统;诗是情思意绪,但又没有现实利害感与直接、狭隘的功利目的;诗是表象,这种表象超然客观真实世界的物象形态之上,它不依赖于一般客体的常规性法则,而只为诗人心灵的法则所统辖和关照,亦即古人所言:"于天地之外,别造一种灵奇"。

116

八

生活在今天诗坛上的诗人们是幸运的。

你们呼吸的是黑夜消逝和黎明降临之际，那迎面吹来的清芳、舒朗的空气。这是充满生活的深情，而又积淀了深刻的理性精神的空气；是使人能够长思我们的昨天，又飘溢出对未来一串串彩色憧憬的空气。这空气本身就蕴含着极高的人类精神价值；她是属于诗与美的空气……

能够珍视这晨光，饱吸这空气——把她化作自己心灵深处的墨汁，并让这心底殷红的墨汁流作诗行的人，将被缪斯七弦琴彩色的旋律在诗与艺术的天国门前迎接……

1986 年新春于北京大学

2013 年稍作润色于北京东四十条富华大厦

"诗中自我"与"诗外功夫"

对李白、李贺、李商隐这三个名字,凡是喜爱诗歌的人们都不会感到陌生,他们不但都是我国唐代杰出的诗人,而且又都具有某种浪漫意味的创作特征。然而,吟诵这三位诗人的作品,我们却会体验到三种迥然不同的艺术审美风格——李白的豪放、潇洒,李贺的清奇、峭拔,李商隐的含蓄、婉转。它们宛若浩荡的长江,险峻的乌江和幽美的漓江,是无法相互取代的。因此,尽管他们三人同属一个朝代,又素来被统称为"三李",后世的读者们却决不会将他们的作品混为一谈。

这说明了一个颇有意义的艺术问题,就是作为审美主体的诗人的自我在诗中的地位与作用。

谁都不会否认:诗人创作一首诗是从他最基本的审美感受开始的。与一般认识论所讲的"感觉"不同,这种审美感受的特殊性在于,认识事物的感觉都是相同或相近的;而美感则要求是新奇和独特的。一首诗要能够独标新意,不落窠臼,产生打动鉴赏者心灵的审美效果,就要求诗中自我——创作的审美主体诗人,对于作为客体的自然与社会有为自己所独具的心灵感受,正是诗人自我这一个个鲜明生动的艺术个性,才创造出了诗歌史上那一篇篇情趣不同、风格各异的优美诗篇。不是吗?在李白眼里,"黄河之水天上来","燕山雪花大如席";李贺借梦游写人间风光是"遥望齐州九点烟,一泓海水杯中泻";李商隐感叹人生易逝,写的却是"苍海明月珠有泪,蓝田日暖玉生烟"。这些,看起来似乎是一个诗人的艺术技巧问题,实际上却关系到诗与整个艺术的审美本质特征。因为诗中之我鲜明独特的艺术感受,不仅仅反映在诗歌具体意象的构成上,而且贯穿于一首诗的内在结构、节奏韵律,乃至具体的抒情方式之中,从而形成一位诗人基本的美学特征。李白的"诗仙",李贺的"鬼才"等称呼,也正是这样形成的。

人们平时虽然都明白一首好诗来源于真实、优美的情感这一道理,然而往往并未细致考察诗中自我才是决定诗歌情感特点的关键因素。如果诗中自我不具备鲜明的个性特征、诗人不是以其"自我"的独特感受方式来观察、体验自然和社会,他怎么可能产生出富有独特创造性的诗思呢? 而没有这种诗思,他又怎么能创作出动人的诗歌作品呢?

其实,诗人必须从一个个性鲜明的自我做起,这不仅为诗歌内在的审美规律所决定,也为外在艺术世界的构成规律所制约。我们知道,多样性是艺术的妙谛,同样,也是一个时代诗坛构成的基本法则。一个诗人或作家要能够从众家之中脱颖而出,就必须做到独树一帜,使自己成为具有鲜明生动特征的"这一个",掌握只属于他自己,而为他人所无法具备或不易具备的审美感受方式(即善于发现自我作为审美主体的艺术个性特征)。包括我们已经谈到的"三李"在内的唐代诗歌,之所以显示出姹紫嫣红、争奇斗艳的光彩,与唐代诗人每个人独具风貌的艺术个性特征,不能不说有着直接的关系。这个道理,用当代诗人郭小川的话来说,就是诗人要找到属于他自己的位置。其实,任何一个有所成就的诗人和作家,都会经历这样一个在艺术上认识自我,确立自我,并逐步完成自我的过程,不同的是,在其具体过程中,有的人是在自觉意识之下完成的,而有的人却是凭借某种艺术直觉完成的。

因此可以说,在属于艺术审美领域的诗歌创作中,诗人自我的个性特征越鲜明、生动、独特,他所创作的诗歌作品的审美鉴赏效果就越好,其艺术价值也就越高——这正是艺术创造不同于物质生产和其他精神生产(如哲学、宗教等等)的特殊规律。事实上,一个诗人如果不是以自我对生活的真实感受与独特发现作为创作的出发点,他笔下的诗歌就很难称之为艺术品,诸如"文革"期间那种千人一面、千篇一律的"浮夸诗"、"批判诗"、"造神诗",根本不属于艺术审美之列,而是类似于工厂机械生产那种"标准化"与"通用化"的产物,谈不上什么艺术价值,因此,这种"诗"的降生本身就是死亡。

从以上分析中,我们可以清楚地看到:诗之生成,从本质上说来无非是作为主体的诗人自我与作为客体的客观物象之间所发生的一种特殊的关系——即审美关系;而在这一过程中,前者又是起决定作用的,它决定了艺术生产品的根本性质和其他特征。这样,审美主体,即诗人自我的构成,他的性格气质,生活经历,思想深度,认识能力,道德情操等等,都会在诗人进行艺术感受之时,或多或少,或直接或间接地发生作用,从而规定影响着一个诗人的创作。其中,气质与性格的构成,既有先天的因素,也有后天的影响,而思想水平、认识能力及道德情操等,则显然是在后天完成的。这就提出了一个诗人的"诗外功夫"的问题。

"诗外功夫"这一术语,源于我国宋代著名诗人陆游。陆游在向他的儿子讲述如何作诗时说:"汝欲学作诗,功夫在诗外。"他的所谓"功夫在诗外",就是说一个人要学习作诗,不能仅仅停留于学习诗歌艺术上的技巧,最主要的是诗人对生活要有自己真切深刻的感受。用今天的话说,也就是诗人要走出艺术的"象牙之塔",将自己投入到广泛的社会生活中去。只有对生活产生了真切深刻的内心感受,一个诗人才能够写出情感真挚动人,能引起广大读者共鸣的诗章。这一点,陆游本人的创作道路就是很好的说明。陆游自幼酷爱学诗,青年时代曾求师于江西诗派的门下,当时,由于年龄与经历的限制,他只是着意追求辞藻的华美与字句的工丽,而真实独特的感受不多,所以成绩不大。后来,民族的危难促使他投笔从戎,参加了拯救祖国的抗金斗争。铁马金戈,豪雄飞纵的征战生涯,开阔了他的视野,淬炼了他的思想,也使他悟出了诗歌创作的真谛,正如他后来回顾自己的创作道路时所说的那样:"四十从戎驻南邓","诗家三昧忽见前"。正是生活的磨难激发了陆游胸中的诗情,从那以后,他写下了数千首情感深沉而浓烈,读来脍炙人口的诗篇,直到八十多岁高龄仍诗思不衰,成为我国诗史上的一代伟大诗人。

当然,要练就诗外功夫,领悟"诗家三昧",并不意味着诗人们都要像陆游一样去驰骋沙场,戎马半生,而是说诗人应当严肃认真地对待生活,并把自己与整个时代联结起来,投身于现实的社会洪流之中去,以改造社会为己任,在广泛的社会生活之中汲取诗情。不言而喻,在现代社会的今天,"诗外功夫"显然还应包括必要的理论素养与历史知识。总之,只要作为审美主体的诗人自我是一个高尚的、不断进击着的自我,只要这个自我具有敏锐的时代觉察能力与审美感受能力,那么他笔下的诗句不论抒写的是他对整个时代与人生的思考,还是写他个人的友谊、爱情、欢乐、悲伤,都会是美的和崇高的,都会促使读者更加热爱生活,激发他们对人生的不断探索。

我们知道,只属于个人而无法唤起众人共鸣的所谓"灵感",是不能升华为美感的。如果一个人仅仅为了自己的个人私利,为了成就诗人之名,为了投合某种需要去做诗,满足于吟哦琐碎、卑微的欲念,或在诗中喊些假、大、空的口号,读这样的作品,读者既不会加深对人生与社会的认识,也很难得到审美的愉悦和心灵的净化。

总之,鲜明的"诗中自我"与过硬的"诗外功夫",对于诗作者说来,是两项同等重要而又密切相关的课题。如果把前者比作建造一座诗歌大厦必不可少的屋脊,那么后者就是同样不容忽视的地基。要成为一个有所作为的诗人,首先必须严肃尊重艺术创作规律,从诗人自我对于生活真实而独特的感受出发,而不是从外我的外在观念出发,做到如古人所说的那样:"独抒性灵,不拘格套。非从自己胸臆流出,不肯下笔;"①而要达到同一目的,作为审美主体的诗人自我,就必须"比任何人都更应该是自己时代的产儿"②,他不仅要学习和思考文学,更要学习和思考社会,从而使自己的胸怀更宽广,思想更深邃,目光更敏锐。可以想见,如果我们的青年诗人们打好了坚实的"诗的地基",又立得起独具特色的诗的屋脊,那么,一座座具有现代风貌的诗歌大厦,就一定会在我们民族争雄而立的诗歌建筑群中竞相崛起。

1982 年暑假于沈阳三经街

---

① 袁宏道《序小修诗》,见《中国历代文论选》第 2 册。
② 《别林斯基论文学》。

"朦胧诗"与"一代人"

——兼与艾青同志商榷

读了艾青同志《从"朦胧诗"谈起》一文(见一九八一年五月十二日《文汇报》)有几点想法,现谈出来与艾青同志商榷,并就正于广大读者。

也从"朦胧诗"谈起

中外文学发展的历史证明,任何一种艺术思潮和流派的产生,都有其时代特征、思想渊源和美学基础,表面上看起来是几个作家、诗人标新立异的文学现象,从社会与文学发展的长河来看,却总是"应运而生"的。

浪漫主义作为一种思潮兴起,是由于资产阶级革命的进一步深化。为了冲破封建残余的束缚,以直抒诗人胸臆为特征,歌颂理想、歌颂自然风光,歌颂普通人性美的浪漫主义,终于取代了古典主义的正统地位。

现代派文学的产生,同样有其时代特征。十九世纪末二十世纪初,人们感到:浪漫主义的豪放激昂和后期现实主义对具体生活的描摹,已经不能真实地反映人民社会心理的本来面目,于是,以"强调用具体的形象直接表现复杂矛盾的内心生活"的现代主义第一大流派"象征派",才风靡于当时的欧美诗坛。

由此可见,一种文学思潮与流派的兴起,总是首先形成了一种观念,这种观念,好比一颗种子,只有社会给了它萌发与生长所必需的阳光水分和土壤,它才有可能长成一株植物。这里,周围的人们对这种艺术观念的补充、完善和发展是相当重要的,没有这种补充和发展,就不会形成一种有社会意义的艺术流派;而这样一种思潮和流派一经形成,则正说明了一种反映相当一部分人思想感情的新的时代精神也已经形成。

既然所谓"朦胧诗"已经在我国诗坛产生深刻的影响,那么我们要研究这个文学现象,就应该从分析它的时代特征、思想渊源和美学基础入手,如果抛开这些具体的客观条件,势必会导致形而上学的分析方法。

这些作品的作者们都属于现在的青年一代。这一代人生长在社会主义的新中国,对党和祖国有着真挚的赤子之爱。他们从小受到的都是革命理想和革命传统的教育,因此,他们坚信前途是美好又美好,平坦又平坦的。在"文革"初期,他们响应"号召",怀着一腔正义参加运动,并做了不少幼稚、愚蠢的事情。然而他们终于认识到,自己被一伙野心家们利用了。受人欺骗之后,当然是痛苦的,他们开始苦闷,犹豫,在沉沦与进取的道路中间徘徊;少数人在生活的中流里像泥沙一样沉没了,但是越来越多的人,却相继扬起了思考与求索的风帆。作为思索的一代人,他们新的思想无疑要表现、要抒写,他们终于寻找到了一种适合于他们自己的新的抒情方式,于是,我们开始越来越多地见到这种风格的诗句:"黑夜给了我黑色的眼睛,我却用它寻找光明。""狂风掠去梦中的财富,却留给我一笔思考的遗产。"他们认识到,"十年浩劫",实际上是"以太阳的名义,黑暗在公开掠夺",他们有这样的决心,"为开拓心灵的处女地,走入禁区,也许——就在那里牺牲,留下歪歪斜斜的脚印,给后来者签署通行证。"这些诗歌,与"文革"前和"文革"期间的作品风格,显然是全然不同的,但它们孕育于我国的社会生活之中,出自我国诗人之手,用的是汉语的思维方法与表达方式,它们不属于我们民族,又属于谁呢? 如果说,它们与外国某一诗歌流派有某些相似,或受了它们的某些影响,那只能说明,它们产生的客观条件有某种相似之处,完全是"不期而遇"。因此应当说,既然已经涌现了一大批乐于用这种风格进行创作的诗人,既然有相当一部分读者对这些作品抱有浓厚的兴趣,既然这些作品得到了不少评论家的推荐,就充分说明,作为一种诗歌流派,这些诗人和他们的作品的存在和发展是完全合理的。

然而,艾青同志的文章,却只是简单地罗列了几条这些作品在表现手法上的个别特点,把它们抽象出来,然后就利用反对派的现成言辞——以一种与其完全不同的艺术价值尺度加以衡量,断言这些诗是"畸形的、怪胎、毛孩子";根本没有考查这一诗歌流派产生的时代原因和美学基础,就宣告这是"西方的恶魔侵入了中国诗坛"。甚至仅以一首六行小诗,就来囊括整个这一文学现象;以一小段评论文字,就来否定所有与自己艺术见解不同的评论文章,这种弃其主体内容于不顾,攻其一点不及其余的的评论方法,难道能够得出正确的结论么?

关于诗歌中的"自我"

长话短说,先让我们来看这首诗:

一棵树,一棵树
彼此孤离地兀立着
风与空气
告诉着它们的距离

这是艾青同志的作品《树》。可能有的同志会以为这是一首"朦胧诗"，不错，这首诗与当前青年诗人的一些作品是属于同种风格的。

那我们是否可以这样发问：空气、风、树木都是无生命的，风和空气怎么会告诉树之间的距离呢？树之间，又怎么会感到彼此"孤离"呢？——略有艺术审美经验的人都不会提出这样的问题。这是因为，艺术创作过程本身，是诗人充分发挥自己的审美感受能力，进行创造性想象的过程。我们知道，每一种审美规范都具有主观和客观两个方面，而美感之产生，也总是来自于主体与客体之间的关系，因此，艺术美感的性质，决不属于纯粹客体的性质，而是二者的结合，其中，诗人的主观因素又是起主要和决定性作用的。从李贺的"昆山玉碎凤凰叫，芙蓉泣露香兰笑"，杜甫的"感时花溅泪，恨别鸟惊心"等名句中，我们都可以看到诗人主体的决定作用：凤凰叫，香兰笑，花溅泪、鸟惊心等等，都不是凤凰、香兰和花鸟这些客体本身的特性，而是诗人的一种主观活动，是诗人为了表达自己的主观心境，对这些客体所取的一种态度，即：把没有思想感情的客体对象人格化，像对待人一样，注视他们，观察他们，解释它们。因此，客体事物经过诗人的艺术创作过程，进入诗的艺术之中，已不再是原有的、纯客观的事物了，而成了包含着诗人的主观感受，表现诗人主观寄托的"媒介"，那么这是不是像艾青同志指责的那样"以'我'作为创作的中心"呢？回答可以是完全肯定的，因为没有诗人，根本就不会有诗歌产生；如果艺术创作的过程不是以诗人为中心，那对《树》中的诗句该如何解释？

值得指出的是，这种艺术创作中，诗人们"自我"的主观决定作用，与政治上的所谓"个人至上"，"个人高于一切"，"资产阶级个人主义"等概念，完全是风马牛不相及的，轻率地把它们等同起来是荒唐可笑的，也是不科学的。

当然,作为一个诗人,他既有社会性的一面,又是有自己独特的"这一个",他既可以写自己对整个社会生活的感受,也可以写自己个人的友谊、爱情、欢乐、忧伤。就像舒婷既写《祖国,啊,我亲爱的祖国》《暴风过去之后》,也写《致橡树》《秋夜送友》,顾城既写《一代人》《红卫兵之墓》,也写《别》《感觉》一样。艾青同志不是也既写了《在浪尖上》这样有较大社会容量的作品,也写了《赠女雕塑家张德蒂》这样纯粹是个人友谊的作品吗?白朗宁夫人著名的十四行诗和李商隐脍炙人口的无题诗,写的都是个人的情思,难道可以说他们是"手拿一面镜子只照自己","排除了表现'自我'以外的东西,把'我'扩大到了遮掩整个世界"吗?

尽管诗人是按照"我"对生活的独特感受来描绘生活,但整个人类的情感却是惊人地相通的,因此如罗丹所说:"对一个人非常真实的东西,对众人也非常真实。"当然,并非人的一切感受都可以作为审美感受,这一点,真正的艺术家、诗人,自有他们的审美尺度;而艾青同志文中提到的徐志摩的那几句诗,根本不属于我们当前的时代,在这一代青年人的作品中,也绝看不到这种格调的"情诗",因此,艾青同志在文章中列出此诗来,不知究竟要说明什么。

如何理解"看不懂"?

自从所谓"朦胧诗"闯入诗坛后,一些同志感到"看不懂",现在艾青同志也这样认为:

"有的诗,看上多少遍也不懂,只能猜","有些诗,连高级知识分子也看不懂,写给谁看呢?"

其实,一种新的诗歌流派刚一出现,由于从形式到内容都与传统的表现手法有很大不同,为一些读者所不能马上接受,这种现象在文学史上是常见的。因为对艺术作品的欣赏,需要读者主观心理的积极配合,而长期只欣赏一种艺术流派的作品,其美学规范,反映在人们的心理知觉上,无论是内容的选择,构思的角度,还是具体的表现技巧,都会逐渐形成某种整体上的欣赏习惯,接受一种固定的艺术方法时间愈久,这种欣赏习惯就跟着越固定,用一句大致近似这种情况的大白话来说,就是所谓的"先入为主"。心理学上把这种现象叫做"定位期待反应",并把它作为人的心理活动的普遍规律。这种"定位期待"是在多年习惯的基础上形成的。

多年来,传统的美学规范占统治地位,大家接触到的都是直观,具体,激情外露,不用深思,不需读者艺术再创作就可以懂得的作品,因此已对这种作品形成相当牢固的"定位期待",这样,当一种与其迥然不同——不是直接表现激昂澎湃的情感,而是用一幅幅具体的图画,暗示,烘托,象征诗人内在的思想感情,这样一种全新的诗歌形式突然出现于读者面前时,一般的人在欣赏的心理知觉上,显然是不习惯的,显然要发生"不顺口"、"不舒服"、"读不懂",甚至于气恼起来的情况。就以这次讨论中被提到的第一首"朦胧诗"《秋天》为例:

连鸽哨也发出成熟的音调,
过去了那阵雨喧闹的夏季。
……

这首诗表面在写大自然中的秋天,实际上却是在写经过"十年浩劫"这"阵雨喧闹的夏季",我们今天的祖国。这首诗可以说并不难懂,但由于它不是直白地表露情感,而是在诗中还有一层象征的意义,因此对于已经形成固定的欣赏习惯的读者来说,仍会感到"不顺当","别扭"。

至于一部分从事于诗歌工作的专业人士,也不欣赏这些作品的现象,应该说是更容易理解的。因为这部分朋友不但有上述那种共同的原因,而且他们本身就从事诗歌创作或理论工作,对诗歌的艺术规范有一套自己既定的观点,欣赏习惯也就比一般读者更为牢固。因此,评价诗歌作品时,会自觉不自觉地带有自己的艺术偏见。这种偏见是各方面的,包括对诗歌内容认识价值的判断和对艺术方式的审美感受。

是的,任何人都希望自己的作品能为同代的读者所理解,但是作为一个真正的艺术家、诗人,却决不会仅仅为了投合读者传统的欣赏习惯,而放弃真理,放弃自己应有的艺术追求。

艾青同志在文中还以"真理应该让大家能理解"来批评"朦胧诗",然而他忘了:艺术作品,不是理论文章;人们感性的审美活动,也根本不同于理性的论证说理,它们有各自的认识规律。况且,即便是真理也并非人人都会理解,起码不会是所有的人都能够同时理解,这已为人们的常识所尽知。远的不说,就"实践是检验真理的唯一标准"这一马克思主义认识论的基本原理,在当年的思想解放运动中,不就为许多同志所不理解,以至于相当执著地反对过吗?(本文作者是中国人民大学中文系学生)

本文发表于 1981 年 6 月 13 日《文汇报》,"编者按"如下:

本报五月十二日发表艾青同志的《从〈朦胧诗〉谈起》一文后,在部分诗歌爱好者和读者中引起热烈议论。许多同志来信来稿,赞赏艾青同志对朦胧诗的分析,也有同志对艾文提出了不同的看法。本着百家争鸣的精神,这里发表一篇不同意见的文章。为了有助于对这个问题的探讨,我们还将继续发表这方面的文章。

新时期诗歌的主要美学特征

本文将要评述的,是自思想解放运动开始以来,我国新诗的几个基本审美特征。有的评论家,把一九七六年"四五"运动作为我国新诗发展的转折点,这当然具有一定的合理性。但笔者以为,一定文学艺术的变革,并不仅仅是摒开艺术构成的、表现对象上的更新,而是整个一个时代审美标准的更新。这种更新必须以作为社会审美主体的人们社会心理的变化为前提。因此,它不是毫无准备就能发生,轻而易举即可完成的,它需要一批不是循规蹈矩,而是具有相当独创性,敢于标新立异的艺术家们,从不自觉到逐渐自觉的努力;并且需要有与这些艺术家的心灵息息相通,渴望呼吸新鲜思想与艺术空气的广大读者。

一

直观地看来,再没有比"真实"二字更能说明新时期诗歌的特征了。我觉得,若用一句话来概括这种情形,那就是:独抒胸臆——无论是老诗人,还是新诗人,大都能够从自己对生活的真情实感出发,唱出发自内心之中的旋律。

也许再过若干年,我们的后人会认为这一问题并无论述的必要。因为独抒胸臆本是一切艺术创作的固有特征。然而,对于刚刚从"十年浩劫"的摧残下走出来的中国诗歌,这却是一个具有重大意义的根本转变。

多年来,由于极"左"路线的破坏与干扰,诗歌与标语、口号、动员、报告、教育材料之类宣传工具混同起来。诗人不能从自己日常喜怒哀乐的真实情感出发,他不是作为有血有肉、有自己独特生活见解与艺术感受的活生生的"这一个",而是作为某种非我的外在观念的化身,去为某一具体的政治条文作注释,诗歌几乎成了一场场政治运动的"附产品"——这样的"诗",怎么可能具有永久的生命力呢?粉碎"四人帮"之后,说真话终于成为可能。

我们知道:多样性是生活的特点,更是人的情感的基本特征。人类几千年的艺术史,之所以包容了千姿百态的情趣与风貌,正是由人类这种情感的丰富性决定的。我们用"真"字来概括新时期诗歌的首要审美特征,就因为这个时期的诗人们,的确是有喜说喜,有愤抒愤,各种喜怒哀乐之情,不管是对社会、历史等问题的感受,还是对日常爱情、友谊、学习、工作的情思,都得到了淋漓尽致的抒发。因此,当回首近几年诗坛时,我们既能读到艾青的《在浪尖上》、白桦的《阳光,谁也不能垄断》、北岛的《回答》、骆耕野的《不满》、熊召政的《请举起森林一般的手,制止!》等等写对整个社会感受的作品,也能读到像舒婷的《致橡树》、雁翼的《织》、林子的《给他》、顺城的《别》、杨炼的《秋天》这样讴歌友谊、事业、爱情的优美诗篇;既能读到江河的《纪念碑》、杨牧的《站起来! 大伯》、沙白的《诸神》、李瑛的《我骄傲,我是一棵树》、邵燕祥《哦,大海》、徐敬亚的《我,沿着长城疾走》等等具有丰富哲理的佳作,也能读到刘湛秋的《温暖的情思》、《生命的欢乐》、顾工的《心在跳》、《今天和明天》、徐刚的《摇篮曲》、李发模的《视线》等等一大批抒写人情美、探索革命人道主义主题的诗篇。正是这些独抒性灵,不拘一格的作品,使我国诗坛重新显示了生机。

然而,我们还应当进一步搞清的是:诗歌艺术所讲的"真实",不是对事物临摹的真实,而是诗人艺术感受的真实,或曰审美情趣的真实。严羽在《沧浪诗话》中说过:"夫诗有别材,非关书也;诗有别趣,非关理也。……所谓不涉理路,不落言筌者,上也。诗者,咏吟性情也。"①这就是说,诗歌创作要有一种与达书穷理不同的方式与追求,不循理论思维的路子,不落语言的客观固有含义之中,才能写出好诗;诗的本质是"咏吟情性",即诗人审美感情的一种自由抒发,诗的真实,就在于这种情感与情趣的真实。严羽凭借他敏锐的艺术直觉,言简意明地概括了诗歌不同于理论的特点,但在他当时的时代,还不可能从美学的角度,清楚地指出诗人进行审美创造的具体过程。如果进行进一步的分析,则诗人真实的审美情趣,是通过感性的具体的画面得到表现的,因为既然是审美情感、审美情趣,其本身就具有可感性;英语中"美学、审美"一词"Aesthetic",就是从希腊语中"感受学、感觉学"一词转变来的。而只有具备形象的客体,主体才有进行审美感受的可能。流于直露说教与抽象的论证,读者是无法进行感性的审美活动的。——这也说出了论证的"真"与艺术创造的"真"之间、一般情感的"真"与审美情感的"真"之间的本质区别所在。

应当说,一首诗应当发自诗作者内心的真实情感,但是仅仅做到众人们常识中所理解的"情感真实"还不够,这种情感还应当是一种只属于诗人自我的审美情感,唯有这种审美情感,方可能表现为清新、独特、具体、生动的审美意象。也只有这时候,诗人才真正达到了审美情感、审美情趣的真实,亦即艺术的真实。

用上述这种艺术审美的标准来看待近几年的诗歌创作,我们就会发现:我们的大多数诗人都做到了第一点,即:从发自内心的真实情感出发进行创作;并且,还有相当数量的作品在第二点,即:诗的审美创造与表现上,也取得了显著的成功,这些都是非常可喜

---

① 见《中国历代文论选》第2册。

的。但也有一些作品在感受与构思上则显得匆忙与草率，缺乏艺术的酝酿与提炼，因而，或粗糙、直露，缺乏诗意；或平庸、陈旧，缺少诗中之我审美情趣的真实与独特。因此，也就缺乏一种只属于我们今天时代的、新的诗歌气息。其中有些作品，尽管因反映了某种重大社会问题而在读者中引起较大反响，但由于缺乏艺术情趣，故作为艺术作品，其审美价值却不能不受到影响。

二

哲理性的增强，是我国诗歌近年来又一个鲜明的审美特征。

记得谢冕同志在一篇回顾建国三十年来新诗发展情况的文章中曾经指出："我们诗中的思想不是太多，而是太贫乏，废话充斥着我们那些质量低劣的诗篇。"①的确，极"左"路线横行的年代，是缺乏思想——严格和确切地说：是并不需要诗人有自己的思想的年代。似乎通知、文件、报纸、讲话等等已经为诗人们统一定好了内容与声调，诗人们只要把这些报刊、文件、讲话等等的内容用押韵分行的"诗"的形式展示出来，就算完成诗人的职责了，根本没有进行独立思考的必要。——这种情况是历史造成的，因此，是无需过多责怪当时的诗人们的。

人类数千年文学发展的历史，一次又一次印证着这样的真理：思想遭受禁锢的年代，无法造就文学艺术及一切人类精神产品的繁荣与丰硕。只有像春秋战国、唐宋盛世、五四运动、欧洲文艺复兴那样思想活跃、百家争鸣的年代，不同风格与流派竞相发展，优秀文学艺术作品才能大批问世。

我国粉碎"四人帮"之后的思想解放运动，就提供了这种可能。

---

① 见《文学评论》1979 年第 4 期。

由于历史与时代的机缘,被极"左"路线的寒潮冻固了的思想冰川,在思想解放运动的阳光春风中开始融化。从带着寒气的滴水,逐渐变成涓涓溪流;最后,终于汇成了烟波浩渺,奔腾跳跃的一江春水。

狂迷、愚昧的激情过后,必然是冷峻、甚至带着痛苦的思索。

——"既然历史在这里沉思,我怎能不沉思这段历史。"(公刘《沉思》)

思索,是区别于其他一切动物的、人类本质力量的表现,是真正属于人的、一切精神的和物质的财富的发源地。思索,从来就是自觉行动的前奏;思索的结果必然以哲学的、伦理的、艺术的多种形态投向这个社会精神生活的荧光屏,投向亿万人民的心灵。——这就是近年来诗歌创作哲理色彩增强的社会与历史原因。

反映着这种理性思考的诗作开始大量出现,是在一九七九年。首先是《光的赞歌》、《回答》、《不满》、《雷雨中的颂歌》、《风》、《小草在歌唱》、《只因为》、《枪口,对准中国的良心》等等作品。上述诗歌,不论是吟咏客观景物,还是抒发主观感情,都带着反思的凝重色调,而且许多诗人都把这种思考表现为深沉、冷峻的发问:

> 冰川季过去了,
> 为什么到处都是冰凌?
> 好望角发现了,
> 为什么死海里千帆相竞?
>
> (北岛《回答》)
>
> 谁说不满就是异端?
> 谁说不满就是背版?

是涌浪,怎能容忍山洞的狭窄,

是雏鹰,岂甘安于卵壁的黑暗。

(骆耕野《不满》)

此刻,沉闷的雷声仍追问着电火,

前面的道路是否还是那样坎坷?

此刻,风和雨仍在树枝上争论,

封建迷信的灰尘又冲走了几多?

(雁翼《雷雨中的颂歌》)

这种深沉的诗思和大胆的发问,只能属于砸开了思想樊笼的时代。在思想解放运动之前,它们是难以想象的。

正是从一九七九年开始,表现出深刻的思想哲理的诗篇越来越多。活跃的思想和勇敢的探索,犹如新鲜的血液,源源不断地注入已经变得僵冷、麻木了的诗的躯体,使我们民族这个古老的艺术形式又恢复了青春和风骨。

但这里必须指出的是:诗歌虽然能够蕴含深刻的思想,精辟的哲理,但是诗歌毕竟不是哲学,不是理论。有无哲理色彩,有无思想内涵,可以是考察一个时代诗坛构成的重要方面,却不能作为诗与非诗的本质区别。

诗人需要犀利的思想,但更需要敏锐的审美直觉能力。诗之不同于哲学,就在于它的构成材料不是理性的思辨,而是感性的形象,诗人对生活的思考与评判,往往渗透于这些感性的形象之中,从而形成诗的审美意象。钱钟书先生说过:"理之于诗,如水中盐,是有味无痕,性存体匿。"[①]此话颇能概括诗歌艺术的内在审美规

---

① 转引自《读书》1981年第11期。

律。

　　既然我们明确了诗歌创作过程中,理性的思想,判断、议论等等,应以可感的艺术形象来表现,那么,在回顾近年来诗歌发展的状况时,就应当注意到这样一种带有一定普遍性的现象,如公刘《关于真理》一诗:

　　　　真理有时就像毛栗子,

　　　　它把果仁藏得很严,

　　　　不但有一层又厚又硬的壳,

　　　　而且像刺猬似的不招人喜欢。

　　古人曾说过:"感人心者,莫先乎情。"而在此诗中,诗人只是要努力说明得到真理如何不易,而忘了诗不是理论,它是不善于去论说什么的。审美情感的欠缺,使得这首诗寓意过直过露,没有留下"韵外之致"。因此很难感人。

　　再如雁翼的《挤》一诗,诗人力图通过生活中拥挤的现象,揭示一个生活哲理:"挤、挤、总是挤,挤得人人喘不过气,要买票,真糟糕,钱包被摸去。正是人与人这种'挤'的关系,给敌人造成了良机。"——整个诗篇没有富于情感的、生动新奇的意象,而是过直、过实,正如艾青在谈雁翼的诗时指出的:缺少一点传神的虚写,想象的翅膀就飞不起来。[①] 类似于这种情况的诗作很多,这里就不一一列举了。

　　当然,也有不少诗人在其作品中较为准确地把握了思想情感与感情形象之间的审美关系,从而使不少作品构思精巧,意象生动,既表现了丰富的思想哲理,又给读者以充分的审美享受。请看

....

　　① 艾青《白杨林风情·序》。

江河的《葬礼》一诗：

> 灵车载着英雄纯朴的遗愿
>
> 像犁一样走过
>
> 冻结的土地松动了
>
> 埋葬了许多年的感情
>
> 在潮湿的土地上翻滚
>
> 仇恨、爱、信仰，含着血
>
> 庄严地哼着挽歌

诗中的每句话、每个词，包括"仇恨"、"爱"、"信仰"这类抽象名词，经过诗人心灵的审美创造，都成了生动、具体、可感的审美对象，真正达到了我国古典美学所崇尚的"兴会神到"的境界。这样的诗例，也能举出很多，但囿于篇幅，也只能到此为止了。

通过如上分析，我们是否可以这样说：诗，完全可以具备丰富的哲理内容，表现深刻的思想内涵，但这些，必须通过真正属于诗的形式，以由情感连接着的感性的画面，生动、形象地表现出来。如若没有这种直接诉诸人的直觉的感性画面，读者就失去了对作品进行审美鉴赏的可能。关于这一点，德国古典美学大师康德的所谓"美是没有目的的复合目的性"[①]；我国唐代司空图的所谓"超以象外，得其寰中"、"不著一字，尽得风流"[②]；宋代严羽的所谓"盛唐尚兴趣而理在其中"[③]，以及前面提到的钱钟书先生的话，讲的都是同一道理。

---

① 见《西方文论选》上册。
② 见《中国历代文论选》第 2 册。
③ 见《中国历代文论选》第 2 册。

诗歌哲理性的增加,说明了审美主体构成——亦即诗人思想意识与审美情趣的变化;而主体构成的变化,必然要导致诗歌审美尺度的变化,亦即美学原则的变化,这一点,是不依人的主观意志为转移的。

三

也是从一九七九年初开始,我国诗坛上越来越多地出现这种风格的作品:

> 在我和世界之间,
> 你是海湾,是帆,
> 是缆绳忠实的两端,
> 你是喷泉,是风,
> 是童年清脆的呼喊。

(北岛《一束》)

——全诗基本没有抽象的概念,而完全是由可感的具体形象所组成的。

> 凤凰树突然倾斜
> 自行车的铃声悬浮在空间
> 地球飞速地倒转
> 回到十年前的那一夜

(舒婷《路遇》)

——不是以一般的知觉表象进行审美感受,而是巧妙地利用诗人一瞬间的幻觉、错觉构成表象。

> 黑夜是凝滞的岁月，
> 岁月是流动的黑夜。
> 你停在门口，
> 回过头，递给我短短的一瞥。

（杨炼《秋天》）

——不满于描摹一个单纯的形象，而是把两个以上的形象叠印在一起，用以增加诗的审美力量与内在容量。

这一切，无疑是显示了一种属于我们今天时代的新的诗歌气息。

我们在文章的前面已经提到：诗歌的艺术本质，是诗人审美情感的一种自由抒发，这种抒发，是必须借助于感性形象来完成的。其实，上述新的变化从诗的美学构成角度来看，是在十年浩劫中被扭曲了的我国诗歌，向其固有艺术本质的一次复归。套用鲁迅先生的一句话说，这是一个诗的自觉的时代：政治上、艺术上的一系列经验教训，使人们加深了对于艺术的本质——美的理解，因之加深了对于诗歌审美特征的认识。

我以为，这种认识反映在近年来诗歌的美学上，是对于审美意象的重新运用与进一步推新。因为构成诗歌本质特征的情感与形象，就是这个"意"与"象"二者的关系问题。

意象这一术语，最早源出于我国，是东方美学体系中的一个重要范畴。西方"意象派"诗歌，则是从我国古代诗歌之中学习了意象技巧。但在西方美学理论中，"image"——心象、意象只是一个独立的词，而在我国古代诗论之中，意象一词，却是由"意"与"象"两个可分的、能够独立解释的词所构成的复合名词。其中，"意"指的是诗人主观的思想情感；"象"则是指相对主体而言的客观物象。

而"意象"，则是诗人主观的情感与客观的具体物象相融合，生成的诗中的审美形象。

具体说来，意象具有哪些基本的审美特征呢？我们可以主要从这几个方面来分析。

首先，是意象的具体性与可感性。

由于意象是融合了作者思想情感的感性形象，这样，当欣赏者在读一首诗歌作品时，诗的审美意象就不是如同通常的理性语言那样，只凭借第二信号系统（语言系统）而诉诸思维，而且通过第一信号系统——感觉系统，使其与第二信号系统相互影响、作用，调动感觉、知觉、表象、思维等等功能，一起作用于读者心灵。这种感觉、知觉、表象、思维等等的综合作用，即为审美心理学而讲的"统觉"。

当我们读到"没带斧子，不要进森林"；"而这些人面豺狼，愚蠢而又疯狂"这样的诗时，它显然并不通过我们的感觉与表象，而是由文字直接诉述逻辑思维成推理论述的。因为这种诗句本身，有"意"而无"象"，不具备进行感性审美活动的可能。而如果我们读到"她用带血的头颅，放在生命的天平上，让所有的苟活者，都失去了重量"这种具备意象特征的诗句时，大脑所得到的信息，就不仅来自第二信号系统，也来自第一信号系统。因为诗中会有可感的具体形象：带血的头颅、天平、苟活者。感觉不具有概念的规定性，其特点是模糊性和不确定性，是用理性的言辞表达不了的，然而由于对诗歌审美意象的感觉，是借助语言媒介转换的，而语言本身又是一种具有概括性与抽象性的东西，因此，上述感性与理性，直觉表象与逻辑系统的交融，就形成了上述那种"审美统觉"，它既能作用于人的各种感官、又不同于普通心理学所讲的感觉；既具有生动、具体的可感性，又能够直接诉诸鉴赏者的思维与心灵。

其二，是意象的象征性与不确定性。

由于意象是诗人主观情感与客观具体形象的统一体，诗中的具体形象,就有了一种超出其本身固有客观意义之外的另一层意义,这在一首诗特定的审美结构中就表现为象征。而有时,诗中的意象似可以这样解释,又可以有另样一种解释,这就是意象的不确定性,也可以称之为不确定型象征。

　　黑夜给了我黑色的眼睛,
　　我却用它寻找光明。

　　这是顾城的代表作之一《一代人》。这首小诗,就是由"黑夜"、"我"、"黑色的眼睛"等等感性形象构成的意象组合。它们都既有其本身的客观意义,所代表的内在含义又都超乎这些词汇固有的客观意义,加上题目的指示,因而具有强烈的象征性。——由此能够看出:诗歌象征的审美特征,实际上就是意象的一种内在的美学属性。

　　在分析意象的可感性时,我们已经谈到,感性形象本身就具有模糊性与不确定性,特别是当诗作者着意不留下任何引导和规定读者审美活动发展方向的标记时,就形成了一种不确定型象征,即:意象的模糊性与不确定性。

　　比如前面已经提到过的北岛的《一束》这首诗,全诗一共五节,每一节中的意象都是凭空而降,又突兀而走;诗人把诗中的"你"比作海湾,帆,缆绳的两端,喷泉,风,童年清脆的呐喊,画框、窗口、田园、呼吸、床头、日历、罗盘、映入梦中的灯盏,等等,等等。诗人没有着意留下某种显示自己创作动机的"暗示",因此,"你"到底指的是什么?——可能是友谊,可能是爱情,也可能是事业或是未来。事实上,这时要求准确无误地指出"你"到底是什么,对于此诗的审美鉴赏并没有什么积极意义,因为读者在感受这些新鲜清丽、彼此印证的意象时,已经得到了充分的审美愉悦感,并可根据自己的审美情趣、生活阅历、感受能力、乃至性格、气质等等,自然地悟出自己对这首诗"味外之致"的理解。这就是古人所言:"超以象外,得其寰中,持之非强,来之无穷"[1]的审美鉴赏效果。

十分明显,意象的这种不确定性的妙处就在于,它只是宽泛地给读者以某种情绪的感受,却并不限制读者自由地进行审美感受活动,因此,它能够充分调动起审美者想象与思维的潜力,对诗歌审美意象所提供的信息,进行类似于电子学理论中"振荡"与"扩大"的审美再创造。收到理想的艺术鉴赏效果。

第三,是意象所具备的审美创造性。

同理,由于意象是"意"与"象",即主体与客体的一种审美契合,那么,作为审美主体的诗人无疑要使原有的客观物象变形、变意,这就是创造。故意象一经生成,就即不属于客体世界;也不属主观世界,而是成为一个新的认识领域,即如英国当代科学哲学家卡尔·波普尔提出的"世界"领域。

列夫·托尔斯泰说过:"越是诗的,越是创造的。"我以为,抒情诗的创造性,正是通过"意"与"象"的融合,即"神与物游"(刘勰语)的过程实现的。

> 我是你簇新的理想,
>
> 刚从神话的蛛网里挣脱;
>
> 我是你雪被下,古莲的胚芽;
>
> 我是你挂着眼泪的笑涡……
>
> (舒婷《祖国呵,我亲爱的祖固》)

这首诗中,"神话的蛛网"、"雪被下古莲的胚芽"等等,显然都

---

① 见《中国历代文论选》第 2 册。

不是一种客观的存在,而是凝聚了诗人的思想情感,被诗人"对象化"了。在这个"对象化"的世界——即美的、艺术的世界里,诗人才可能是"簇新的理想";是"古莲的胚芽";是"挂着眼泪的笑涡"。而也正是由于意象的创造功能,才为我们展现了这样一个艺术所特有的"对象的世界"。

像顾城的诗句:"太阳拉着我,用强光的绳索","太阳烘着地球,像烤着一块面包";徐敬亚的诗句:"长鞭抽打在肥沃的中原/大地……痛苦地隆起/一道灰色的伤痕印上了地球……"等等,由于意象中的审美客体产生"变形",所以创造的色彩就更为明显。

——单纯地模仿,工匠式地写实,绝不是艺术创造。古人说得好:"寓意则灵",其实寓意于象,就是讲审美意象特有的创造性。创造性意象所给人的审美快感,是小说,戏剧等等叙事文学形式所不具备的,是只属于抒情诗这一类表现艺术的。

文到此处,我们对中国近几年诗歌作品几个基本审美特征的粗略总结与简单评述就要结束了。最后,有必要做一下展望:

马克思曾指出,美的本质特征是人的本质力量的对象化。诗歌作为探索与创造美的艺术,就是人的本质力量的一种感性显现。显而易见,创造这种艺术的果实,需要在人的精神世界里进行激情的播种与冷静的耕耘。

应当说,我们的时代是富有激情的时代。激情的大潮,曾经被炽烈的"暑热"蒸发到了天空;而现在,经过整个民族理性反思的"冷却",这种由激情与沉思汇成的崭新的民族精神之精华,宛若七彩虹霓,正映现在我们时代精神世界的万里长空……

我们的时代,就是这样一个需要诗人,并且能造就一代诗人的时代……

1982 年 7 月初稿,12 月修改于中国人民大学

新诗"民族化"之我见

自从关于诗歌发展问题的讨论开始以来,诗歌"民族化"又成了许多同志经常谈起的话题。但是大部分文章,都把"民族化"作为说明自己某种观点的一个既定概念,却很少对此问题加以具体的、实事求是的分析。因此,究竟什么是新诗的"民族化"?"民族化"到底是一个固定不变的概念,还是随着时代、历史的前进在不断演变和发展?以及"民族化"与世界总体文学是怎样一种关系等等,这一系列基本问题,仍然是模糊不清的。

一

我们民族已有两千多年诗歌发展的历史,从诗三百篇开始,经历了楚辞、乐府、唐诗、宋词、元曲等一个个佳篇茂起、华章珠联的诗歌盛世。这些史诗性的伟大作品,完全可以堪称为代表我们中华民族文化的诗章,但我们今天要发展诗歌创作,却不会有一个人公开提倡全国诗人再去继续写古体诗、填词曲,而只能把它们作为今天新诗创作的参照物。

道理很简单,这些古典诗词,是当时人们的思想感情、心理状态与他们当时的历史条件下,具体艺术形式的结合体。"一代自有一代之文学"①,他们的诗歌,正是他们自己时代的产物。

诗歌是诗人社会心理状态的一种反映,而这种社会心理状态,

① 王国维《宋元戏曲史略》。

144

又是由当时的时代精神、社会风俗等诸因素决定的。诗歌的形式也是与此相一致的。社会心理、美学追求等，都是在不断变化的，这也就决定了诗歌的"民族化"是个"变量"而不是"常量"，它不是一个既定的、僵死不变的概念。

法国著名文艺理论家丹纳说过："每个形势产生一种精神状态，接着产生一批与精神状态相适应的艺术品。因为这个缘故，每个新形势都要产生一种新的精神状态，一批新的作品。"[①]由于精神状态的这个"新"字，旧的、传统的"民族化"形式，往往适应不了它的"自我"表现；由于作品的这个"新"字，它往往是作为原有艺术习惯的"叛逆"而出现，表现出要冲破传统束缚的巨大的离心力。

我国新诗的产生与发展，本身就是最好的例证。二十世纪初叶，当反帝反封建的伟大时代精神蓬勃兴起的时候，古诗那种"一咏三叹"的"民族化"传统形式，显然已经成为抒发铿锵、激越的革命豪情的桎梏，于是以《女神》等作品为代表的新诗，便横空出世，跃出了文言诗律的"夔门"。我们知道，新诗刚一出现，曾遭到一批复古派的攻击和谩骂，但今天，它却早已取代了古诗的正统席位，成了二十世纪中国诗坛的主旋律。

诗歌其后的变化也是如此。由建国初期的历史条件所决定，新诗典型的表现形式是颂歌与战歌——一方面赞美人民的新生活，赞美革命和建设的成就；另一方面受当时政治影响，也参加了一次次的政治斗争，这是同当时的社会心理与审美趣味一致的，是无须现在过多褒贬的。而经过"十年浩劫"，我们民族的社会心理状态发生了深刻的变化，痛苦与灾难使广大人民比以前成熟了，对祖国的爱也显得更深沉、更理智了。新的美学追求的形成，势必要摒弃旧日浅露、直白、缺少深刻的生活哲理和真切的生活感受的诗

....
① 丹纳《艺术哲学》第66页。

风。我国诗坛正在发生着新的变化，单一的、直观的构思，逐渐转为含蓄的、象征性的构思；激情外露的咏唱，变成了深沉的思索和意味深远的吟哦……这些不仅仅反映在刚走入诗坛的青年诗人的作品中，就是一些中老年诗人的作品，也不同程度地反映了这一变化。请看顾工的这首《诗，拍了拍翅膀》：

> 诗歌，
>
> 刑满释放，
>
> 它走出牢门，
>
> 耸了耸肩膀。
>
> 告别掩埋的砂砾，
>
> 告别惊恐的海浪，
>
> 告别贪吃的火焰，
>
> 告别血染的棍棒，
>
> 它欢乐地游荡，
>
> 拍了拍翅膀……
>
> ……

这首诗，同顾工的旧作相比，无论是表现的内容，构思的方式，抒写的风格，还是具体的表现手法，都有明显的不同。至于北岛、舒婷、杨炼、顾城等许多青年诗人的作品，则更以全然不同于传统"民族化"的面貌出现于中国诗坛。这些作品，孕育于我国的社会生活之中，出自我国诗人之手，运用的是我们民族的语言和汉语的思维方式，反映的是我们中国人的思想情操和心理状态，难道可以断言它们不属于我们的民族吗？如果说，它们与传统风格的作品大相径庭，那正是说明了新诗"民族化"的固有概念正在发生变化。

这个变化奇怪吗？一点也不奇怪。青年诗人江河说得好："传统永远不会成为一片废墟。它像一条河流，涌来，又流下去。没有一代代个人才能的加入，就会堵塞，现在所谈的传统，往往是过去时态的传统，并非传统的全部含义。如果楚辞仅仅遵循诗经，宋词仅仅遵循唐诗，传统就会凝固。未来的人们谈到传统，必然包括了我们极具个性的加入。"①

是的，聚变——扬弃——发展，这就是唯物辩证法的科学真理。

二

人类社会发展的规律性，决定了与其直接相关的文学现象也是有规律地出现的。比如，无论是欧洲，还是中国，长篇小说都产生于资本主义的萌芽时期；而现代诗歌，都产生于现代都市生活方式形成之时。这就为我们研究"民族化"的发展问题，提供了新的线索。

大家也许已经注意到：现在我国诗坛上，写具有现代派风格作品的青年诗人，如：舒婷，北岛、顾城等人，大都是在"十年动乱"期间开始走向成熟的。在当时，不要说西方现代派的作品（事实上这些作品也是极少介绍的），就是我们本国三十年代的现代派、象征派作品，他们也几乎没有接触过。但为特定的社会生活和心理状态所决定，他们却写出了与现代派诗歌相似的作品。如顾城十二岁时，在一九六八年那般是非颠倒、人妖混淆的年代写下的诗句：

烟囱犹如平地耸立起来的巨人，

望着布满灯光的大地，

....

① 见《诗探索》1980年第1期第58页。

不断地吸着烟卷，

思索着一种谁也不知道的事情。

再如他十四岁同父亲一起在农村插队时写的《生命幻想曲》：

太阳是我的纤夫，

它拉着我，

用强光的绳索……

太阳烘着地球，

像烤着一块面包……

——只有当时那样的历史环境，才能造就这样乐于深思的少年，才能产生出这样的作品。

我们知道，一种艺术观念好比一粒种子，得不到适当的土壤、阳光、空气和水分，它是不会萌发的。那么既然这种作品已经作为一种诗歌流派出现，既然相当一部分读者已对它发生极大的兴趣，既然一些评论家已对它赞赏、称道，就说明了它产生和存在的合理性。如果说它与外国某种流派相似，那只能说明产生的条件可能有某种相近之处。

因此，我们应该说，外国有可能产生的艺术流派，我国也有可能产生，因为人类的情趣感受，作为人的"类本质"，是令人惊奇地相同的，这一点是超越国家与种族之外的。如果认为外国先有了，我们就应该坚决排斥，甚至本来是属于自己的东西，也不敢承认，那才是可悲和可笑的。

应当看到，我国新诗曾明显地接受了外国诗歌的影响，但这种吸收，也是同我们的民族心理和艺术追求相一致的。"五四"以来，新诗从郭沫若激昂奔放的浪漫主义，从康白情和湖畔派深情轻婉的浪漫主义，转向徐志摩纤丽的晚期浪漫主义和前期闻一多的唯美主义,再进入戴望舒、卞之琳的象征主义、早期艾青的世纪初后期象征主义风格的自由诗等等。这段历史说明了,短短十余年中,诗风推演的次序与整个十九世纪欧美诗歌一百年中的推演次序几乎完全一样。从个别作家接受某种影响看是偶然的事,从整个民族文学来看,却总是"应运而生"的。

而且从古至今,世界各民族文化总是相互影响、相互渗透的,能够兼收并蓄,为我所用,才能创造出具有世界水平的伟大文化。我国之所以能够产生出盛唐的繁荣文化,首先是由于魏晋南北朝的各民族文化大融合为其奠定了基础。而且由于打开了海陆许多外交通道,东西方的外域文化流入我国,它们不但没有销蚀了唐文化,反成为一种新鲜养料注入唐文化的体内。正是由于这种兼收并蓄,群花齐放,才使得唐文化成为当时世界文化高峰。

同时,我国文化也源源不断地流传到东西方,给各国文化以很大影响。唐诗,就被当时各国使者们大批携归本国。贾岛哭孟郊诗云:"冢近登山道,诗随过海船。"白居易为元稹作墓志铭,说元诗"无胫而走",流传到域外各国等等,都说明了这种情况。近、现代以来,随着东西方的进一步沟通,我国古典诗词对欧美诗坛产生了巨大影响。美国著名意象派大师庞德,极其推崇我国盛唐诗人李白、王维等,甚至认为李白是世界上第一个意象派伟大诗人,他认为中国古诗对英美意象派的影响,将同古希腊文化对于欧洲文艺复兴的影响一样大。他还和其他意象派诗人翻译、介绍了许多唐诗,使中国古典诗歌直接影响了英美诗坛。当然,英美诗歌也并没因此被"汉化"了,今天,他们仍有自己的风格、面貌,只是把我们的长处融汇、吸收了。

历史是一面镜子——我国历史上,由于广泛吸取各民族文化,产生了辉煌的盛唐文化;西方近现代由于学习我国的传统绘画与诗歌技巧,产生了印象派绘画和意象派诗歌,这说明,谁敢于广采博收，为我所用，谁就能够前进，能够发展，因此，我们今天也完全应该坦然地、理直气壮地向外国文化学习和借鉴；"倘若各种顾忌、各种小心、各种唠叨，这么做即违了祖宗，那么做又像了夷狄，终生惴惴如在薄冰上，发抖尚且来不及，怎么会做出好东西来。"①

　　至于应该学习和借鉴些什么？诗人们自有他敏锐的感知，他手中有时代赋予的审美价值尺度，这一点是无须我们多虑的。

三

　　民族传统，当然会成为今天新诗创新的一个内在因素，这一点，不管你注意与否，它都是注定要起作用的。因为这个民族传统，是来自血肉，来自环境，来自文字习惯和思维方式，这些都是持久的力量，尽管不断更新，却是存在于民族的潜意识之中的。相反，应该认真注意的倒是我们应该如何及时汲取外来的新鲜艺术，加强我国诗歌与世界各国诗歌的联系，以保证我们诗苑的群芳荟萃有充足的养料。

　　著名诗人艾略特曾把全欧的诗歌视为一个整体，今天，随着现代社会地球的不断缩小，各国文学确实在一步步朝着世界整体文学的趋势发展。现代比较文学的兴起，使我们更加看清了这一点。

　　我国文学从五四运动以后，始终与世界文学的发展有着

　　密切的联系。但由于特定的历史条件，从五六十年代以来，却闭关锁国，慢慢离开了世界总体文学发展的轨道。尤其是"十年浩劫"，林彪、"四人帮"穷凶极恶的封建法西斯专制，使我国在科学、技术、经济、文化等各方面，几乎到了与整个世界相隔绝的境地（文学尤为严重）。

....

　　①　鲁迅《坟·看镜有感》。

今天,当我国人民认真思索、总结这"十年浩劫"的教训的时候,当我们整个民族决心尽快赶上外国科技文化的前进步伐、实现四个现代化的时候,我们对待外来的科技文化,应该采取鲁迅先生教诲过的"拿来主义"的办法:无论从哪里来的,只要是食物,就应该承认是吃的东西,"看见鱼翅,并不就抛在路上以显其'平民化',只要有养料,也和朋友们像萝卜白菜一样吃掉……没有拿来的,人不能自成为新人,没有拿来的,文艺不能自成为新文艺。"①

有些同志一再提出新诗"民族化"的口号,但并非科学地分析探讨"民族化"的具体内容,而是把它作为抵制借鉴与创新的一块盾牌。我们都清楚,任何一种口号的提出,都是在具体形势、环境下有其特定的作用的。五四时期,鲁迅先生曾讲过这样一句话:最好今后不要读中国书。因为当时,蒂固根深的中国传统文化本身就是对五四新文化运动的一种束缚,在当时强调"继承",不啻就是同新文化相抗衡,而一旦传统文化占了上风,新文化运动就会被扼杀,蔚为大观的中国现代文学及鲁迅、郭沫若、茅盾、巴金等等一大批杰出作家和诗人也就不会出现。当然,今天与五四时期的具体情况不尽相同,但一致的是我们民族同样面临着巨大的历史变革,在与整个世界隔绝多年的具体形势下,不是正视现实,打开窗子看世界,却把"民族化"作为一个固定不变的概念,不加以任何具体分析,要求诗歌"进一步民族化,彻底的民族化,"②乃至高呼:"民歌将同人民常在,古典诗词决不会消亡!"③这对于当前诗坛的变革,对于新诗的创新与发展显然是十分不利的。

因此,我们当前首先要对新诗"民族化"的口号作具体的、科学

---

① 鲁迅《且介亭杂文·拿来主义》。
② 见刘汉民《新诗要进一步民族化》,《诗探索》1980 年第 1 期第 32 页。
③ 《新诗民意测验》,见《鸭绿江》1980 年第 10 期。

的分析,认清"民族化"并不是一个僵死的概念,而是有其发展变化着的具体内容的;其次应看到各民族文化的影响、渗透关系,在当前诗坛大变革的特殊历史时期,更不宜把一种既定不变的东西作为新诗发展的基础;如果说,一定要提出某种"基础"的话,那应该说,全人类一切优秀的诗歌遗产都是我们发展新诗的基础,最后,有必要使我们的诗人、作家和广大读者看到现代世界文学发展的总的趋势,这就是马克思和恩格斯在著名的《共产党宣言》中所做的重要论述:"过去那种地方的和民族的自给自足和闭关自守状态被各民族的各方面的互相往来和各方面的互相依赖所代替了。物质的生产是如此,精神的生产也是如此。各民族的精神产品成了公共的财产。民族的片面性和局限性日益成为不可能,于是由许多种民族的和地方的文学形成了一种世界的文学。"[1]

1981 年 4 月于中国人民大学

....

[1] 马克思、恩格斯《共产党宣言》,《马克思恩格斯选集》第 1 卷第 255 页。

审美规律与民族精神

　　人类文明史上，那些争奇斗妍的文学作品，姿态万千的艺术境界，它们之创造，生成有些什么共同的规律？它们与作者的人生观、民族性等等有些什么关联？到底应该怎样分析、认识一部文学艺术作品？对于这些问题的探讨，无疑会帮助我们理解艺术的本质特征，促进各民族文化交流，加深我们对于民族精神的全面认识。毛时安同志的《人生哲学与艺术境界》一文[①]，在这些方面做了探讨，读后不无启发，但是也感到他的文章中存在着不少值得商榷的地方，现直言相述，愿就教于毛时安同志与广大读者。

　　毛文以唐代诗人柳宗元的《江雪》一诗为发端：

　　　　千山鸟飞绝，万径人踪灭。

　　　　孤舟蓑笠翁，独钓寒江雪。

　　毛时安同志认为，此诗的"一切都是恬静悠远的"，"雪后肃穆寥廓的自然境界和孤舟上独立垂钓的主人公，其超然化外、孤高自傲的心灵之境界，显得如此吻合、谐调。"并指出，"这种和谐与一致的取得，是在诗人政治上被一贬再贬，远谪不毛之地的险恶逆境中，在一片无垠的自然中怡然自得，陶然自乐，蕴藉着乐观气息的'忘我'，'化境'这就是中国古典美学称道的最高境界，"等等，又说："在'自然'这个伟大的艺术母题中，中国古代的大师们孜孜不倦追

---

　　① 见《上海文学》1983 年第 3 期。

求的乃是自然和人类间的爱慕之情,"而西方,"从古典的理性时代到非理性主义泛滥的现代,始终是负荷着自然重压的痛苦呻吟和抗争",认为,"有随遇而安的人生态度,才有物我两忘的美学境界",中国有这种境界,西方则没有;而中国之具备这种美学传统,是"随遇而安"的美德所赋予的。我以为,毛时安同志对《江雪》一诗的分析,与柳宗元原诗的固有意义相差较远,而他以此为出发点去论述艺术境界的基本特质、中西方文学的不同风貌,乃至我们的文化传统与民族精神,则显现出了更多的片面性。

《江雪》一诗,若我们从艺术欣赏规律出发,从对具体欣赏对象的艺术感受入手,就会感到,它描绘的是这样一种境界:百鸟飞尽,千山萧疏,冬江溢寒,冰雪严峻。于此环境中,蓑笠老翁,孤舟独钓……而对这样一幅画面,我们能体验到"怡然自得,陶然自乐"的乐观、轻松气息吗?——难。因为这里,虽然达到了艺术组织的情景交融,却并没如同毛文所讲达到了人与自然的和解,人与自然和现实仍是对立着,秃山、荒径、白雪、寒江与孤舟、老翁之间并无对话与沟通;自然,不是作为人化的自然而存在,而是作为相对于人的异己力量而存在的。因此,虽非狂风怒啸,大雪纷飞,但紧逼鉴赏者感官与心灵的,却是一种从诗的韵律之间渗出的、浸入魂魄之寒(一个"孤"字,一个"独"字,正是这种气息的传神写照)。它生动表现出了诗人当时所面临的严酷的政治现实和他悲愤、孤寂的心境,也只有从这个意义上讲,才能够说《江雪》这首诗达到了思与境偕的境界,可惜,这已非为毛文所赞誉的那种"恬淡的温情"和"怡然自得、陶然自乐"的境界了。

柳宗元当时这种悲慨、忧愤的心情,在他的另一首著名的七律中得到了印证,这就是《登柳州城楼寄漳汀封连四州刺史》:

城上高楼接大荒,海天愁思正茫茫。惊风乱飐芙蓉水,密雨斜侵薜荔墙。岭树重遮千里目,江流曲似九回肠。共来百粤文身地,犹自音书滞一乡。

这首诗不同《江雪》隐情于景,而是直抒自己登临之所感,通过"惊风乱飐芙蓉水,密雨斜侵薜荔墙"的巧妙意象,表现了诗人政治生涯的不幸和被贬谪异地的"海天愁思"。这首七律与《江雪》一诗,一动一静的不同气象,相映成趣、相得益彰,更清楚说明了当时政治失意的柳宗元并没有、也不可能忘耻忘忧,陶然于无物无我的"化境"之中。

不难想象,只要毛时安同志将这首七律与《江雪》一诗对照分析,他就不会得出其文中的结论了。——而事实上,这首律诗之大众化的程度,是并不次于《江雪》的,一般的唐诗选本中,都少不了有它,那么为什么毛文对这首以抒怀为主,最易看得出诗人思想情况的作品略之不提,而要从以状物为主的散文《小石潭记》中寻找印证呢? 我以为,这主要毛文把这样一种既定的观念与原则,即:物我两忘——随遇而安——民族精神,故人生哲学决定艺术境界作为自己立论的出发点,而不是以客观的艺术审美规律为依据,从对具体文学现象的科学分析入手。我们知道,观念偏见之于真理的离心力是惊人的,它可以使人无暇顾及实存的本质事实,不由自主地沿着自己既定结论的方向走下去。正是针对这种情况,恩格斯曾经深刻指出:"原则不是研究的出发点,而是它的最终结果;这些原则不是被应用于自然界和人类历史,而是从它们中抽象出来的;不是自然界和人类去适应原则,而是原则只有在适合于自然界和历史的情况下才是正确的。"[①]我以为,正由于毛文把事实之外的既定原则作为出发点,所以使他的文章包含了较大的片面性。具

---

① 恩格斯《反杜林论》。

体看来——

第一，"物我同一"或"物我两忘"是一个美学命题，它是一切表现艺术产生审美事实的共同基础，并非为某一民族、某个时代、或某种个性风格所独有。

毛时安同志在文中认为：艺术作品中，人与自然，主体与客体之间的"互相交往交谈"，是东方艺术的独特之处；西方艺术则表现了人与现实、人与自然无法解脱的冲突与对抗，并强调指出，从古典的理性时代到非理性主义泛滥的现代，始终都是如此。我以为，他的这一观点，与东西方文学艺术的创作与理论都是不相符合的。诚然，由于我国抒情诗的发展要早于西方，因此对思与境谐，物我同一这一抒情作品基本审美规律的认识也自然早于西方。但是只要抒情诗得以充分发展，无论是在哪个民族，都必然会逐步意识到以物写我、物我同一——通过与诗人主体情感相呼应与相契合的、感性的具体物象，表现诗人的思想情感是抒情诗的本质特征。如雪莱著名的《西风颂》，就是他把自己对革命与自由的向往之情，外化于西风这个"物象"之中，把它变成了一个审美意象，通过这种主体与客体的审美交流，出色地抒发了他的内心情感。当我们吟诵这首诗时，直观的既是具体的自然物象，又似乎是表现诗人激昂之情的"心象"，这种似物似我，却又非物非我的情形，不正是典型的物我同一的审美观照境界吗？西方其他著名抒情诗人，如莎士比亚、白朗宁夫人、雨果、缪塞、戈蒂埃、庞维勒、歌德、荷尔德林、凯勒等等的作品中，也不难看到这种情况。如德国伟大诗人歌德的《对月》一诗："你温柔地送来秋波，普照着我的园林，像知友的和蔼的眼光，注望着我的命运，"这不同样是"一种深挚而恬淡的温情"——"自然和人类间的爱慕之情"吗？有趣的是，它恰好同毛时安同志所举的李白的咏月诗情趣酷似，而感受不到"负荷着自然重压的痛苦呻吟"。

以法国象征主义为发端的西方现代诗歌的兴起，标志着抒情诗创作在西方已趋于成熟，这以后，西方诗人对于物我之关系有了进一步自觉的领悟。如象征主义的先驱波特莱尔的《对应》一诗：

> 大自然是一个庙宇，庙中活生生的
> 柱子有时说出了混乱的话语；
> 人在大自然中走过，穿越了象征的森林。
> 森林用熟识的眼光注视着他，
> 芳香、颜色、声音在互相呼应。
> ……

他把大自然看做是表现人的思想情感的"象征的森林"，这正是我与物、人与自然之间，通过艺术创造活动所达到审美契合的标志，十分明显，这与以景写意，以形写神，一切景语尽是情语的我国古诗，在美学结构上更加靠近了。毛文的结论，对这些基本的史实该如何解释呢？

抒情诗这种物我关系的本质特征，是由它的最小构成单位——意象的组合特征决定的。我们知道，抒情诗的创作过程，也就是作为审美主体的诗人情感之"意"，与作为审美客体的具体景物之"象"彼此交融、渗透的过程，即：在使不具形的情感思想对象化、客体化的同时，使纯客观的自然物象人格化、主体化，达到自然的人化或人的自然化——此二者都是物我同一的形式。可见没有思与境谐、物我同一，那么，诗人通过生动、具体、鲜明的感性形象，使自己内在的不具形的思想情感得到自由抒发——这一抒情诗的根本任务就无法完成，审美创造也就无从谈起。事实上，中外诗歌发展史上，一切典型的抒情作品，其情感类型不论是激昂，是悲哀，是欢快，是忧愁，在对待物与我，客体与主体的关系上，与上述抒情诗的本质特征都是相契合的,因此,决非如毛文所言:只有乐观、通达的诗人才能达到物我两忘。"无边落木萧萧下,不尽长江滚滚来。万里悲秋常作客,百年多病独登台。艰难苦恨繁霜鬓,潦倒新停浊酒杯";"飘飘何所似,天地一沙鸥",杜甫的这些诗句,所表现的显然不是什么"怡然自乐,陶然自得"之情,但在艺术组织上却实现了思与境谐、物我同一。类似这样的诗句是称得上俯拾即是,不胜枚举的。

黑格尔的《美学》一书在论述抒情诗的本质特征时曾这样写道:"浪漫型的诗所要做的并不是把事物表现得很明确,一目了然,而是把对疏远现象进行隐喻式的运用看成本身就是一个目的。情感成了中心,巡视自己的丰富多彩的周围,就把它吸收到这中心里来,很机巧地把它转化了自己的装饰,灌注生气给它,而自己就在这种翻来覆去中,这种体物入微,物我同一的境界中得到乐趣。"黑格尔此话的意义,不仅在于它说明了西方早有物我关系问题的系统理论,而且在于它指出了抒情诗的目的在于把自然转化为诗人情感的装饰,也就是说它是为了抒发情感,而不是为了表现自然本身。这就使我们清楚看到:物我同一或物我两忘,是抒情诗艺术审美的本质特征,它的出现是人类审美意识走向成熟的重要标志,而并非是现实生活中人与自然,人与现实"和解","沟通"这种真实关系(相对于审美关系而言)的显现。此两者,一个是艺术审美的基本规律,另一个则是某一种具体的、现实之中的人生态度(即毛文所讲的"乐观、通达态度"),根本不是一回事。因此,这种揭示艺术审美特征的"物我关系",无法成为毛文关于"有随遇而安的人生态度,才有物我两忘的美学境界",从而推出"随遇而安"是中国"民族性"这一结论的依据。这正是我想说明的第二个问题——

第二,艺术境界不是人生哲学的机械图解。

"境生象外",唐人刘禹锡的概述是颇准确而简约的。境界、意境(二者往往通用),是由作品中的多种意象相互作用、相互规定、融合而成的。由于意境与意象这种直接的血缘关系,从美学构成上看,它们的本质规定性是一致的,都是主体审美情感与客观景象彼此交融的产物,只是意境更具备层次性、立体性与完整性。如果说,意象多被从创造的角度加以研究,那么意境则多是从鉴赏的角度去考察,即:在艺术欣赏时,欣赏者依据作品的感情线索,使自己的情感与作品提供的感性画面交融一体,去体验,品味各种不同类型的象外之象,景外之景,味外之味,充分发挥自己的审美感受能力,并通过再创造不断扩大审美境界。物我两忘就是对这种审美鉴赏特征的概括写照,无疑,它是适应于形容各种情感类型的。

与上述的具体性、鲜明性、生动性和再造性相反,人生哲学,本质上则是一种理性化与概念化的形态,是无法对它进行感性的审美活动的;一个人的人生哲学,也许用几句话、甚至一句话即可概述,而他复杂微妙的内心感性世界,他对于美与艺术丰富多样的情感要求,都远非某一种境界和某一类情感所能囊括得了。尤其应当看到,艺术作品的多样性不仅为主体精神、情感的丰富性所规定,而且为外在客体对象的丰富所制约,因此,"一纵即逝的情调,内心的欢呼,闪电似的无忧无虑的谑浪笑傲,怅惘,愁怨和哀叹,总之,情感生活的全部浓淡色调,瞬息万变的动态或是由极不同的对象所引起的零星的飘忽的感想,都可以被抒情诗凝定下来,通过表现而变成耐久的艺术作品。"①怎么能把这种种复杂微妙的艺术契机都与作者的人生哲学联系起来呢? 这显然把艺术作品的多样性、感受性、不确定性,用概念、判断、分析、推理的抽象性与单一性给简单化了。

毛时安同志认为,"正是有随遇而安的人生态度,才有物我两

---

① 黑格尔《美学》。

忘的美学境界"，因而把我国"境界说"之发达、归结为古代文人士大夫阶层能够随遇而安——他们"很少绝望，他杀者有之，自杀者甚少"。然而他忘了，"境界说"理论两位最重要的诗论家、美学家：司空图与王国维，就偏偏都是自杀的。司空图是我国古代美学"境界说"的奠基者与发轫者之一，他的诗论中不仅有大量诸如"诵之思之，其声愈稀"，"但知且暮，不辨何时"等这样典型的人境合一，物我两忘的主张，而且把这种鉴赏效果作为诗歌的最高准则。若按毛时安同志的观点，司空图该最懂得在现实生活中"随遇而安"了，然而恰恰相反，他不仅在朱温篡唐，召其为礼部尚书时，拒不赴任，持不合作态度，而且最后听到唐哀帝被杀的消息，竟绝食自杀。王国维则是我国"境界说"的集大成者，他的情况大家都较熟悉，这里就不赘述了。

应当说，作者的人生哲学只能作为考察其艺术创作的一个角度，毛文从这一点出发考察我国封建士大夫的人生观与审美趣味，这本是不无可取之处的。但若把这个"之一"变成"唯一"，认为美学境界就是人生哲学的产儿，那就失之毫厘，谬之千里了，其结果必然陷于有理性观念就有相应的美学风格和形式，于是人生哲学等于审美理想，理论思辨等于艺术创造，生活等于艺术这样的混乱命题。我以为，毛文中关于人生哲学——艺术境界——民族性的推论，就是这样得出来的。这个问题我准备在下文中集中论述——

第三，如何通过文学艺术作品认识我们的民族精神。

毛时安同志在文中把我们的民族性概括为"乐观、通达"，"温柔敦厚"，"随遇而安"，"善于在痛苦与困境之中寻求解脱，藉慰"等等，并以敦煌壁画，汉魏石刻，城市建筑，绘画书法等艺术形态来说明这些"民族性"，能够看出，他是将上述"民族性"作为值得提倡的美德的。姑且不说毛文这种立论方法是无法使人俯服的（关于人生哲学与文学艺术之间的关系上文已述），这些"温柔敦厚"，"随遇而安"，善于在困境、痛苦中自得其乐等等，即便算作我们的"民族精神"，也只能是"民族精神"之多侧面体中一个侧面，而绝不是我们中华民族民族精神与民族性格的全部与真髓。从高吟"路漫漫其修远兮，吾将上下而求索"，不甘与黑暗势力妥协，终于投江而死的屈原，到蔑视权贵与暴力，刚直不阿，临刑前仍鸣琴高奏的嵇康；从"荆轲刺秦王"，"马踏飞燕"这些石雕的运动与气势，到琵琶曲"十面埋伏"的力量与激情；从李白"安能摧眉折腰事权贵，使我不得开心颜"的一身傲骨，一直到《牡丹亭》对于人的价值的深刻反思，《红楼梦》对封建礼教的大胆挑战……（就更不用说《风萧萧》、《李自成》、《星星草》、《义和拳》、《红灯照》等小说描写的一次又一次劳动群众的揭竿而起了）。我们民族精神中真正有价值的东西决非"乐天知足"，"温柔敦厚"，"随遇而安"几个字而已。尤其是近现代以后，随着五四运动和马列主义在中国的传播，进一步唤起了我们中华民族固有的血气，面对腐朽、黑暗的反动统治，面对山河裂，血成河的民族灾难，中华民族的优秀儿女们发出了"问苍茫大地，谁主沉浮"的喝问，发出了"天下者我们的天下，国家者，我们的国家，社会者，我们的社会，我们不说，谁说?! 我们不干，谁干?!"这震耳欲聋的呼喊。他们非但没有"怡然自得"，"陶然自乐"——从苦难的现实世界中汲取一点可怜、可悲的"欢乐"，而且多从颇为温馨、恬静的世家、书斋中冲杀出来，为变革现实，改造社会而投身革命。他们知道前面并没有路，但坚信"走的人多了，也便成了路"；他们为寻求真理，远涉大洋，"大江歌罢掉头东"，"难酬蹈海亦英雄"! 对于他们，面临的岂止是失败的痛苦，求索的艰辛，屠刀与绞架夺去了他们无数个战友，并无时不在威胁着他们，但他们面对"断头"的可能，却高吟出了"此去泉台招旧部，旌旗十万斩阎罗"的壮烈诗章。正是因为有这些不那么"随遇而安"，偏要变革现实，变革社会;不那么"温柔敦厚",甚至对"落水狗"也发出要痛打之音的真正的猛士们,才推翻了疮痍满目的旧中国,建立起一个崭新的社会主义新中国,这样的人,才是鲁迅先生所说的"中国的脊梁",才是我们民族的希望之所在。难道可以把封建士大夫们作为我们民族性的代表,而把中华民族真正的优秀分子——真正的龙的传人摒弃开来吗?

上文已谈到,民族精神本是一个十分宽泛、十分丰富、多层次、多侧面、多主题的复合体,关键在于我们提倡些什么,从中吸取些什么。愿意知足自乐,随遇而安,这种东西在我们的民族性中确实存在(但决非我们民族所独有,西方的许多民族也曾指出过自己的这种惰性,典型的如德国、英国等等),在一定具体的前提条件下,它们也有其有益与可取的一面,不正视它们固然是不对的。但我以为,这种"随遇而安",更多表现为我们民族性懦弱的一面,事实上,阿Q的"精神胜利法"就是它发展的极端化,因此,它绝不是我们民族精神的代表,在今天党率领全国人民重新振兴中华,整个社会处于大动荡、大改革的时候,更不宜把它作为我们民族所独有的长处加以提倡,然而,毛时安同志在文中不仅津津乐道于这些"陶然自乐","随遇而安"之类无所作为的处世哲学,而且对张思远、许灵均等形象中含有上述因素的一面不乏赞赏与玩味之情,这就颇有些令人费解了。

本世纪三十年代,当我们民族还处于水深火热之中的时候,鲁迅先生就指出过:"我们从古以来,就有埋头苦干的人,有拼命硬干的人,有为民请命的人,有舍身求法的人……这就是中国的脊梁"①。鲁迅先生若仍在世,他应感到欣慰的是,祖国今天的一代青年们,正从我们民族这种奋发进取、埋头苦干、拼命硬干的传统美

---

① 鲁迅《中国人失掉自信力了吗》。

德中汲取力量。在"四人帮"横行的日子里,他们勇敢地投身于伟大的四五运动①,以诗歌为武器,发出了"如果血不能在身体里自由流动/就让它流出/流遍祖国"的誓言;在思想解放运动中,他们又走在前列,并喊出了直接向"随遇而安"的民族惰性挑战的呼声:

> 像鲜花憧憬着甘美的果实,像煤核怀抱着燃烧的意愿;我心中孕育着一个"可怕"的思想,对现状我要大声地喊叫出!——"我不满!"
>
> ……
>
> 呵,不满正是对变革的希冀;呵,不满乃是那创造的发端。
>
> ……

这种充满生气,充满魄力的诗句,才是我们民族精神在时代的回音壁下永远震响着的主旋,才是中华民族重新崛起的真正希望。

以上,本文先后分析了意象、意境等美学命题中物我关系的本质特征、人生哲学和艺术境界的根本别异——旨在试图就艺术理论与思想方法上的某些疑问与毛时安同志以及广大读者共同讨论。而使我们的诗人、文学家、评论家都能认清我们民族精神的真髓,并自觉讴歌、赞美这种真髓,使它在当今历史大变革的时代得以进一步的发扬光大,促进我们民族的早日崛起,乃是本文更主要的目的。

1983 年暮春于北京西郊

---

① 四五运动,即"四五天安门事件",是指于文化大革命后期的 1976 年 4 月 5 日发生的以天安门事件为中心的反对"四人帮"、否定"文革"的全国性的群众抗议运动。

还人情美于诗歌

翻阅近年来各报刊、杂志发表的诗歌作品,我们能够感觉到这样一种可喜的创作倾向,这就是在各种风格、各种流派于艺术表现方法上不断创新的同时,在创作思想上,越来越多的诗歌作品,逐步在我们社会主义的现实生活中,开始向人情美和革命人道主义方面的主题进行开掘和深化。像刘湛秋的组诗《生命的欢乐》、《温暖的情思》、顾工的《人与人》、《今天和明天》、《心在跳》、李发模的《视线》、雁翼的《织……》、杨炼的《我以土地的名义》、徐刚的《摇篮曲》等等,都以不同的境界、不同的诗思,有力地宣示了这一创作主题。而上述作品的一个共同特点,就在于诗人们以自己敏锐的思想感知能力与审美价值尺度,感受到了我国当前的社会生活中,广大人民对于真善美的寄托,对无私的友谊与纯洁的爱情的向往,对崇高的革命人道主义的追求,进而怀着美的心灵和善的情感,以深沉、真挚,感人肺腑的笔触,写出了诗人的思想情感。

请看刘湛秋的《夜弹吉他》一诗:

风,穿引在街心的峡谷

鸟,收起了欢快的翅膀

吉他的琴音像雨落湖面

打湿了少女的柔肠

爱,裹在透红的茧里

让琴音把丝绵绵抽出

缚住那要凋谢的夜来香

把世界变得格外温暖

呵,温暖的人,温暖的吉他

不让乌云遮盖那晶莹的月亮

——在经受了一场长达十余年之久的磨难之后,这柔和的晚风,浓郁的夜来花香,悠扬悦耳的吉他琴声相互糅合——宛然如轻盈的手指,在透红的茧里剥出成熟了的爱⋯⋯这优美的语言,细腻的情思,像涓涓的溪流,温柔而清澈,从诗行之间,一直流入人们的心里。这诗句,怎能不令我们重新感到生活的温暖,又怎能不激起我们对应有的和谐和美好的生活的渴求。

如果说这首《夜弹吉他》是巧妙地摄取了一个现实生活的小景,间接地表达了广大人民对于生活美的向往和人情美的热爱,那么顾工的这首《心在跳》一诗,则是诗人以自己胸中激情的力,展开了诗歌想象的翅膀,抒发了自己的生活理想与美好诗情。下面是此诗的最后一段:

心在跳,

不再为噩耗跳

不再为强暴跳

用惊喜的目光

眺望霞光缭绕⋯⋯

橄榄枝,

在窗口轻摇,

白鸽衔来,

爱情的歌谣

心在跳,

心在轻轻地笑……

这些本是朴实无华,不假雕饰的诗句,之所以读来亲切可爱,与诗中所闪烁的革命人道主义色彩,人情美的绮丽火花,不能不说有着密切的关系。

我们都知道,人性美、人情味,人道主义精神,从来是文学艺术作品感人的妙谛,诗歌作为一种表现艺术,这一特征也就尤为突出。"感人心者,莫先乎情"——李白、王维、李商隐、苏东坡、李清照等等著名诗人的优秀作品之所以世代相传,千古绝唱(如李白的《将进酒》;王维的《阳关三叠》;李商隐的《无题》诗;苏东坡的《念奴娇·明月几时有》;李清照的《雨霖铃》等等),就在于他们写出了为人们所熟识的友谊、爱情、相思、离愁,以及对人生的留恋,对未来的憧憬,这些具有"永久魅力"(马克思语)的人性美与人情味,因而才令人读后觉得情思牵绕,余香满口。我们今天的社会主义文艺有各方面更为优越条件,完全能够写出更加优美动人,富有人情美与革命人道主义精神的诗章。

当然,这种创作倾向在当前普遍兴起,是有其时代特征和社会因由的。在十年浩劫中,林彪、江青一伙在人民内部肆意制造矛盾,煽动派性,使人与人之间冷漠、敌视,甚至造成"人人自危",使人与人之间的正常关系严重地异化与扭曲,情感的交流与心灵的沟通也仿佛成了遥远的童话。

事实上,马克思主义的经典作家历来十分重视人性、人道主义问题,从《1844年经济学哲学手稿》、《神圣家族》、《德意志意识形态》、《共产党宣言》,一直到《资本论》,马克思、恩格斯都始终没有放弃对此问题的探讨。而马克思对小说《巴黎的秘密》的评论,就是从文学应该如实地描写人的复杂感情这样一个基本观点出发的。他在谈到小说中丽果莱脱这个人物时,就肯定作者成功地描写了这个巴黎浪漫女子"亲切的、富于人性的性格"。在《巴黎手稿》中，马克思则直接明确提出：共产主义就是"从自身开始的，积极的人道主义"[①]，是对异化了的人性的彻底复归，是对人的本质的真正占有。当然，这种人性的彻底复归和人道主义的最终完成，是一个靠不断的量变来逐步完成的长期的质变过程；当我们饱受林彪、江青一伙之苦之后，当遭受人性的严重扭曲之后，在今天安度和平建设的生活时，社会势必要求人性的复归，寻求心灵的和谐与安谧，渴望人与人之间的理解与友爱：

> 愿街上纵横交错的视线，
>
> 不再把冷漠与呆滞接连，
>
> 应像横亘的夜空，
>
> 星光与星光交织，亲近而柔软……
>
> 愿孩童，纯真而明亮的视线。
>
> 不再被欺诈与势利崩断，
>
> 愿同志，畏缩或愤怒的视线，
>
> 不再和往昔的恩怨纠缠。

（李发模《视线》）

广大人民对十年浩劫中那种非人生活十分憎恶，所以就更珍视今天的幸福生活：

> 想到无数窗口重新绽开的灯光
>
> 想到安详的蛙声、梦和花园
>
> 想到又有人在微笑、歌唱、思想

[①] 见人民出版社 1956 年版第 140 页。

在默默寻找诗句

在为忽然降临的爱情震颤

（杨炼《我以土地的名义》）

诗歌作品中，不再是撕裂人心的嗥叫，感人的骨肉爱与儿女情也开始普遍吟咏：

……

我在稿笺上写着

关于摇篮的诗

我的亲爱的女儿

正酣睡在摇篮里……

稿笺上每一个方格都像摇篮

我的女儿跳动在我的诗行里……

（徐刚《摇篮曲》）

此外，舒婷、顾城、林子、傅天琳等许多诗人的近作，也都以深沉的诗思、新奇的立意，从各个不同的侧面鲜明而深刻地表现了我国社会心理的这一重要变化。

记得作家王蒙曾经谈到过，要"在人民内部，在同志、战友、亲子、夫妻、上下级之间提倡爱、善良、谅解、宽厚、友谊、温柔……要使我们的文学作品成为帮助我们国家实现安定团结的精神粘合剂。"①是的，唤起人性美和革命人道主义思想，提高我们整个社会的精神文明程度，当是我们社会主义文艺责无旁贷的任务。

让我们用李发模在《视线》一诗中的诗句作为本文的结尾，也

---

① 见《光明日报》1979 年 3 月 20 日第四版。

作为对广大诗人、艺术家的期望：

　　　　用关切的视线缝合历史的伤口吧，
　　　　用友谊的视线挤成事业的绳缆，
　　　　用望远的视线连接理想、未来吧，
　　　　用视线织成的网打捞生活的香甜！

　　　　　　　　　　　　1981 年暑假于沈阳三经街

中国当代诗歌的审美意象特征

一定文学艺术形式的基本性格,总是以这种形式最鲜明的审美表现形态为标志的。对于抒情诗来说,意象,就是这样一个最能够显示出其美学性格的艺术表现形态。

新时期以来,我国诗坛的巨大发展变化,已经成为有目共睹的事实。笔者以为,这种变革与发展,反映在诗的美学构成上,亦即诗的审美主客体之间的关系上,莫过于对"意象"——我国重要的诗歌美学传统——的重新认识与继承发展。

所谓"意象",乃是主体与客体相互渗透所构成的一种艺术审美契合,是已经完成了的诗中具体画面、形象,显然,它既不属于纯粹的主观精神领域,也不属于纯粹的客观自然领域,而属于马克思所说的"人化的自然"的领域。

"意象"这一术语,在我国的出现是极早的。远在春秋战国时代的《周易》之中,它就已经开始萌发了。由于《周易》一书哲学、宗教、巫术、艺术等等因素兼而有之的重要地位,对后世学术思想与文学艺术的影响甚为深远。因此,"意象"的概念,实际上构成了我国古代美学逻辑范畴与历史范畴的共同起点。

以后,经过魏晋玄学的论辩张扬,经过唐宋以来诗论、画论的继取发展,尤其是经过数千年诗歌、绘画等艺术创作实践的运用、创造,更进一步确立了"意象"在我国古代文学艺术批评与美学理论之中的显著地位。

西语中,实际上并没有如同我国的"意象"一语这样,能够一分为"意"与"象"二因素,且专门用于文艺批评鉴赏与美学理论的概念。image 或 idee 虽然有"心象"、"意象"的译意,但这两个词均有其他意义,如"image"尚有肖像、映像、图像等意义;"idee"则更多用作"思想"、"观念"、"概念"、"想法"等等。它们都并不具备我国的"意象"一词作为一个独立自足,专门用于美学与艺术领域的特殊性质。这主要由于,无论是 image 还是 idee,并非如同汉语中的"意象"一词那样,缠绕着从人类早期精神形态到成熟的哲学、从艺术创作实践到美学理论这般源远流长的发展线索。推而深之说,则更是由于整个西方并不具备(也不可能具备)东方与中国特定的自然、地理、经济、政治条件与基于如上诸因素构成的特定文化心理结构。

值得注意的是,自从十九世纪末法国象征主义,尤其是二十世纪初英美意象主义等等西方现代诗歌的兴起,才使 image 与 idee (尤其是前者)同艺术和美学的关系日趋亲近起来,亦即与我国"意象"一语契同的一面日益增加。导致这种情形的原因是颇为复杂的,首先,固然由于西方抒情诗艺术与审美意识的日趋现代化,但是同时,与当时西方诗人、批评家们对于东方诗歌的学习、借鉴(先是对日本俳句,继之,更多、更深入的则是对中国古诗的有意识学习。对意象技巧的有目的借鉴),亦有重要关系。例如意象派诗歌的主要发轫者之一的庞德,就曾把我国唐代的几位诗人说成是世界上最早的"意象诗人";并说中国古诗对于西方意象派的影响,将同于古希腊文化对欧洲文艺复兴的影响。庞德等人还翻译过不少我国古代具有典型"意象"特征的诗歌作品,使得欧美现代诗坛几十年"汉风"不散,直至今天。

另一方面,我国自"五四"以来白话新诗对于外国诗歌大胆、积极,实行"拿来主义"的学习、借鉴,同时也提供了汉语诗学走向世界之方便,也促使"意象"一词逐渐成为中外诗学中具有基本相同的美学含义(即本质特性)的艺术理论术语。

关于中国古代意象理论与西方现代意象诗歌的起源、发展和美学含义的异闻,我在另几篇文中已经谈到,这里不多赘述。也许需要指出:由于以上回顾的历史原因,由于"意象"本身的美学含义的嬗变更新,它在当今人们的艺术思维中,必然获得了充分的现代意识与涵盖现实的审美精神。

以下,我们从中国当代诗歌创新大潮中,从众多诗人的艺术实践中,分析意象的具体创造、组合和运用,以及有哪些独特的表现。

一、利用意象的错觉、幻觉特点

当代诗人——尤其是中青年诗人,其作品之所以显示了颇为独特的艺术气息,与这种手法的运用有直接关系。他们当中的许多诗人,都是运用这种意象技艺的巧手。

出于从艺术理论上分析、总结的需要,我们可从这样两种情况考察:

第一种是对具体的客观事物取幻觉或错觉的感受态度,以这种感受方式来获取意象。如芒克的《秋天的树林》:

> 没有你的目光
> 没有你的声音
> 地上落着红色头巾

把飘落的红叶感受为"红色头巾",意象中,诗人显然在取一种错觉的态度。

又如顾城的《梦痕》:

在升起的现实上，

我飘散着，盲目的

像冰花的泪。

化为缓缓升起的云雾。

把命运交给风……

以人们正常的感觉，是体会不到泪是如何"飘散着"，"化为缓缓升起的云雾"的情景的。若是固守摹仿与写实的"原则"，这首诗便显似乎是怪诞不经的了。但是一个善于用直觉把握审美对象，不囿于某一固定的欣赏趣味的读者，则可以凭借自己的感受能力，领悟诗的内涵，并在这组新奇的意象中获得审美快感。——它明显地采用了幻觉的手法。

此外，像"每条胡同都伸开温暖的臂膀"（刘湛秋《我穿过淡蓝色的夜晚》）；"阳光，我和阳光站在一起"，"——我的黑发随着风在飘，随着风在唱"（王小妮《印象二首》）；"走吧，冰上的月亮，已从河床上溢出"（北岛《走吧》）；"雁行割裂天空，筛落满目悲凉"（杨炼《秋天》）；——具备这样的意象特征的诗句是不胜枚举的，综其共同特点有二：其一，有具体可感的审美客体提供了某种产生错觉与幻觉的条件；其二，为了表达诗人的某种特定心境，对客体取一种人为的错觉或幻觉的观照态度，以造成意象"变形"，产生出在一般感受情况下生成的意象所不具备的强烈的艺术效果。

与这样一种情形有所不同，第二种情形则是完全抛开作为客观实在的客观物象，而去"以情唤景"，"因意取象"——利用想象，即知觉与表象的功能，然后以错觉或幻觉去感受这些知觉之中的表象。请看下边的诗句：

……马蹄和驼铃忽然惊叫

我看见

长鞭抽打在肥沃的中原

大地……痛苦地隆起

一道灰色的伤痕印上了地球

我,在刀剑轰鸣中

疾走!

(徐敬亚《我,沿着长城疾走》)

　　诗中并没有出现能够使诗人产生"马蹄和驼铃忽然惊叫"、"刀剑轰鸣"这样的听觉,或"长鞭抽打在肥沃的中原"、"一道灰色的伤痕印上了地球"这样的视觉的客体物象,诗人是在"以情合景"、"因意取象"和"创造性想象"中,使审美还原成错觉化与幻觉化的。

　　这种意象构成手法的运用,扩大了诗歌的取象范围,诗人因减少了客体的限制而获得了更大的主动性与创造性,他可以把自己复杂、微妙、难以直接诉诸实用性规范语言上审美情感,通过各种新奇、生动的感性画面诉诸直觉,投向心灵,收到比第一种情形更积极、更主动的意象效果。这种特征的诗句,也是当代新诗中颇为常见的,如舒婷的《在诗歌的十字架上》、《群雕》,梁小斌的《中国,我的钥匙丢了》,顾城的《生命幻想曲》、《留学》等等,囿于篇幅,这里不一一列举。

二、奇妙的意象组合——通感

　　请看杨炼《长江,诉说吧》一诗中的句子:

爱情,浸湿在萤火般的呜咽里

174

欣赏这一诗句时,我们首先得到的是一个肤觉(或曰:触觉):爱情,浸湿了……继之是视觉:"萤火";然后又落在"呜咽"——听觉上,仅一句诗,就调动起欣赏者三个感受器官,使肤觉、视觉、听觉融合在一起了。

再看舒婷的《四月的黄昏》:

> 四月的黄昏里,
> 流曳着一组组绿色的旋律。

"流曳"——动觉;"旋律"——听觉;"绿色"——视觉,实际效果是动态与声音,颜色相交融。

北岛的《路口》:

> 让脆弱的灯光落在肩头

肤觉与视觉相贯通,灯光不仅仅是可见的,而且是可以触摸的了。

从本质上说,意象造成的通感效果,也是通过错觉与幻觉来得以实现的,如果不是以这种错觉和幻觉的心理特征为审美基础,就不可能产生不同感官之间的相互转换和融合。当然,这种具有通感特征的意象,又有一般错觉、幻觉之下生成的意象所不具备的相互转换,相互作用于多种感官表象的功能,可以充分利用读者的艺术感受潜力,显示出作为宣泄人的本质力量的艺术所独具的美学价值。在实际运用上,意象的通感现象也有助于揭示客观世界各种各样复杂微妙的内在关系,表现现代社会人们难以直接诉诸理性语言的丰富的内心世界。并可以使读者在鉴赏时,收到类似于电影艺术那样的立体化的审美感。

但是,由于这种通感意象需要同时考虑到两个以上的感官,要求作者具有颇为敏锐的直觉感受能力;而且,不可避免地要受到审美对象的某种限制,因此,熟练自如地运用它还是颇不容易的。

三、意象印证——比兴的扬弃与创新

"比兴"是我国传统的诗歌表现手法。比者,以此物喻彼物;兴者,先言他物,再引出所咏之物。自"诗三百篇"始,我国诗歌就有了这种技巧。

然而,一般的比兴,朴素、单纯,虽较适用于反映古代生活的田园短歌和山水小令,但直接用它来表现今天现代社会急促的生活节奏和多层次的社会心理状态,就显得单薄不足,不够协调了。当代诗坛的一些诗人们,把比兴的基本原理与意象的审美特征结合起来,形成了意象印证的表现手法。即:先着意描写一个一般的具体意象,这个意象兼具有比喻和起兴的作用;然后再把另一个与其息息相关的意象紧接着送出,与前者叠印起来,便二者相互烘托,相互映照,相互包含,造成比任何一个单一的意象都更为浓郁的艺术气氛。可以说,在某种程度上,这种手法使古老的"比兴"技巧获得了新的生机。

让我们看江河的《纪念碑》一诗,这首诗中,诗人首先用一组意象描写了纪念碑:

纪念碑默默地站在那里

像胜利者那样站着

像经历过许多次失败的英雄

在沉思

……

紧跟着这组纪念碑的意象,诗人的诗笔突然一转,送出另一组意象:

> 我就是纪念碑
> 我的身体里垒满了石头
> 中华民族的历史有多么沉重
> 我就有多少重量
> 中华民族有多少伤口
> 我就流过多少血液

这两组意象叠印起来,二者固有的审美力量汇于一体,产生出一股巨大的审美合力;这种审美合力犹如两条江流的汇合处所独有的那种激浪般的力量,它猛烈地冲击着审美鉴赏者的心灵,使他可以更好地凭借直觉去感受"象外之象",领悟到诗人含而不露的"韵外之致"。——得象忘言;得意忘象,正如两条江流一经汇合,就再也辨不出哪些是其中一江之水一样,这时鉴赏者心灵的荧光屏上,也已辨不清哪是"纪念碑",哪是"我们民族",哪是"我"了,物象、意象以及种种"象外之象"交融在一起——"此中有真意,欲辨已忘言",到底何为"花生",何为"蝴蝶",已经分辨不清了。这才堪称为古人所称道的"思与境谐"、"物我无间"的审美境界呢!

舒婷的《落叶》,北岛的《岸》,杨炼的《秋天》等不少诗篇中,也有这样的意象印证,囿于篇幅,也不能逐一分析了。

四、抽象概念的"意象化"

这是一种比意象印证较为容易把握,但运用得更为广泛的意象表现方法。

黑格尔曾经这样论述过概念的性质,"概念作为概念是不能用手捉摸的,当或似在进行概念思维时,听觉与视觉必定已经成为过去了。"(见黑格尔《小逻辑》328 页)这就是说,客体对象一旦构成概念,就已经把具体、生动的表象形态扬弃了。然而,在当代诗歌中,意象却以其特有的审美魔力,把已经失去力量的抽象概念又重新"复活了"。

让我们先来看老诗人厉风《我问缪斯》一诗中的句子:

我问缪斯:诗歌
在哪里扑展着它的翅膀?
"在你的心里。"缪斯答道,
"你要想捕捉住它,
先得使它解放……"

这里"诗"本是作为一个抽象名词出现的,是一个普遍泛指的概念。然而,在诗人的意象中,它却有了"扑展着的翅膀",成为具体的、生动的审美对象了。

另一位中年诗人顾工的《诗歌,刑满释放》一诗,与厉风的《我问缪斯》有异曲同工之妙:

诗歌,刑满释放
它走出牢房
耸了耸翅膀……

作为抽象概念的名词有了新的生命。

再来看李纲的《思念》中的句子:

178

呵,思念

流溢着酒香的思念

你蒸发在野性的阳光里吧

你融化在粗犷的急雨里吧

"思念"显然也是一个抽象名词,是一个普泛的概念,但在诗人的意象中,它却成为一个具有"酒香"、能够"蒸发"、能够"融化"的可感的实体了。

此处,不能忘记的是江河《葬礼》一诗中的句子:

灵车载着英雄纯朴的遗愿

像犁一样走过

冰结的土地松动了

埋葬了许多年的感情

在潮湿的土地上翻滚

仇恨、爱、信仰,含着血

庄严地哼着挽歌

点铁成金般的意象,使"遗愿"、"情感"、"仇恨"、"信仰"等抽象名词都变得有形、有体、有声、有色,成为生动可感的生命体了。

容易看出:这种手法的特征在于,作为审美主体的诗人把只属于"形而上"领域的抽象概念"对象化",像对待有生命,有情感的客体一样去感受他们、解释他们。它开辟了一个超出一般以写实临摹为取象范围的新的天地,使诗人对于整个宇宙——包括物质的、精神的一切领域,不管其对象是有形的,还是无形的;不管是可感的,还是抽象的,无一不可根据他的审美感受进行"对象化"与"人格化"的艺术创造。他不仅可以让花鸟流泪,让江河吟哦,而且可以让一个看不到、摸不着的抽象概念颤栗、抽泣,"在潮湿的土地上翻滚",或"走过微明的早晨"。这种审美效果,才让我们真切地感到:只有在艺术的世界中,在美的领域里,人类才是真正自由的!

但是,如果一个诗人对于意象的美学特征毫无意识,这一切显然就无从谈起了。

五、意象的"立体交叉"

这是比"意象印证"更为复杂,也更为丰富多彩的意象表现手法。对于不少活跃在当代诗坛的青年诗人来说,这种技巧也是相当得心应手的。

如杨炼就曾谈到:"现代生活常常令人目不暇接,于是,意象的跳跃,自由的连接,时间、空间的打破,也就没有什么可奇怪的了,""我喜欢意象具有质感。并在飞动组合中显示万千气象。"北岛也说过:"我试图把电影蒙太奇的手法引入自己的诗中,造成意象的撞击和迅速转换,激发人们的想象力来填补大幅度跳跃留下的空白。"在运用这一手法上,他们两人的确是颇为出色的。

先看杨炼的《夜曲》:

在这里

我瞭望,我思索,我回忆

无数星星像另一个世界闪烁的眼睛

垂向我——幽暗而清晰

微微荡荡的声音:熟悉的、陌生的

从未来,从过去,从夜晚的风

朝我走近,飘落

在宁静温柔的大地

　　吟诵着这首诗，眼前浮现的是一幅接一幅奇妙多彩的图画，读者用自己的心灵感受着这些相互交错、冲撞、印证的画面，思绪也不由随之不停地大幅度跃动：升天、入地、溯古、瞻今，让人感到了现代社会紧锣密鼓般的急促节奏。

　　如果说杨炼这首《夜曲》的审美意象色彩较为浓丽，节奏较为紧迫，表现着"飞动组合中显示万千气象"的审美风格，那么北岛的《一束》，则是以清新、流畅，自然，朴素中见神奇而取胜的：

　　　　在我和世界之间，
　　　　你是海湾，是帆，
　　　　是缆绳忠实的两端，
　　　　你是喷泉，是风，
　　　　是童年清脆的呼喊。
　　　　在我和世界之间，
　　　　你是画框，是窗口，
　　　　是开满野花的田园，
　　　　你是呼吸，是床头，
　　　　是陪伴星星的夜晚。
　　　　……

　　这首诗的几组意象，有的取于自然世界，如：海湾、喷泉、风、田园；有的取自人化自然：帆、缆绳、画框、窗口等；有的属于对人本身的直接描写：童年清脆的呼喊、口笛、呼吸，无声的歌等等。而且，它们有的诉诸视觉，有的诉诸听觉和触觉。诗人以飞泉般叮淙作响的节奏，把这一切都运载于"我和世界之间"，的确令人目不暇接。这些意象不仅具有生动而独特的审美情趣,而且清新自然,毫无雕琢,读后颇有司空图在《二十四诗品》中所述:"忽逢幽人,如见道心","情性所至,妙不自寻"的审美效果。

事实上,以上这五种意象的表现方法,在具体的诗歌作品中,往往是相互配合,相互渗透,有的甚至是不应断然分开的,我们之所以要进行逐一的分析,只是考虑到从理论上加以总结与研究的方便。

在以上文字中,我们先简单回顾了"意象"说在我国的起源过程,中国与西方意象理论的异同,接着着重分析了意象的一般美学特征尤其是我国当代一些诗人对于意象技巧的进一步创新与发展。这些理论与创作实践说明:

我们民族"意象"式诗歌美学传统的被肯定与发展,标志着我国新诗虽几经周折,但已逐步趋于成熟。

当代诗歌创作对于意象美学价值的重新认识与运用,既恢复了我国古代诗歌在意象构成上的一些优秀的传统手法,又吸收了外国诗歌运用意象方法表现现代生活近百年来的不少成功经验,——源与流的大融合,必然是一次重大的推陈出新;加之近几年,我国粉碎"四人帮"、思想解放运动以来崭新的民族精神,更使得一大批颇具才华——具有敏锐的思想分析能力与审美感受能力的诗人们,写出了一批显示出一定艺术价值,能够代表我们当代时代诗歌发展水平的作品,这当然是令人兴奋的。

而进一步总结当代诗歌在审美创造上的经验,使创作的实绩及时得到理论上的总结与升华,以期促进创作的大潮不断向纵深发展,繁荣我们古老诗国的新诗创作,乃是笔者写作本文更主要的目的。

1982 年 5 月于北京中国人民大学

主客观世界的意象式展示

——舒婷诗歌研究之一

　　我们将要走入的，是这样一个神奇、超邈、妙趣丛生的诗与美的天国：这里，处处飘溢着人世间优美、芳醇的情思；但出现于你眼前的，却又是在现实之中未曾领略的风光。它们有的来自并无光线与色彩的心灵的世界，有的又似取自大自然的某一图景。这些画面，以我们这位女诗人奇妙的诗思为经纬线，和谐地构成了一个崭新的艺术宇宙。

　　主客观世界的意象式展示，指的就是诗人在诗的审美创造过程中，以意象的特有方式去把握一切审美对象——不管这些对象本身属于主观抽象世界，还是属于客观现象世界。在这种特殊的感知与把握的基础之上，使诗中的一切具体画面都为诗人的心灵所统辖，使这些审美对象具有人的情思、人的欲念、人的欢乐与忧伤，而超越其原有的客观实在规定性，充分实现人类能够进行自由自觉创造的本质力量。

　　审美主体（创造者）在这样一个为自己本质力量所规定的对象化的世界中直观美，这是马克思在《巴黎手稿》中提出的重要美学思想。我们都知道——人类是整个生命界中唯一能够反思自身——意识到自己存在的使命与价值的生命存在物。尽管蚂蚁、蜜蜂等动物也能够为自己营穴、酿蜜，但这些动物、生物等等都不过是"按照它那个物种本身的尺度"进行劳作，不过是为其生理本能所驱遣。由于它们不能进行自我反思，不能把自己确立为规定万物的主体,不能认识与把握必然,因而这些劳作,只是一种无法自我意识到的、延续生命的必然过程,而不是自觉的和自由的活动。而人类则不然,由于他们能够意识到自己的存在,能够认识到必然——并且具有掌握与支配必然的欲望,因此,他们不仅把自己确立为不同于自身之外其他一切存在物的主体,而且按照这种主体性所赋予的美的规律,为自己开辟了一个"对象化"的世界,用以宣示并直观自己在客观现实世界中无法完全实现的本质力量,即理想、憧憬、意愿等掌握与支配必然的欲望。这个对象的世界就是美的、艺术的世界。在这个世界里,人不但可以展示自己作为主体的力量,随意指令花鸟谈笑哭泣,杨柳作赋吟歌,黄河之水自天而落,如席之雪漫天飞舞,而且自己本身也能够攀天、遁土、驭云、摘星,"挟飞仙以遨游,抱明月而长终"。这个世界,用马克思的话说来,是"人的本质对人说来的真正的实现"、"人的本质作为某种现实的东西的实现"这也正是诗与艺术之林木,之所以能够数千载来不但不枯萎、不凋零,反而不断增生新的枝叶,变得更加繁茂,更加葱茏的根本奥秘所在。

纵观舒婷的诗歌作品,一个最为深刻的印象,就是她的诗就是她以自己一颗深沉、聪颖而敏感的心灵,为读者创造的一个不同于一般客观现象世界的美的世界。在这个世界中,一切生动、直观的审美客体对象都按照人的意志,即审美主体的情感结构组合在一起:

> 愿崖树代我把手摇一摇
> 愿星儿为我多瞧你一瞧
> 愿每一朵三角梅都送一送你呵
> 愿你的脚步不要被家乡的泪容
>   牵绕

记忆如不堪重负的小木桥

架在时间的河岸上

月色还嬉笑着奔下那边的石阶吗

心颤抖着，不敢启程

（《还乡》）

黑色的墙垒动着逼近，

发出渴血的，阴沉沉的威胁，

浪花举起尖利的小爪子，

千百次把我的伤口撕裂。

痛苦浸透我的沉默，

沉默铸成了铁。

（《礁石与灯标》）

　　实际上，诗人进行审美意象创造的过程，也就是如上所述的把人的本质力量对象化的过程。在这坦，人的本质力量，就是诗人表达的意念、期待、理想、冲动、思考、欲望等等，这诸种因素以情感为中心，溶汇为一个不可分割的整体，成为诗人主体之"意"，与这种审美主体之意形成的同时（——必然是同时），势必表现出一种具体的、新奇生动的感性形象，也就是实现主体之意的对象化，成为诗中一组组实存着的审美意象。按照我国古代的传统艺术理论，即所谓：因心造境，以景运心，虚亦为实；从而"于天地之外，别构一种灵奇"。

　　具体看来，这种由主体直接规定客体所构成的意象组合，有这样几种类型特征：

　　A.诗中之"我"直接出现。以浓烈的情感使客体人格化。请看《致橡树》一诗：

我如果爱你——

绝不像攀援的凌霄花,

借你的高枝炫耀自己,

我如果爱你——

绝不学痴情的鸟儿,

为绿荫重复单纯的歌曲,

也不止像泉源,

常年送来清凉的慰藉,

也不止像险峰,

增加你的高度,衬托你的威仪。

甚至月光。

甚至春雨。

……

这种类型的意象,无不显示着浓重的主观色彩,往往是以"象"的新奇、独特与"意"的精辟、深邃取胜,而并不追求和谐、超逸的意境,甚或完全放弃意境的创造与渲染,《致橡树》一诗就较典型地说明了这一点。这首诗,并没有一个统一完整的意境,"凌霄花"、"鸟儿"、"泉源"、"险峰"、"月光"、"春雨"等等诗中之象,并不是融洽地组合成一个整体,而是分别表现着诗人不同的寓意,每一个都构成一个独立的意象。

此类意象方式,最有助于诗人抒发较为浓烈的思想情感,从而避免直接抒情最易导致的直白。在西方诗歌史上,无论是法国象征派,还是英美意象派,用这种意象方法的作品都是很难见到的。浪漫主义诗歌,只有个别之处具备意象风格,其美学层次与现代诗歌相差较远,因而与舒婷的这种意象风格亦不多相同之处。

B.诗中并无"我"直接出现,甚至有意把主体隐于客体之中。如《少女与泉》一诗:

> 点点滴滴从心中涌出
>
> 又曲曲折折向远方流去
>
> 清澈的寂寞
>
> 已完成在
>
> 一个明朗的梦里
>
> 而雁鸣,唤醒群山的激情
>
> 连丛林都渴望张翅飞行
>
> 水波里的眼睛,和
>
> 眼睛里的水波
>
> 也许都不平静

人境合一,物我交融,这是为我国古代尤其是宋代以后的诗论家的最为推崇的艺术境界。直观看起来,此诗不仅全无"我"的身影出现,而且似乎没有一点诗人之主观艺术渲染的痕迹,宛然一幅妙趣天成的水墨画。然而,如果我们留神列诗中审美主客体的构成关系,就不难发现,这诗中之泉,是"点点滴滴从心中涌出"的,这"象"中之群山与丛林,也不是一般的客观自在之物,而是能够被唤醒激情,"渴望张翅飞行"的。因此,尽管此诗让人分不清"水波里的眼睛,和眼睛里的水波",完全达到了"思与境谐",但这诗中之境象,仍是一个被诗人主体化与对象化了的世界,仍然是诗人的意象的方式直接处理审美情感的结果。当然,这类作品明显不同于上一小节中我们所谈到的那种以意象方式直接抒情,不着意于意境与整体气氛的表现手法,而是吸取了我国另一部分古诗"境生象外",追求象外之象,韵外之致的间接抒情手法。但此诗意象之间的关系,仍是由主体情感所统辖的,由意象组合构成的审美境界,仍然闪烁出主体之对象化世界的特有的光芒。《赠红衣少女》、《北戴河之滨》、《四月的黄昏》、《岛的梦》等作品,也都与《少女与泉》一样具备相同的意象风格。

C.总体境界的渲染与主观意象的穿插相结合。

在舒婷到目前为止发表的作品中,更为广泛使用的意象处理方法是介于 A 与 B 两种情况之间,即:既不是全诗都是以主观意象直接抒情,靠浓郁的情感、警彻的哲理与新奇的表象唤起读者共鸣,而根本放弃意象的总体境界效果;也不全然如同《少女与泉》那样,从具体、客观的某一静态环境入手,主要追求情趣的幽雅、超诣与总体气氛的和谐统一,力求在"思与境谐"之中,表现出诗人的象外之意。这类作品,比较典型的如:《向北方》、《白天鹅》、《群雕》、《渔歌手》、《北京深秋的晚上》、《秋夜送友》、《赠》等等,多是兼备前面两者的基本特点,又不等同于此二者特点之单一与极化,往往是境中有象,境象配合,既具备"象"的流动性,又兼有境的和谐性,二者之配合,巧妙适当,得心应手。

比如《北京深秋的晚上》。这首诗具有明显的整体环境:北京的深秋之夜——"夜,漫过路灯的警戒线/去扑灭群星/风跟踪而来/震动了每一株杨树/发出潮水般的喧响/……"紧跟着这并无人的踪迹的夜景,"我"的主观色彩漫延而来:"我们也走吧/去争夺天空/或者做一小片叶子/回应森林的歌唱/",这两组意象与整体意境显得并不和谐,而这种不和谐,正是诗人着意造成的艺术效果。接下来,意象陆续独立发展——"我不怕在你面前显得弱小/让高速的车阵/把都市的庄严挤垮吧/世界在你的肩后/有一个安全的空隙/……"在中间的两节,甚至插入完全脱离"深秋之夜"——这样一个整体境界的意象组合:

假如没有你

假如不在异乡

　　微雨、落叶、响

假如不用解释

假如不必设防

　　路栏、横线、交通棒

假如不见面

假如见面能遗忘

　　寂静、阴影、悠长

　　这些意象既具有相对的独立性,可看成自成系统的意象群,又与前面的北京秋夜的环境微妙相联,它们打破了传统意境形式的局限,增加了诗的内在层次,诗的寓理性与象征性也更加丰富了。

　　但是,这些主观意象并没有脱离诗境无边际、无终止的流动下去,"我想请求你/站一站。/路灯下/我只默默背过脸去/"骚动、不安、争吵、争夺渐渐逝去,寂静、安谧,代表永恒的"深秋之夜",又飘浮而来——"夜色在你身后合拢/你走向星空/成为一个无解之谜/一个冰冷的泪滴/挂在'永恒'的脸上/躲在我残存的梦中/"这首诗,先是由静夜进入不安与骚动:风的追逐,树的喧嚣,与人动荡不宁的内心世界映照、烘托,形成一种物我之间的同态对应;然后,这些变易、纷纭之象都"慢慢消逝/成为往事",成为"挂在'永恒'的脸上"的"无解之谜",最终归于夜境。这首《北京深秋的晚上》,在艺术组织上是相当成功的,它宛然一支交响曲:整体感鲜明,音色却并不单一、乏味;不拘于某一种旋律(手法),又获得了审美情致上的统一。而诗中这种动中有静,静中有动的彼此包容;这种平衡、打破平衡、实现新的平衡的循环往复,不又正是自然界、人类社会以及人们自己的内心世界,其运动,发展规律的象征式写照吗?

总之,以意象的方式来展示主客观世界的一切,把任何有形与无形的、具象与抽象的对象都作为审美的对象,这确为舒婷的诗歌开辟了一种崭新的审美视野,使她能够超然以往陈旧的诗歌观念,跃出生活之客观规定性与逻辑性的限定,达到诗与美的当代最新层次。而这种诗的视觉,也就为她在自己诗歌之意象组合上的一系列大胆尝试与开拓奠定了基础。

诗歌直觉意象的新拓展

——舒婷诗歌研究之二

　　这是舒婷的诗歌得以完成其意象化主旨的一个关键性环节，也是她的作品在艺术构成上主要的时代性标志。

　　美与艺术领域之所以不等同于一般的现实生活与理论思维领域，就在于它是一个马克思所指出的"对象化"的世界，一个不是由客观真实规定的，而是由诗人、艺术家主体之"意"所规定的意象的世界。主体创造性——形象关系与结构线索的主观化，是把握这个美的世界的基本要旨。

　　我们平时生活在客观的现实生活之中，一般的感受方法、认识方法、思维方法都是以这个客观世界为转移的，因此，要把握艺术与美的世界，必然要通过一条与把握现实真实世界不同的心理活动途径——尽管二者是密切相关的。直觉，就是把握美与艺术世界的一个起点，一条捷径，通过它，诗人、艺术家可以自觉地摒开日常逻辑与抽象概念的影响与束缚，踏上通往美与艺术世界的路途。

　　当然，直觉性之于诗歌艺术又不是绝对的和唯一的。诗总是因具体时代精神与审美情趣之异，而呈现出艺术构成上不尽相同的外观形态：或重形象，或重哲理，或重激情，或重幽默，但我们仍可以把直觉性看做是诗歌艺术上的定质或核心。具体的诗歌作品，直觉性成分可浓可淡，距其核心的规定性可近可远，却不能从根本上脱离直觉性。如果一首诗完全不具备直觉性的特点，则势必直白化或理性化，那么事实上它已经从诗的营垒中游离开来，变成一般的应用文字或哲学条文了。

舒婷以及同时代的一批青年诗人能够在诗歌的艺术创新上有所作为,不能不说他们得益于自己所处的时代——正是由于整个社会在遭受了野蛮与愚昧的洗劫后,对于真善美的渴求,造成了诗与艺术向其本质与核心复归的趋势,从而给予了年轻、敏感、热情、执著的诗人、艺术家们以艺术上创新的可能。

关于舒婷诗歌的直觉意象特征,笔者准备从如下几个角度着手分析:

A. 一般的直觉意象(包括错觉、幻觉)

以直觉感官直接感受审美客体,来构成审美意象,显然意味着不按照客体对象的客观价值概念来对待它,而是按照"美的规律"重新规定它。因此,若从客观的真实角度考察这种意象,无疑会判定它是一种错觉或幻觉,因此,直觉、错觉、幻觉三者实际上是密不可分的,但这三者之间又有着不同的层次。

先让我们分析成分较为单一的直觉意象:

> 虽然还没有花的洪流/冲毁冬的镣铐,/奔泻着酩酊的芬芳,/泛滥在平原,山坳/……
>
> 虽然还没有鸟的歌瀑,飞溅起万千银珠,/四散在雾蒙蒙的拂晓,滚动在黄昏的林荫道。……(《初春》)

这段诗中,"花的洪流"、"冬的镣铐"、"奔泻着"的"酩酊的芬芳"、"歌瀑"等等意象,从生活真实的角度分析都是不成立的,也是根本没有认识价值可言的,花决不会形成流动的水的规定性——洪流;冬天虽则寒冷,但与"镣铐"却没有什么相干的地方;只有水才能谈得到"奔泻",而"奔泻"的芬芳,显然荒诞不经……然而,如果根据直觉的心理机制特征:不是按照事物的既定客观性质,而是按照事物的形状、色泽、声音等等外在因素,由主体依据审美情感自由规定这一事物的性质,则如上意象就是完全可以理解的了,因为洪流与漫山遍野的鲜花;无情的镣铐与严酷的隆冬;欢快的飞瀑与此起彼伏的鸟鸣之间,都有表现在形状、色彩、声音等外观形态上的契合性与一致性,这就具备了生成直觉意象的基本条件。

舒婷诗中,这种类型的直觉意象还有很多,如"一口沉闷的大钟/撕裂着纹丝不动的黄昏"(《岛的梦》);"桑葚、钓鱼竿弯弯绷住河面/云儿缠住风筝的尾巴"(《童话诗人》);"七十二双灼热的视线/没能把太阳/从水平上举起"(《暴风雨过去之后》);"夜凉如晚潮/浸上一级级歪歪斜斜的石阶"(《兄弟,我在这儿》);等等,都具备意象构成上的相同特征。

让我们继续接下来分析。请看《黄昏》一诗:

> 我说我听见背后有轻轻的足音
> 你说是微飔吻着我走过的小路
> 我说星星像礼花一样缤纷
> 你说是我的睫毛沾满了花粉
> 我说小雏菊都闭上昏昏欲睡的眼睛
> 你说夜来香又开放了层层叠叠的心
> 我说这是一个生机勃勃的暮春
> 你说这是一个诱人沉醉的黄昏

这种表现方式,则是典型的错觉式意象。不同于上述直觉意象的随意性与宽泛性,这类错觉意象往往是为了突出表现某种特定的心境和情绪,而着重对客体采取一种错觉化的态度,《黄昏》一诗,就是通过"你"总是把"我"正常的感觉错觉化情形,机敏自如地表现了诗中"你"在当时环境中特有的心理状态。

属于这种类型的意象,在舒婷的诗中也是很多的,如:《呵,母亲》中,"虽然晨曦已把梦剪成烟缕/我还是久久不敢睁开眼睛";《小窗之歌》中,"因过早地清扫天空/夜还在沿街收拾碎片";《落叶》中,"春天从四面八方/向我们耳语/而脚下的落叶却提示/冬的罪证,一种阴暗的回忆";《流水线》中,"我们从工厂的流水线撤下/又从流水线的队伍回家来/在我们头顶/星星的流水线拉过天空/在我们身旁/小树在流水线上发呆……"此外,像《路遇》、《向北方》、《墙》、《礁石与灯标》等许多作品中,也都包含了这种错觉式意象。

下面再来分析舒婷诗歌幻觉意象的构成特征与表现方式。从上述对直觉与错觉的分析中,我们可以看到,这两种意象有一个共同的特点,这就是它们都离不开具体的客观感受对象,并得之于对这种客体对象的直感与错觉态度。如"夜凉如晚潮/浸上一级级歪歪斜斜的石阶"——渐渐来临的凉夜,在诗人瞬间的直觉中,仿佛晚潮;又如《流水线》一诗,也正是由于有"紧紧相挨"的夜晚、依次回家的队列、密密相连的星阵、一株接一株的小树,才给审美主体造成"流水线"之错觉的客体条件,才提供了从一种客观真实到被诗人按照"美的规律"规定为艺术真实的可能。而在幻觉意象中,则看不到真实存在的客体对象,诗人完全根据自己的知觉、表象、情感、思维等综合作用去以情唤景,秉意取象,把事实上不可能存在的东西规定为有形有神,有声有色的审美意象:

> 那么,这是真的/你将等待我/……等我阅读一扇扇明亮或黯淡的窗口/与明亮或黯淡的灵魂说完话/等大道变成歌曲/等爱情走到阳光下/当宽阔的银河冲开我们/你还要耐心等我/扎一只忠诚的小木筏。(《?。!》)

谁见过"灵魂"?"灵魂"是不具体态,不具声色的,是不可见的,不可感的,怎么可能有明亮与黯淡之分呢? 又怎么能与人直接对话呢? 爱情本是个抽象名词,并不具备一定实体形态,可以走到阳光下的爱情,则更是不可思议了。总之,这几组意象,按照客观世界的真实规律来衡量,无一不是荒诞不经的。然而,读了此诗,我们却能够得到一种可以充分体会、品爱,又难以用理性以语言明确表达出来的审美愉悦感,这颇类似于我们在领略了《西游记》中美猴王的惊人神通,《未来世界》中的奇异境界,以及无数神话传说的浪漫气息之后,那种心驰神往的微妙感受。其实,这种幻觉境象,是审美创造的一种基本属性,审美创造凭借人的本质力量——在这里可以概括理解为审美情感,冲破了客观现象世界的局限,摆脱了潜入人类意识之细节末梢的一般真实逻辑的束缚,按照美的规律与艺术的逻辑为人们开辟了一个新奇的世界,让我们体验到了诸如:变成了歌曲的大道;能够自己来回走动的爱情;以及能够与人说话的"明亮或黯淡的灵魂",体验到天宫,龙宫,齐天大圣,天兵天将等等在现实生活中无法接触到的境界与人物。正如美学家高尔泰所言:"生活是狭隘的,单调的、枯燥沉闷和没有变化的。所以在审美中体验变化,差异和多样性是一种享受……刹那间好像进入了一个别样的世界:狭隘变成了广阔、单调变成了丰富……"[①]用这个说法来帮助我们理解幻觉意象给予人们的审美感受,是十分恰切的。

这种幻觉意象尽管难度较前两者大,但在舒婷的作品中还是颇为常见的,较出色的如《在诗歌的十字架上》一诗:从总体构思到具体意象,此诗表现出明显的幻觉感,同时又有机地将一般直觉、错觉同诗中的幻境结合在一起,从而使全诗产生了一种鲜明、独特,感情色彩浓烈的艺术气氛。尤其像这样一些诗句,"红房予,老

---

① 高尔泰《论美》。

榕树,海湾上的渔灯/在我的眼睛里变成文字/文字产生了声音/波浪般向四周涌去";"我钉在/我的诗歌的十字架上/任合唱似的欢呼/星雨一般落在我的身旁/任天遣似的神鹰/天天啄食我的五脏/我不属于自己,而是属于/那篇寓言/那个理想",等等,更出色地实现了直觉意象、错觉意象与幻觉意象的有机结合。从艺术构成的层次上考察,此诗的难度是较大的,安排除了间或摹仿与借助意象自然发展的可能,完全依助于诗人的审美直觉能力与创造性想象能力的结合,完全以主体之"意"——审美情感为全诗意象的进展线索。从这首诗中,我们看到了我国两种传统的文艺观——"诗者,志之所致也。在心为志,发言为诗"的"诗言志"说,与追求"象外之象"、"韵外之致"、"味外之旨"的审美中心说的统一。舒婷的第一本诗集《双桅船》,将此诗作为压卷之作是十分合适的,因为它不仅是自从舒婷的作品发表以来,作者对自己所走过的道路的一次回顾,对未来的一次展望,而且这首诗本身也标出了舒婷在诗歌艺术探索中所达到的一个新的阶段。

幻觉意象,可以不依赖具体客观实境中的对应物,但这并不是说这种意象之生成的审美创造过程不需要客体。王国维在《人间词话》中曾谈到诗歌有"写境"与"造境"之分,上述这种利用幻觉创造意象实际上就属于王国维说的"造境",它虽不是直接利用客观实境中的物象进行审美感受,生成诗中意象,却仍然无法离开具体表象,只不过这种表象来自诗人的创造性想象。由此可见,创造性想象能力与审美直觉、联想能力的结合,是获得幻觉意象必不可少的条件。

以上,我们已经分别分析了舒婷诗歌作品中,直觉、错觉、幻觉三种意象形式的一些基本特征。最后应该提及的是,在她的作品中,如上三者实际上经常是混合使用的,经常呈以多层次的复杂形态,而无法断然分开,因为有一根联结它们的共同纽带,这就是对具象表象的直觉态度,这是意象的一个重要美学性格,《在诗歌的十字架上》一诗,已表现出了这一点。

B. 直觉造成的通感效果

既然意象是对主、客观一切对象形态的一种重新规定;既然审美直觉是实现这种规定的捷径——以对形态、色彩、声音、动向等等外观的直接感受,代替人们习以为常的一般认识方式,并不限于用某一种具体的感觉器官把握对象,那么通感现象也就随之出现了。

所谓通感,就是把不同的感觉器官——听觉、视觉、肤觉、动觉、味觉等等融合与沟通起来,同时感觉一个具体表象,生成审美意象,而当欣赏者直观这个意象时,它又能够同时作用于两个以上的感官,使欣赏者得到一种独特的审美乐趣。通感观象的心理机制过程,与前边所分析的直觉、错觉、幻觉等等的心理机制特征是密切相关的,若不是从直觉、超感入手把握审美客体,要获得通感意象就很难设想了。因此,通感实质上是利用审美直觉进行艺术创造的一种必然,是直觉感受方式的具体效果之一。

为了使读者更明晰地了解舒婷诗歌中的这一审美现象,还是让我们看一下她的具体诗句。先看《四月的黄昏》:

> 四月的黄昏里
> 流曳着一组组绿色的旋律

这是读者颇为熟悉的句子,常被评论家作为通感的例句。但以往,人们只注意到了"绿色的旋律",这个声色交融的意象,而忽视了"流曳着"这个动觉特征。现代心理科学认为,人的运动觉,是与生命形式联系最为紧密的一个感觉系统,不论在日常生活中,还是在艺术的创造与鉴赏中,它都起着统辖、沟通其他诸感觉,直接为人脑提供反馈信息的作用，是一个高于其他诸感觉的高级感觉。《四月的黄昏》中的这一诗句，也是如此："绿色的旋律"，正是在"流曳着"的动态之中作用于诗人直觉的，如果缺少了这个动感效果，整个这组意象的生动性与鲜明性显然将会减弱。

再看《路遇》中的通感意象："凤凰树突然倾斜/自行车的铃声悬浮在空间"；"凤凰树重又轻轻摇曳/铃声把碎碎的花香抛在悸动的长街"，在第一句中，"铃声"感于听觉；悬浮则既是动觉，又是视觉，其效果是一个意象同时调动起听、视、动三个感官。后一句中，则是听觉（"铃声"）、嗅觉（"花香"）、视觉（"碎碎的"）、动觉（"抛在悸动的长街"）这四个感觉系统一起感受到"铃声把碎碎的花香抛在悸动的长街"这个奇妙的意象。

通感现象的发生，是有其心理基础的。恩格斯就曾指出过："触觉和视觉是如此地互相补充，以致我们往往可以根据某一物的外形来预言在触觉上的性质。"[①]生理心理学的实验也表明：人的不同感官是密切相关的，而不是彼此孤立的，某一感觉器官得到的信息，也能够传递给其他感觉器官。而客观现实中大量自然事物，事实上也不是仅仅作用于人的一个感官，而是同时作用于多种感官，只不过在现实生活中，人们不自觉地囿于日常习俗的惯例，谁都很少顾及这种微妙的自然天性，从而使人的这种超感与通感能力受到限制。审美活动，则突破了单向的日常生活经验的限制，以直觉的感受方式，有效地调动起人们潜在的感官交流能力，使这种潜在的天性，由可能性变成了现实性。

我国古代，很早就有"超感"之说，即超乎眼耳鼻舌身等等一般感官系统之外的感觉和感受。这在道家、儒家、佛家的学说之中，都有所表现，老子所言："大音希声（听之不闻，谓曰'希'），大象无

---

① 恩格斯《自然辩证法》。

形,道隐无名。"《列子·黄帝》中所载:"眼如耳,耳如鼻,鼻如口,无不同也,心凝神释,骨肉都融。"佛家所谓:"鼻里声音耳里香,眼中咸淡舌玄黄,意能觉出身分别,冰室如春九夏凉。"这些话,虽出自不同的学说系统,但讲的都是超感现象。唐代诗论家司空图则把这些理论应用于表述诗歌的审美鉴赏特征上,如《诗品·冲淡》所谓"阅音修篁,美曰载归。遇之匪深,即之愈希。脱有形似,握手已违",乃描述诗中审美意象的超感觉性质,说明这种意象只能以心与神来感受和把握,凭借一般的感官系统则无能为力。正如清人孙联奎在注释中所说:"音可阅乎? 阅音当即听香、读画之意。"[①]如果用习惯的感受方式和真实的价值尺度强求"形似",就会"握手已违",出现不可思议,无法领悟诗之真谛的情况,审美鉴赏也自然无法继续下去了。"素处以默,妙机其微。饮之太和,独鹤与飞",司空图认为,倘若能够进入一种超然物外,对客观外界事物淡默,乃至暂时忘怀的境界,把自己与审美对象融为一体,就能够获得这种"阅音"一般的微妙感受。

由于我国古代的"超感"说是强调以心与神把握对象,从而高于一般的感觉与感受,这就与今天强调从感官直觉入手,强调多种的感官感受同时诉诸心神有所不同。这主要在于,二者的理论依据本身就是有差别的。超乎感官,已经包含通感在其中了,但显然不仅仅限于通感,它的范围与内涵要比通感广泛、丰富。我们在上文中已经谈到,审美活动是不同于一般认识活动的,它不是从感觉的真实达到概念的真实,而是打破纯客观的规律制约,重新组合一个对象的世界,在这个对象的世界中直观自身,从而得到创造的愉悦和心灵的净化,亦即——从感受的独特、生动,达到情感的表现与精神境界的升华,因此,人们的审美感本身都可以是超乎日常一

---

① 孙联奎《〈诗品〉臆说》。

般感觉之上的，都可以说是一种"超感"，我们前面已例举过的诗句："让高速的车阵/把都市的庄严挤垮吧"；"清澈的寂寞/已完成在/一个明朗的梦里"；"一口沉闷的大钟/撕裂着纹丝不动的黄昏"；"凉夜如晚潮/浸上一级级歪歪斜斜的石阶"等等，都可以说是种超意象，然而并不是我们今天所理解的通感意象；相反，通感意象——"四月的黄昏里/流曳着一组组绿色的旋律"；"自行车的铃声悬浮在空间"；"沉重的叹息"；"七十二个人被淹灭的呼吁/在铅字之间曲曲折折地穿行"，"残月像一片薄冰/漂在沁冰的夜色里"，等等，则无一不是超感觉的。

其实，单就通感意象来说，我国古代抒情诗中也是颇为易见的，如王维的诗句："山路元无雨，空翠湿人衣"（《山中》）——并未下雨，但山中葱翠的颜色，却宛然浸湿了行人的衣装；李贺的诗句："东关酸风射眸子"（《金铜仙人辞汉歌》）——凄切的秋风，依稀带有催人落泪的酸味；柳宗元的诗句："欸乃一声山水绿"（《渔翁》）——欸乃的渔歌声与青山绿水织为一体，更是声色交融，大象浑然。此外，如"朝嫌剑花净，暮嫌剑光冷"、"玉轮轧露湿团光"、"霜重鼓寒声不起"（李贺句）；"蓝田日暖玉生烟"、"夜吟应觉月光寒"（李商隐句）；"几岁开花闻喷雪"（柳宗元句）；"香随翠笼擎初到"（韩愈句）等等，亦都明显地属于通感意象，而且上述这些例句尚仅限于唐诗。

由抒情诗本身的特质所决定，外国诗歌作品中也存有许多通感意象，如莎士比亚的诗句："这曲子传到我耳，像吹拂着/长满紫罗兰的河岸的甜美声音，偷走花香，又分送芬芳。"法国晚期浪漫主义诗人波特莱尔，还专门写过一首题为《交感》的十四行诗，认为在大自然中"味、色、青感应相通"，并以"像儿童肉体一样喷香，像笛音一样甜蜜"等等具体意象作为实例。受波特莱尔的启发与影响，象征派诗人韩波、魏尔伦、马拉美等，都着意在这方面做了探讨，如韩波著名的《彩色十四行诗》，就是把视觉同听觉交融起来，使人们通过听觉却感受到了视觉形象：

> 黑 A，白 E，红 I，绿 U，蓝 O，母音们，
> 我几天也说不完你们神秘的出身：
> ……

在这首诗里，本是代表着一定声音的字母，都具备了各种鲜明的色彩，并由此联想到了一系列具有形体、颜色、气味、声音、动态的感性形象，如由黑色的"A"联想到"嗡嗡叫的苍蝇身上的黑绒绒的紧身衣"；由白色的"E"联想到"高傲的冰峰"，"伞形花微微的振动"；而由蓝色的 O 联想到"号角的刺耳的奇怪的响声，被天体和天使们划破的寂静"，等等。但是，由于韩波等意象派诗人把追求通感效果作为一条创作原则，不免忽略诗情的真挚、动人，给人以为技巧而技巧的感觉，这样，尽管他们的尝试反映出一种自觉的创新意识，但其具体作品，却不易与鉴赏者发生审美共鸣。

正是在这一点上，舒婷诗中的通感意象显示独特的性格。这就是她凭借自己情思的敏锐与细腻，感受方式的新颖与独特，秉情会象，惟惟所宅，在"薄言情语，悠悠天钧"之中，自然而然地表现出通感、超感意象的妙趣。舒婷的中国古典诗歌的功底是较深厚的，从事创作以来，又有意识地借鉴了不少外国诗歌，因此，在她独具个性的意象结构中，既表现出我国古典诗歌传统的蕴藉、含蓄、超然物外，又兼有外国诗歌注重意象的直觉性、质感性的特点，很少留给人单调、陈旧、乏味，或是做作、卖弄，为技巧而技巧的印象，这同样也是她诗中通感意象的鲜明特征。

C、化抽象概念为审美意象

把抽象的、一般性的概念，变成具体的、生动独特的诗中意象，

这也是舒婷诗歌直觉特征的一个重要方面。

我们都知道,在平常的实际生活之中,人们已经形成了一整套对主客观对象既定的、抽象概括的方式,概念就是这样形成的。由于出于实用的目的,这种概念的规定方式都是特指的,单向的,具有普遍性的。它们已经把具体实体的外观形式抽象掉了。因此,在心理活动中,它们通常都是直接诉诸人的知觉经验与逻辑思维系统,而不需经过感觉、感受、想象系统,例如:思想、精神、记忆、愤怒、时代、谎言、灵魂、爱情、怀念、社会,等等。它们共同的规定性就是不具象、无外形、不可见、不可感,这与审美活动所要求的感性、生动、具体的对象,显然是直接悖逆的。然而,在舒婷以及与她同时代的一些青年诗人的作品中,我们却能发现,这类抽象的概念也变成了具有一定形、色、声、味等具体外观,完全可以进行审美感受的客体对象了。如:"记忆清澈如潮水/照见人人有过的十八岁"(《赠穿红衣服的少女》);"把属于你自己的/忧伤/交给我/带回远远的南方"(《北戴河之滨》);"美丽的梦留下了美丽的忧伤/人间天上,代代相传"(《神女峰》);"我留下了屈辱,/这变相的种族歧视/将把你如花童年遮掩。/呵,让重重苦难,/把我深深压在地底吧!"(《遗产》)……这种抽象概念感性化、意象化的诗句,几乎在舒婷的任何一首诗中都能看到,她对于把概念化为具象、意象的方法如此自如,仿佛那种抽象概念对她说来并不是抽象的和含义特定的,而是完全可以用直觉感受、把握、规定的具体对象。

黑格尔曾经这样论述概念的性质:"概念乃是内蕴于事物本身之中的东西","当我们进行判断或评判一个对象时,那并不是根据我们的主观活动去加给对象以这个谓词或那个谓词,而是我们在观察对象的概念自身所发挥出来的规定性。"[①]黑格尔是在专门论

....

① 黑格尔《小逻辑》。

述实存、质、规定性的哲学著作中讲这段话的,论述的是关于客观的真实性问题,这恰好同艺术的真——审美主体情感的真诚与精真(亦即我国古代诗人所讲的"性灵之真")形成鲜明的对比:在美与艺术的世界中,不是依据客观事物的内在规定性,而是按照人的主体性使一切客体对象产生新的规定性,从而充分显示出"人是万物的尺度"这一古老的命题,实现人的本质力量。你看,在舒婷的诗中不正是这样吗?"记忆"这个概念,本是代表人脑的一种抽象机能,无疑是不具外观形体的,然而,在《赠穿红衣服的少女》一诗中,它不仅是有形的,而且"清澈如潮水",能够照得见"人人有过的十八岁"("十八岁"也是由抽象变为具体的客体)。"忧伤"也不是实体物质,是不可能离开人单独存在的,然而,在《北戴河之滨》一诗中,它却能够作为某种实体交给某人,"带回远远的南方";诸如:"梦"、"屈辱"、"歧视"、"苦难"等等抽象概念,也都变成可感的实体存在物了。

这种抽象概念意象化之后,已经从这个概念原有的单一性与抽象性中解放出来了,它具有全新的、生动的外观,又保存着其本身的内涵,由于意象可感性、创造性、象征性、多义性等等特点,它势必表现出比原有的抽象概念本身生动、丰富的艺术规定性。而事实上,主观情感的微妙形态,主体对于宇宙万象的复杂感受,也是无法仅仅靠理性的抽象概念与封闭式的既定名词所能把握得了的,而抽象与具体融合成的新的对象,刚是一个开放式的、内涵丰实的对象,它能够容纳那些一般的抽象概念所无法囊括的复杂、微妙的感受,使理性与感性,现实性与可能性得到了沟通。——"言不尽意",所以才要"立象以尽意",我们的古人在几千年前就感到了这一点。

我们之所以把化抽象概念与具体意象的问题放在意象直觉性这部分探讨,是因为概念的意象化,与诗人的审美直觉具有直接的关系。其转变的过程,就心理活动线索来说,与创造幻觉意象是颇接近的,即首先以类似于幻觉的审美观照方式,把抽象概念直观为具有一定外在形态的具体客观对象,然后根据这个概念的固有含义与全诗的内在情感,用敏锐的直觉去创造新的审美意象——意象化概念。显然,这是一个包含着理性要素,又不经过逻辑推演的过程,依靠这个直觉作用的进程,诗人才得以打破时间、空间共同设置在人与主观、客观之间的固定关系,使已经冷漠、僵滞,失去具体性、生动性的语言形态同心灵丰富的感知变得协调起来。

　　以上,我们分三个方面考察了舒婷依靠审美直觉创造意象的一些基本特征。由于我国以往的新诗诗论较少涉及直觉问题,我想,有一点尚有必要进一步分析一下,这就是直觉与想象的关系。对于想象,以往谈及较多,我们都知道它是艺术的一个重要特征。但想象亦有不同的层次。使事物的形象脱离实体,以知觉表象的形式映现于大脑之中,这是一般的低级想象,这种想象,显然还没有超出客观真实性逻辑的限制,还没有迈入艺术想象的境界;格式塔心理学认为,表象组合(stnuture,即格式塔)是多重直觉经验和表象整体作用的结果,利用直觉表象流动性,可塑性的特点,从主体情感、欲念等意向出发,对表象进行分解与组合的改造,形成显示着人类精神意向性的新表象,这样的想象,才是创造型想象。审美创造的过程,就是进行这种创造型想象的过程,诗人、艺术家只有进入这种想象之中,才能够"寂然凝虑,思接千载;稍焉动容,视通万里。吟诵之间,吐纳珠玉之声,眉睫之前,卷抒风云之色"①,从而完成审美创造。对直觉意象的生成过程,我们不妨称之为直觉想象的过程,这种直觉想象打破了旧的逻辑关系,摆脱了一般真实表象的束缚,生成作品之中的新形象,它无疑属于创造型想象之

---

① 刘勰《文心雕龙·神思》。

204

列,而不是一般复映型的低级想象。然而,在创造型想象之中,直觉想象尚有其独特的风貌,这就是它总是从具体的客体对象直接进入创造想象,表现出明显的"错觉"状态和"幻觉"状态,这"错觉"与"幻觉"又常常混合在一起,表现出摆脱对象之既定客观性质的强烈的离心趋向。舒婷的许多诗歌,如《初春》、《岛的梦》、《土地情思》、《呵,母亲》、《船》、《珠贝——大海的眼泪》、《祖国呵,我亲爱的祖国》、《献给我的同代人》等等,无不表现出这一点。由此可见,直觉想象进一步扩大了创造性想象的天地,并且开辟了一条由一般客体对象直接进入审美创造的捷径,它标志着主体的审美活动更加自如了,亦说明,人类对于美的理解与要求更加明确了。

意象的并列与印证

——舒婷诗歌研究之三

舒婷诗歌的意象结构,是一种多层次、多风格的整体印象。意象的并列与印证就是其中的两个特点,前者给人以运动感,给人以力度;后者则给人以韵律感,给人以和谐。

意象的并列,就是不通过任何联接词语,而以排比或隔行反复的形式,把许多不同的意象用同一句式排列在一块,形成一种强有力的艺术情势;意象的印证,则是着意把一组意象与另一组意象(二者在外观上并无任何逻辑关系)叠印在一块,使两组意象组合相互映衬,以突出作品中某种特定的诗思与气氛。

下面我们逐一进行考察。

A 意象的并列

从意象的外观形态上考察,意象的并列可以分为单称的(即单一的)意象并列和意象群(即意象组合)的并列。前者,如《一代人的呼声》中的诗句:

……

　　为了各地纪念碑下,

　　那无声的责问不再使人颤栗;

　　为了一度露宿街头的画面,

　　不再使我们的眼睛无处躲避;

　　为了百年后天真的孩子,

不用对我们留下的历史猜谜；

为了祖国的这份空白，

为了民族的这段崎岖，

为了天空的纯洁

　　和道路的正直

我要求真理！

　　如上的每一个意象，都是一个可以独立、具有一定意义的整体，它们之间呈现一种相等同的并列状态，既无承接词语，也无转折句式。然而，若将其连贯起来把握，就不难感受到它们并非是无端无由地并列在一块，而是由诗人特定的内在情感线索所统辖的——这一个个并列着的"为了……"的意象，有力宣示了这一代人心中的正义感与历史使命感。

　　意象群的并列，一般是按照诗的特定句式或自然小节组合的，在《致大海》、《珠贝——大海的眼睛》、《秋夜送友》、《赠》等等作品中，都有这种意象形式。如《致大海》中的几句：

　　哪里是儿时挖掘的沙穴？

　　哪里有初恋并肩的踪影？

　　呵，大海，

　　就算你的波涛

　　能把记忆涤平，

　　还有些贝壳，

　　散在山坡上

　　如夏夜的星。

　　也许旋涡眨着危险的眼，

　　也许暴风张开贪婪的口，

呵，生活，

固然你已断送

无数纯洁的梦，

也还有些勇敢的人，

如暴风雨中

疾飞的海燕。

虽然如上两小节若单独抽出来都有独立的结构，但它们从句式、引式，到语气、情思，都具有内在相关的艺术规定性，相映成趣，相得益彰，抒写了一代人（当然首先是诗人自己）在生活的岔路口上，对往事的留恋之情与对未来的开拓之志。

如果从意象并列的内容层次上分析，意象并列又有意义同等分量的并列与意义逐次递进的并列——"不要哭了，孩子，/当你有一天想变为：/一朵云、/一只蹦蹦跳跳的小兔子、/一艘练习本上的白帆船，/不要忘记我。"（《白天鹅》）这几个并列意象，就没有什么递进的关系，它的作用，在于突出渲染作品的艺术气氛，强调诗中之"我"向往自由，向往幻觉境界的诗思，而这一效果，却是其中任何一个单称意象所表现不了的。

后一种，意象的内在层次逐渐深入、发展，这样的表现方式也很多，如《？。！》一诗，就颇有代表性——"那么，这是真的/你将等待我/等我把篮里的种籽都播撒/等我将迷路的野蜂送回家/等船篷、村舍、厂棚/点起小油灯和火把/等我阅读一扇扇明亮或黯淡的窗口/与明亮或黯淡的灵魂说完话/……"此组并列意象，开始，还是让人感到可以实现——播撒种子，点亮油灯和火把等等，但接下来，就逐一深入了——与灵魂说话，让大道变成歌曲，等等，这些意象，其作用无疑不仅是形式上的并列，而是表现出诗人的情感，诗思逐层深入的内在要求与目的了。下一节更为明显："即使我柔软的双手已经皲裂/腮上消褪了青春的红霞/即使我的笛子吹出血来/而冰雪并不提前溶化/即使背后是追鞭,面前是危崖/即使黑暗在黎明之前赶上我/我和大地一起下沉/甚至来不及放出一只相思鸟/但,你的等待和忠诚/就是我/付出牺牲的代价。"

——双手皲裂,春腮消褪,还是可以理解的,而"笛子吹出血来"、"冰雪并不提前溶化",意义则有所引申,接下去的"追鞭"、"悬崖"、"黑暗在黎明之前赶上我,我和大地一起下沉"等意象,其分量显然逐渐加重了。尤其是最后几句,层层递进的意象并列,犹如一个高于一个的潮头,冲击着鉴赏者心灵的岸畔,给人一种庄严感与命运感,烘托出了真正的爱情的崇高价值。

还有许多作品,是把以上形式综合融汇在一起进行意象组合的,像《这也是一切》、《祖国啊,我亲爱的祖国》等等,仅后一作品为例:此诗以三个"我是"起始,引出一组并列的意象:"我是你河边上破旧的老水车,/数百年来纺着疲惫的歌;/我是你额上熏黑的矿灯,/照在你历史的隧洞里蜗行摸索;/我是干瘪的稻穗;是失修的路基;/是淤滩上的驳船/把纤绳深深勒进你的肩膊……"

下一段,则把"贫困"、"悲哀"、"痛苦的希望"与"'飞天'袖间/千百年来未落在地面上的花朵"这些抽象和具象并列在一起,进一步直抒诗人的审美情感。

第三节中的五组意象——"刚从神话的蛛网里挣脱"的理想;"雪被下古莲的胚芽";"挂着眼泪的笑涡";"新刷出的雪白的起跑线";"绯红的黎明,/正在喷薄"等,彼此之间既是递进深入的,所构成的整个这一节又与前两节在意旨上构成递进关系。最后一节,意象的交错速度与递进频率愈加变快:

……

你以伤痕累累的乳房

喂养了

迷惘的我、深思的我、沸腾的我；

那就从我的血肉之躯上

去取诗

你的富饶、你的荣光、你的自由；

——祖国呵，

我亲爱的祖国！

在激情与韵律的狂涛之中，全诗戛然收止，充分表现了诗人对我们伟大祖国的赤子深情。

记得一九七九年，在北京举行的一次大型诗歌朗诵会上，著名表演艺术家孙道临以充沛的感情朗诵了这首诗，深沉而激跃的诗句，宛然早春携着东风的春雨，滴滴润入读者心灵的土壤，整个会场报以长时间、经久不息的掌声。人们为诗中真挚的情思、新颖的结构，奇特的意象而称赞不已，纷纷询问诗人的名字。当时的舒婷，还不过是一个个刚刚步入中国诗坛的后来者。杰出的艺术家，从来不仅创造艺术品，而且通过他的艺术品造就鉴赏主体。

在以前评论舒婷创作风格的文章中，有的人认为舒婷主要接受了西方象征主义、意象主义的影响；有人认为她主要得益于中国古典诗歌，尤其是李商隐、李清照等人的作品；还有人认为本世纪二三十年代徐志摩、戴望舒等诗人对她影响最大。然而，意象并列——这种在舒婷诗中占有相当重要地位的表现手法，不论是西方现代诗歌，不论是中国古典诗歌，不论是徐志摩、戴望舒等人的诗歌，都是并不具备、或极少见到的。为人们所忽略了的，是郭沫若的作品，尤其是堪称为中国新诗之奠基之作的《女神》。在《女神》中，意象的并列，是出现得最多，最能代表这部诗集特色的一种手法。而我们知道，郭沫若的《女神》，曾从美国民主诗人惠特曼那里找到突破口,上述这种表现手法,在惠特曼的《草叶集》中,则几乎比比皆是,惠特曼本人称之为"连举法"。但是,与惠特曼或郭沫若相比,舒婷的作品又具有明显的不同,先让我们看一下惠特曼的诗句:

在生产着的甜菜的上空,在开着黄花的棉田上空,在低湿田地中的水穗上空,/在尖顶的农舍上空,以及它附近由水沟冲来的成堆垃圾和细流上空,/在西方的柿子树的上空,在长叶子的玉蜀黍上空,在美丽的开着蓝花的亚麻的上空,在长满了低吟和营营声的白色和褐色的荞麦的上空/……(《草叶集·自己之歌》)

他的诗歌作品基本都如这上一节那样,汪洋恣肆,不拘音韵,仿佛是信笔写来,诗行往往长到无法按照抒情诗通常的方式排列的程度,诗人像是在昏暗的冥冥之中,眼前忽然展现出充满光明,充满生机的大自然,于是把自己骤然而来的冲动,无法抑止的诗情都投向大自然的怀抱,自己也仿佛成了这大自然的一部分了。正因为如此,他的作品多是直摹自然,单纯质朴,几乎没有象征与隐喻的成分,没有诸种直觉技巧的使用。这是一种青春年少——并未真正被现代社会复杂的生活矛盾所困扰过的热情,与舒婷用并列连举的意象抒发复杂、深沉的生活感受、表现她作为二十世纪七八十年代的中国青年严峻、执著的思考、探求是有极大不同的。

在郭沫若的《女神》中,其主要作品,如《凤凰涅槃》、《女神之再生》、《太阳礼赞》、《晨安》、《匪徒颂》、《站在地球边上放号》等等,都以形象的并列作为诗歌的结构方式。"连举法"在这里已经显永出颇多异处:句子的结构趋于规则,诗行的长度有所减短、形象本身内在的韵律感增强了,并且表现出一定的象征性与暗示性,这些显然都有别于惠特曼那种洋洋洒洒的散文化风格了。但若把《女神》与舒婷作品中具有相连手法的诗作相对比,则会发现,二者在意象的层次上还是具有颇多不同的。由于郭沫若的《女神》是表现整个时代要求跃出封建夔门,科学与民主的崭新时代精神横空出世的特定社会风尚,其诗多是直抒明快,慷慨激昂,犹如无法抑止的泉流,其气势,其力度、其激情,是诗人自己也往往难于控制的。因此,诗中的意象往往是信手拈来,并不更多提炼——就其整体美学风格来源,也无须更多提炼,《女神》中的作品,往往是感受到什么,就写什么,想到哪里,就写到哪里,如:从"单匀明直的丝雨"联写到"诗语";由"梳人灵魂的晨风"联写到"把我的声音带到四方去吧"等等,并不十分注意作品统一的特定之"意";气势博大的自然意象之中,理性色彩并不强,其特色是激昂放歌,而不是深沉反思。

舒婷的诗,却更多的是后者。她所表现的,是经历了"十年浩劫"的新一代青年对生活的感受、理解、思考、探索,因而不可能出现如同《女神》,如同《草叶集》那样对于客观大自然纯情的描绘与赞美——"不是一切大树/都被暴风折断;/不是一切种子,/都找不到生根的土壤;/不是一切真情/都流失在人心的沙漠里;/不是一切梦想/都甘愿被折掉翅膀。……"(《这也是一切》)

在诗歌直观形象之后,都有更深一层象征或暗示的含义,其创造性、表现性的色彩,无疑比新诗先驱者似的作品更浓重了。

即便如《四月的黄昏》、《中秋夜》、《日光岩下的三角梅》、《致大海》、《初春》、《致橡树》等等以自然事物为题目的诗作,也是多以自然物象为对应物,抒写心中之所思,着笔似与非似之间,间接地表现诗人深邃丰富的思想情操,而不同于《女神》、《草叶集》那种一泻不可收止的激情。特定的历史时代,决定了舒婷的诗情不可能是风驰电掣的瀑布,或玲珑清澈的浅溪,这正如她在诗中写的那样:我的诗情,"不是激流,/不是瀑布,/而是花木掩映中唱不出歌声的古井。"(《呵,母亲》)

从以上的对比与分析中,我们可以看到:舒婷的诗歌作品,一方面具有受从惠特曼到郭沫若等中外浪漫主义诗人作品影响的痕迹,并显示出与我国新诗源头的血缘关系,另一方面,她的诗,又具有自己鲜明的抒情方式与意象特征,既不全然等同于外国某一流派、某些诗人,又不全然等同于我国新诗史上与她的某些手法相通的诗人。从美学性格上看,她的诗只属于她作为一个独特的审美主体的创作个性——亦即诗人之谜;而从诗歌发展的历史来看,她的诗则只属于造就了她与他们一代人的特定的时代。在意象并列这一手法的运用上,她与同时代的一些青年诗人倒具有较多的相通之处,这恰好从另一个角度说明了舒婷作品的当代性。

B.意象的印证

我们在前边已经提及,意象的印证是把两组以上表面上并不相关,实际上却山诗人的情感线索辖在一起的意象或意象群叠印在一起,使二者相互作用、相互烘托,造成一种深远、含蓄的艺术气氛,这比如上分析过的感象并列更需要艺术匠心,因此,也比前者更具有内在的象征性与内涵的丰富性。

让我们先来欣赏一下《向北方》一诗:

> 一朵初夏的蔷薇,
>
> 划过波浪的琴弦,
>
> 向不可及的水平远航。
>
> 乌云像癣一样。
>
> 布满天空的颜面,
>
> 鸥群
>
> 却为她铺开洁白的翅膀。

这是一组由自然景物构成的意象群,在这些波浪、蔷薇、天空、鸥群之间,诗人并没有渲染出主观色彩的限定,这就使读者很快进入了诗中的境界。但在第二节中,诗人则转而赋予这组意象以主观的审美寄托了：

> 去吧，
> 我愿望的小太阳！
> 如果你沉没了，
> 就睡在大海的胸膛。
> 在水舟银色的帐顶，
> 永远有绿色的波涛喧响。

这一节中送出的"自然之象"，已与第二节的这组主体色彩明显的意象融为一体了，诗人所描写的，不再是一朵无由飘零的蔷薇，而是她情感的象征——"愿望的小太阳"，这两组意象，在鉴赏者心灵的荧光屏上组成了一个整体的意象结构：愿望的小太阳在"癣一样布满天空"的乌云之下，向着鸥群"洁白的翅膀"的召唤，开始远航了。与无垠的水域、乌云满天的环境相对映，希望的小太阳无疑太弱小了，当乌云化作暴雨，狂风卷起巨浪的时候，她将会怎么样呢？然而，诗中的情趣与格调始终是乐观、自信的："如果你沉没了，/就睡在大海的胸膛。/在水舟银色的帐顶/永远有绿色的波涛喧响"。诗人的情操，已由自己有限的、短暂的客观现实生活，升华到了无限的、永恒的美与艺术的境界。

若全诗到这里收止，当然亦可成为一首独立存在的诗作，但诗的内在容量却显得有些单薄，诗情的起伏也不够大，对此，善以构思精巧与联想奇特取胜的舒婷，当然是不会就此将诗结束的。你看，她紧接第二节意象群，又令人意想不到地送出另一组意象，同前两组意象紧紧印证在一块：

> 让我也漂去吧。

被阳光烫贴的风，

把我轻轻吹送，

顺着温暖的海流，

漂向北方。

　　这时，虽然全诗收止，但这三组层次不同，而又由内在不可分割的、同一的诗思所统辖的意象群，却因彼此间的巧妙印证而活了起来。它们不是可以用理性方法断然分开的三个单位，而是相互烘托，相互映衬，相互包含。这样，不同的审美层次，作用于不同感官系统，给人以不同感受与思索的各种物象、意象、象外之象融汇在一起，在情景交融，物我合一的境界之中，已让人辨不出哪儿是客观境象的描写，哪儿是主观心境的表现，读者既能感受到意象的生动、新奇、独特，又能从定向的审美情势中悟得诗人的韵外之致、味外之旨，从而得到哲理的思索、心灵的净化与审美的快慰。

　　意象的并列是连贯而直接的，不着意于整体意境的和谐与境象的象征效果，它追求的是力度与气势；而意象的印证却注重整体意境的渲染，更离不开暗示与象征的妙趣，往往一有诗，从总体上看就是一个复合的象征体，这种注重总体构成的意象象征性，并以叠出的意象印证、强化这种象征性，在舒婷的作品中是颇为多见的。有些诗采用的是共向印证——即以自然意象与主观意象、或主体色彩较强的意象相印证，如《落叶》、《四月的黄昏》、《枫叶》，以及刚才分析到的《向北方》等。也有的是反向印证——即通过两组形念与意旨都相反的意象群相对照，来反衬诗人所要表现的诗情。如在《童话诗人》一诗中，诗先用了"病树、颓墙、锈崩的铁栅"等象征着丑恶与没落的意象，然后，又送出"雨后的塔松/有千万颗小太阳悬挂/桑葚、钓鱼竿弯弯绷住河面/云儿缠住风筝的尾巴/无数被摇撼的记忆/抖落岁月的尘沙/以纯银一样的声音/和你的梦对话"

等一组象征美与希望的意象,二者的印证与对比,进一步表现出诗人向往真善美,相信真善美必定战胜假恶丑的高尚情操;并令人感到,由于有"被污染"的地方,因此,那些纯洁与清新的东西才愈加显得珍贵。

从表面形式上考察,意象的印证似乎不过是诗人的一种技巧,但若从艺术的本质构成上考察,它却是有深刻的美学与心理学基础的。因为一种可感的客观自然物象反映在人的脑电场中,总能唤起人类情感世界中一种与之相对应的力的运动样式,这就是所谓的"并质同构"原理,这种情形,贯穿了一切艺术创造与鉴赏领域,起着秉握审美意象推演与发展的作用,审美活动之妙谛亦在于此。诗人、艺术家在整个审美创造过程中,是按照美的规律,而不是遵守真的原则来组织意象的,由于审美的目的是在一个对象化、意象化的境界中表现人类的本质力量,因此,在审美创造过程中,人与非人,社会与自然,物理运动与精神运动之间,并无现实关系中的种种界限,只要形态、颜色、声音、气味等等在脑电场中形成的力的样式,能与主体精神形态的力的样式同形,就可以转化为表现主体精神现象的具体意象。如果说,并质同构原理可说明一切审美现象,那么我们所论及的意象印证,则是把这一原理复合化、集中化了,它不仅依靠物我交融的某单一意象,而且把两个层次不同的审美意象——物象与心象印证在一起,从而使一种表象的复合力与诗人的精神形态之力化合为一,从而产生出比单一的意象更强烈的艺术效果。

当然,任何艺术审美实践无不远远走在理论的前面。对于意象印证这一手法的运用,早在两千多年前我国的《诗经》中就能看到端倪——"昔我往矣,杨柳依依;今我来思,雨雪霏霏"(《小雅·采薇》)。唐代以后,随着我国抒情诗创作的全面发展与日趋成熟,这种意象印证的表现方法也越来越普遍地被运用,如"抽刀断水水更流,举杯消愁愁复仇"(李白句),前者是一个自然意象,后者则是一个直接表现诗人心境的心象,二者叠印在一块,用以表达诗人强烈的忧患意识;"问君能有几多愁？恰似一江春水向东流"(李煜句),也是一组印证。而"屈平辞赋悬日月,楚王台榭空山立"(李白句);"尔曹身与名俱灭,不废江河万古流"(杜甫句)等等,则属于意象的反向印证。

在本世纪初叶的西方诗坛上,英美意象主义运动的倡导者们,曾为中国古典诗歌一整套完备、纯熟的意象技巧而震惊,更为发现了意象印证这种具有神奇力量的意象组合方式而欣喜不已,他们在自己的作品中,也有意作了某些尝试,如庞德的这首《在一个地铁车站》:

　　人群中这些面孔幽灵一般显现;
　　湿漉漉的黑色枝条上的许多花瓣。

作者后来自己解释说:"这种'一个意象的诗',是一个叠加形式,即一个概念叠在另一个概念之上"。其实庞德追求的,只是一种一瞬间对某一客观场景的幻象,并将这种场景与幻象叠印在一起,由于是单纯的直觉印象,因此意象之间的潜在含义并不丰富。而与之相比,舒婷以及我国当代一些青年诗人们的作品,在这方面则显得纯熟、自如得多了。至于其原因,我想,民族审美传统的内在继承性,以及由特定的时代所造成的他们一代人特定的审美情感类型,此二者,同他们热心于尝试意象的印证和其他诸种意象技巧,该不会没有关系吧。

意象的流动转换

——舒婷诗歌研究之四

　　意象流动转换的过程,是一个诗人依据自己的审美情感和意象间的内在艺术关联,使诗思的表象不断发展、流动、深化的过程。

　　诚然,文学艺术的特质就在于,它是由一幅幅生动、具体的形象、图画构成的,而这些形象与图画,又都是以作者内在的情感因素作为发展线索的。我们所要分析的舒婷作品中的这种意象的流动转换,其不同于一般形象发展与深化的特殊性自然在于,它所利用、依赖的,主要是审美意识与情感不合于理性规则的自然流动,而不同于一般表现方法鲜明的理性成分。这种流动转换的意象,往往是精神现象自由流动与延伸的结果,后一幅意象与前一幅意象之间具有微妙的内在关系,实际上是前一幅意象自身发展造成的,而看不到诗人利用一般的逻辑关系组织与安排的痕迹。让我们先来比较一下舒婷的两首作品:

　　　　今夜的风中

　　　　似乎充满了和声

　　　　松涛、萤火虫、水电站的灯光

　　　　都在提示一个遥远的梦

　　　　记忆如不堪重负的小木桥

　　　　架在时间的河岸上

　　　　月色还嬉笑着奔下那边的石阶吗

心颤抖着,不敢启程

(《还乡》)

这是在"还乡"这种特定的环境之中诗人特定心理状态的写照。——风中的和声、松涛、萤火虫、灯光、记忆的小木桥、时间的河岸、嬉笑着奔跑的月色、颤抖的心……这些外表上按照一般逻辑关系并不相干的意象,实际上就是依据诗人内心的复杂感受组合成的。或毋宁说,它们就是诗人在刚刚到达阔别多年的故乡之时,涌出无数回忆、联想、感触这种心境的写照。这些似乎是零散的,却又彼此急骤变换着的意象,它说明着诗中之我复杂微妙的特定感受:"心颤抖着,不敢启程。"

但舒婷的另外一些诗,其意象间的组合方式则不是这种自由流动转换,如《群雕》一诗:

没有天鹅绒沉甸甸的旗帜

垂拂在他们的双肩

紫丁香和速写簿

代替了镰刀、冲锋枪和钢钎

汨罗江的梦

在姑娘的睫毛下留有尾声

但所有霜风磨砺过的脸颊上

看不到昨夜的泪痕

……

这首诗也完全是由感性的形象构成的,但是这些意象之间的理智的成分却是显而易见的——尽管这种理智成分并不直接出现,而是隐匿于一幅幅感性的画面之间。这是因为,这类作品的主旨,是表现一种理性色彩较重的情感,这样,为它所组合的各个意象的关系,就不可能如《还乡》等作品那样,是以自然流动转换的意象表现一种难以诉诸言表的感受与心境,而是诗人有意识的一种组合。毫无疑问,这两类作品所要表现的,是两种不同的情感类型,故它们必然各有各的形态特征。我们也并不是赞扬哪一种,或贬低哪一种,但由于以往人们都只注意到后者,而对于前者则较少探讨,而在舒婷的诗歌作品中,后者——意象自然流动转换的运用是比较突出的,因此,有必要对这种意象的连接方式予以探讨。

在舒婷的诗歌中,意象自然流动与转换的具体表现形式是很多的,除了上面提到的随诗人复杂、微妙的感性诗思而流动转换之外,还可以随意象间的内在审美关系而演变、发展,前一幅意象就是后一幅意象出现的前提,后一幅意象就是前一幅意象自身变异、发展的结果。比如《在诗歌的十字架上》中的意象:"红房子,老榕树,海湾上的渔灯/在我的眼睛里变成文字/文字产生了声音/波浪般向四周涌去/为了感动/至今尚未感动的心灵……"这组意象的流动顺序是:红房子、老榕树、海湾上的渔灯——眼中的文字——产生了震荡声音的文字——浪潮般翻涌的声音(形成一个整体的通感意象,具有交响音画的色彩)。若按照客观的真实逻辑,这些意象之间并无任何联系,更不可能有彼此之间的流动转换,然而,诗人依据美的法则,却使他们组合在一块,相互转化,相互包含,构成一幅有声有色的艺术图景。

与此相同的,还有《惠安女子》中的意象:"幸福虽不可预期,但少女的梦/蒲公英一般徐徐落在海面上/呵,浪花无边无际"。

梦——飘落的蒲公英——海面——无边无际的浪花,这几组意象也是彼此转换而生的,其结果是把动与静,抽象与具象融为一体了。

再看《馈赠》中的几组意象:"我的梦想是池塘的梦想/生存不

220

仅映照天空/让周围的垂柳和紫云英/把我吸取干净吧/缘着树根我走向叶脉/凋谢于我并非悲伤/⋯⋯","我的快乐是阳光的快乐/短暂,却留下不朽的创作/在孩子的双眸里/燃起金色的小火/在种子的胚芽中/唱着翠绿的歌/⋯⋯"

这里意象的流动转换,既不同于第一类仅以自由意识为意象发展线索,也不同于第二类单纯凭借表象间的自然联接,而是介乎两者之间。首先,把梦想与池塘融合为一(自由意识的流动)——被垂柳与紫云英吸取——缘着树根走向叶脉(表象的自然流幼):"我表达了自己我获得了生命"。当意象发展到池塘的梦想被垂柳和紫云英吸取干净时,意象的流动转换似乎再没有可能了,然而,秉着表象的自然发展,诗人却出人意料地"缘着树根"走向叶脉,又一次表达了自己,从而获得了生命。此处,妙趣与哲理,情感与表象融洽、自然地化合为一体,警辟、深刻的寓意竟表现得如此轻松、优美!

第二节中的意象:我的快乐——阳光的快乐——孩子眼中金色的小火——种子胚芽中绿色的歌。这组意象的流动转换与第一节具有异曲同工之妙,它们的共同特征都在于,把审美意识的流动与感性表象的流动结合起来,巧妙地利用客体对象的外在形式与内在特征,依据客体对象来自由发展审美情感,在主客体水乳交融的情势之中,推动意象的转换与流动。这种兼备意识流动与表象衔接之特点的意象组织方式,在舒婷的作品中也是颇为常见的,如《礁石与灯标》中"痛苦浸透我的沉默,/沉默铸成铁";《白天鹅》中"我被击穿的双翼蹑在暖热的血滴中,/血滴在尘埃里滚动,冷却成琥珀";《春夜》中"月光像蓝色的雾了,/这水一样的柔情,/竟不能流进你/重门紧锁的心房"等等。

此外,还有一类意象转换,是采取幻境化的方式,由一个意象唤起另外 一些意象。如《当你从我的窗下走过》一诗中:"灯亮着——在晦重的夜色里,/它像一点漂流的渔火,/你可以设想我的小屋,/像被狂风推送的一叶小舟……"灯光——夜色——渔火——小屋——一叶小舟,这组意象之间不是如同上述意象间彼此渗透的那种包含关系,也不是以理性意旨为主的一般连接关系,它是利用诗人对客体境象的直觉感和幻觉感,把不同的意象组合在一起的。

这种通过直觉、幻觉间接实现意象流动转换的诗句,在舒婷的其他作品中也经常出现。如《致大海》中:"也许旋涡眨着危险的眼,/也许暴风张开贪婪的口,/呵,生活,/固然你已断送/无数纯洁的梦,/也还有些勇敢的人,/如暴风雨中/疾飞的海燕。"《船》中:"隔着永恒的距离/他们怅然相望/爱情穿过生死的界限/世纪的空间/交织着万古常新的目光";等等,也都是通过直觉或幻觉关系引起意象转换的。

意象的流动转换过程、也就是意象自然发展与深化的过程,综其上述诸种形式,其总体特征在于:

第一、意象的流动转换,充分利用了人的情感表象始终处于不停顿的流动状态这一特点,使其与自然界万物万象的发展变化对应起来。恩格斯曾说过:"当我们深思熟虑地考察自然界或人类历史或我们的精神活动的时候,首先呈现在我们眼前的,是一幅由种种联系和相互作用无穷无尽地交织起来的画面,其中没有任何东西是不动的和不变的,而是一切都在运动,变化,产生和消失。"[①]这段话,概括性地指出了从宇宙万象到人的内心世界,无不发展、变化、消失、生成的根本规律,指出了自然界与精神界各种现象流动转换的自然性,随意性。当然,艺术创作还有它自己独特的规律,即打破客观真实世界的一般逻辑与时空概念,依据审美规律,以主

---

① 恩格斯《反杜林论》。

体的情感为线索,建立一个新的美与艺术的世界,确立不同于一般客观现实关系的艺术的时空关系。在如上我们欣赏到的意象实例中,一幅接一幅的流动意象,都是以不同于一般客观常规的审美意识的自然发展为线索的。常识告诉我们,在实际生活中,一整套客观规律无时不在束缚着我们,使我们不得不想办法去适应与掌握这些规律。尽管我们能够在一定范围中认识并支配某些规律,却无法从根本上摆脱客观时空关系的制约。福克纳说过:"凡是被小小的齿轮滴答滴答锯掉的时间总是死了的;只有时钟停下,时间才活了。"然而,即便时钟停止走动,却仍然停止不了潮涨潮汐,春秋代序,逝去的光阴非但无法复活,那些生视勃勃的光阴仍在持续不断地走向死亡。萨特也曾为此叹息:"人的不幸在于他被拒在时间里面。"时间上不能达到自由,在空间上也就无法实现真正的解脱。然而,在以上我们所分析过的意象流动中,却可以生动地体验到这样的审美事实:红房子、老榕树、渔灯等等竟变成了文字的喧嚣声,波浪般地向四周涌去;记忆变成了小木桥,架向时间的河岸(——逝去的时间复归了);少女的梦,像蒲公英一般徐徐落在海面上(——组成新的空间系统);人能够行走在树根与叶脉之间,并在种子的胚芽里唱出绿色的歌……生活固有的、紧紧束缚着人类的时空次序被冲破了,审美创造的力量,使客体表象在自由流动转换中重新组合,并在美与艺术的世界中达到了永恒——人终于在这个既非客观,也非主观的新的境界中,实现了自己力图规定时空、从而在根本上掌握必然的本质力量。"超超神明,返返冥无;来往千载,是云谓乎。"这种意象的流动转换,是一种超越客观的物我界线与时空关系的运动与变易,读者也正在这种自由的流动之中获得生命力的宣示与精神境界的升华。

第二、这种意象流动转换,又恰好暗合于人类意识运动随意性的规律。心理科学的试验表明,正常人在一般情况下所能意识得到的心理活动,只是他全部心理活动的一小部分,而除此之外的心理活动(即潜意识活动),在一般的意识世界之中是并不为主体本身所感知并把握的,只有当对于主体精神强有力的意识控制(这种控制已在超我的世界中由或然变成必然)处于松弛或随意状态的时候,那些潜在的意识信息才被释放出来,梦境中荒诞离奇的心念表象就是这种情况的突出情况;此外,一时的错觉、幻觉,以及无意之中对某一问题的突然领悟等等,也都说明了这种超乎一般意识现象的潜意识,说明了这种潜意识的随意流动性。"意象是诗人醒着的梦"——莱辛在著名的《拉奥孔》中的这个意象命题,把艺术审美活动与梦境中潜意识活动在一个"梦"字上联系在一起。审美意象如梦,因为它流动与转换的心理线索与人正常的意识活动线索是大相径庭的。我们已经谈到,在艺术创造过程中,我们不是遵循客观的真的原则,而是按照主观的美的规律,这种美的规律的特定情势——即:被充分渲染了的审美情感的力量,把人们后天形成的、对待现实生活的客观态度,把这种客观态度对自己潜意识不自觉的制动力与对抗力置于一种与梦幻相似的状态中。二十世纪重要诗人叶芝说过:"在创作和理解一件艺术作品的过程中,我们往往被引诱到睡乡的入口处,也许还会远远超过它,然而却丝毫也不知道我们已经步入标志梦境的角质或象牙大门了。"

"……我是一片落叶/躺在黑暗的泥土里/风在为我举行葬仪/我安详地等待/那绿茸茸的梦/从我身上取得第一线生机";"无数被摇撼着的记忆/抖落岁月的尘沙/以纯银一样的声音/和你的梦对话"。这些并不由理智把握与规定,而是自由流动、转变、组合的审美意象,实际上,不是已经跨越了一般客观生活中意识的藩篱,步入了"标志梦境的角质或象牙大门了"吗?亦如叶芝所说:"如果这一艺术作品形式多变,象征意味浓厚,而且又和谐悦耳,我们就会更容易地被引诱到上述境地。"舒婷的这些作品,其流动多变的意象形式,内在的象征性与韵律感等等,都完全达到了叶芝谈到的条件,标出了自由流动转换的审美意象,其超乎一般客观逻辑的运行轨迹。

当然,具有主观随意性与不自觉性的意象流动,并不全然等同于梦境。因为尽管二者的表象活动都呈某种随意状态,但艺术表象之间的衔接,却不是完全排除意识内容的,不可能如一般的梦幻那样,只是零散表象的无序组合。诸如《红楼梦》中香菱梦中得诗,音乐家帕格尼尼在梦境中创作小提琴独奏《魔鬼的颤音》等情形,多是由于这些作者在某一段时间内创作过于专心、过于辛苦,使意识出现连续性抑制状态,因此,睡梦中仍在继续着艺术思维、理智的成分了,也反倒更接近白昼的审美创造活动了。也许正因为如此,艺术大师莱辛才没有把意象说成是纯粹的梦魇,而只是强调它是诗人"醒着的梦"。

在这里,也许有必要指出,我国当代的艺术理论之中,往往对审美创造与鉴赏过程中意识活动的感性、随意性、超逻辑性特征注意不够,而习惯于以哲学认识论的一般原理来代替审美活动的特殊规律。当创作实践中提出感性、直觉、超感、潜意识等等问题时,不是进行实事求是的科学分析,使艺术家在创作中的审美经验得到理论上的总结与升华,从而反过来影响与指导创作,而是轻率地冠之以唯心主义、先验主义、直觉主义、非理性主义等等现成的帽子。采取不容分说,一概排斥的态度。这对于我们正确认识人类审美活动的特殊心理过程,对于掌握文学艺术创作与鉴赏的基本规律,无疑是一种阻碍。

在审美创作与审美鉴赏过程中,感性与理性、直觉与思想、超感与知觉、潜意识与意识等之间,本是水乳交融、浑然一体,无法断然分开的。只是审美对象本身都呈以感性形态,所以从总体上看,审美活动的理性内容融于感性形式中。

向着自在的艺术空间
——杨炼诗歌评述

詹姆斯·乔伊斯,曾把文学创作分为三个层面:

第一个(即最初的)层面是简单的"抒情阶段",这时作家笔下的东西仅仅作为个人情感的体验与表现,他只在写自己,只在说明自己。

第二个层面是"叙述形式"的阶段,文学不再是纯粹个人的,它开始变得复杂起来,作者像叙述自己一样,表述着不限于亲身经历的、较为丰富的东西。

第三个层面是文学的更高境界,这时,艺术家已超越了自身与现实的限定,他如同一个造物主、如同上帝——他创造着新的客体,他的作品成为能够摆脱作者自身的自在的世界。

但乔伊斯同时指出,在第三个层面上,这个艺术家、诗人、小说家必须是一个被放逐者,一个被他自己从一般世俗世界流放出来的人。

青年诗人杨炼的创作实践,仿佛在半个多世纪后又一次印证着乔伊斯的上述意旨。正如杨炼自己所这样谈到的:"人在行为上毫无选择时,精神上却可能获得最彻底的自由。人充分地表达自身必须以无所期待为前提。因此,他的诗只是他独自寻找的一条通往永恒之路:现在的永恒!"他第二次①是被自己流放到这个位置:成为囚禁他的时间当之无愧的叛逆者,"成为孤独地漫游于历

---

① 杨炼曾在农村插队,他戏称之为"第一次流放"。

史和现实交叉小径中的蒙面人。"①

一、他从"秋天"走来

八十年代第一早春,杨炼在《星星》诗刊的"新星"专栏里发表了《秋天》一诗。此诗创作于七十年代的最后一个秋天。

一九七八——一九七九,七十年代的秋天!这不是一个一般的自然季节,而是一代年轻人和我们整个民族走向成熟的秋天。这个特有的季节,没有辜负任何一个曾在她的怀抱中开拓、耕耘过的人们的心血,她捧献出了丰硕的思想、心灵之果。杨炼也正是从她那里得到了人类精神领域至高无上的——诗与美的启迪。《秋天》一诗鲜明地显示着这个季节特有的丰硕,它构成了诗人初试阶段的终结和真正诗歌生命的开始。

想用"现实主义"、"浪漫主义"或是"理性主义"、"非理性主义",乃至"意象"、"象征"或"现代派"等现成的概念来套这首诗,都将被证明是极不明智的,因为《秋天》本身是一个复合体,孕育它的年代决定了这一点。这里,既有浪漫的激情,又有些微的感伤;既有对传统艺术规范的冲击,又有极为鲜明的理性精神;既有近乎白描式的细腻笔触,又有隐喻,象征,意象印证等等诸种现代风格。

在寥廓而安谧的秋夜中,诗人对往事充满无限遐思。青春、友谊、爱情、憧憬、追求、期冀——"仿佛绚丽的秋天过去,一切都将蒙上冷漠的白雪"。但诗人却说:"分离就分离吧,逝去的就让它悄悄逝去",因为"秋天用红硕的语言叮咛,生命永远有新的含义!"

对已在"地平线上徘徊"的严冬,诗人没有一丝畏惧,相反,他心中却充满了挑战的亢奋与搏击之前的不安,他像一个昂扬、不甘

---

① 见杨炼《重合的孤独》。

平静的斗士,渴望着创造与开拓的快慰:

> 我渴望是一面战旗,
>
> 紫黑的灵魂把信念扬起;
>
> 但愿你是呼号的热风,
>
> 为我浴血的歌声作周年的奠祭。

诗人决心"迎向暴风雪,让冰冷的大火烧炸胸怀",他在严冬即将到来的时令疾声宣谕:"自由的新绿呀,在哪里? 我以不屈的灵魂,把你期待!"

在《秋天》中,杨炼展示了他作为一个诗人鲜明而强烈的主体特点:雄浑、劲健的阳刚之气;与激情共生泯的理性思辨精神;峥嵘倔强的挑战与叛逆性格。诗人的第一本自编诗集《土地》(收录了《秋天》),与上述精神也是一致的。

《秋天》使中国诗坛开始认识杨炼。许多青年人在传抄这首诗;北京某重点高校将它收入诗歌教学的必读作品集中;对他的评论开始出现在全国性的报刊上。不同艺术观念的批评家曾经从各自的眼光出发,试图把杨炼纳入他们自己所赞许的诗歌天地之内。然而恰在这里,诗人已在告别了"秋天"之后,步入了一个新的诗歌境界,他确认:"诗人的一生,应当是自我更新的一生。"①

二、在自然、历史、现实的焦点上射出艺术之箭

杨炼艺术探索的足迹在一刻不停顿地延伸着。从现代都市到乡村、大漠、高原;从个人情感心灵世界到历史、文化、古迹、废墟。

---

① 杨炼《传统与我们》。

像合于黄金分割律的矩形为最美一样,在审美创造中,现实、历史、自然三者契合一致的诗与艺术则被证明是最美的。杨炼是幸运的,历史与时代给予了他走上这条道路的机遇;而他本人对这一机遇的态度是:机遇不存在;但路在脚下。

一九八一年春,他完成了以七首长诗构成的组诗《太阳,每天都是新的》,集中写了南国的自然、历史。

一九八二年夏,诗人又完成了取材于西安半坡遗址的组诗《半坡》(初稿)。

以后,他又相继创作了组诗《敦煌》、组诗《诺日朗》(取材于四川九寨沟)、组诗《人与火》(取材予东北原始森林)、组诗《西藏》。

虽然都是在写历史、写自然、写人生、写文化,但这些作品的层次却是有很大不同的,它们在印证着诗人"太阳,每天都是新的"的信念。

在第一组长诗《太阳,每天都是新的》中,让人们体验到一种强烈的现实感。尽管诗人写了诸多历史与文化素材,但他却毫不掩饰自己透过这些素材,对中国社会现实、对每一个普通人其生活与命运的深切关注。

《大雁塔》中,诗人以内摹仿的笔法,把主体自身作为大雁塔的象征:"我被固定在这里/已经千年/在中国/古老的都城/我像一个人那样站立着/山峰似的一动不动/墓碑似的一动不动/记录下民族的痛苦和生命……"如果说,《大雁塔》把诗注视投向千古历史,那么《栀子花开放的时候》则把这种注视投向今天的现实。诗人以丰沛的热情讴歌了美丽的栀子花,美丽的南方——"栀子花开遍了南方的大地/那红色土壤和绿色庄稼的大地/那明朗得像月亮;喧闹得像海洋/朝天空辽阔伸展的大地呵/栀子花开放在这里:朦朦胧胧……"

然而,诗人的目光却无法躲过那些贫困、愚昧、落后,美丽的栀子花也无法掩饰它们："我在栀子花开放的南方大地上行走／我热爱，却又不得不为它痛苦流泪的大地呵／少女的歌声、孩子的喧闹和彩色的锦绣／都仍不能遮掩你的贫穷"。自然与人生的对立，理想与现实的冲突，使诗人敏感的诗心在一次次激动、枯萎，一次次疯狂地颤栗。

在这组诗中，诗人呼唤着青春与激情的回归；呼唤生命的歌声与"排成'人'字的大雁"并肩飞回；呼唤那如栀子花一样"蓬蓬勃勃，不屈不挠的爱情"。理性的思考与感性的复归在整个组诗中紧紧印证在一起。

《太阳，每天都是新的》无疑是作为对于《秋天》等作品之自我突破而出现的，在这里，已有的平衡被打破了，诗神向杨炼又一次展示了无限丰饶的艺术疆野。当然，旧的平衡的打破，要建立新的平衡尚须经过一个过程，因此，这组长诗，表现出比《秋天》等诗更高一层面上的"不成熟"。诗人磅礴的气势尚未能与一种恰如其分的艺术形式相契合，诗中的某些段落过直过显，甚至不拘于意象、不拘于结构、不拘于韵律。

正像对《秋天》的超越一样，《太阳，每天都是新的》的层面也很快就被杨炼所超越了。当他的又一批新作——《半坡》、《敦煌》、《屈原》、《诺日朗》等等出现于读者面前时，它们又已展示了一种更高意义上的平衡。

这里是组诗《半坡》中的诗句：

> 我游遍白昼的河滩，一条蛇尾
> 拍打飞鸟似的时间，化为龙
> 我走向黑暗的岩谷，一双手掌
> 摸索无声的壁画，变成鹰

诗人将具象与抽象,可见与冥想奇妙地组合在一起,熔铸为自己诗的实体,语言具有张力感地收缩,与意象的流变契合无间。它们让人感受到中国神话传说的无穷奥秘,感受到它们难于诉诸语言的非理性延续。

也许正是由于历史的这种非理性延续,使诗人放弃了穷究历史内在神秘规律的动机,他要登上文化的"采石矶"——凌然于历史与自然的潮头,在更高的境界上把握自然,把握历史、把握现实与人生——"此刻,高原如猛虎,被透明的手指无垠的爱抚/此刻,……森林漫延被踩躏的美、灿烂而严峻的美/向山洪、向村庄碎石累累的毁灭公布宇宙的和谐/树根像粗大的脚踝倔强地走着,孩子在流离中笑着/尊严和性格从死亡里站起,铃兰花吹奏我的神圣/……"(《诺日朗》)

这些意象组合,超越了一般的现实生活表象,也超越了历史与自然的具体表象;它们既蕴含仿佛幻境般的自然与历史的片段,更摄入了自然与历史的灵魂,它们超越了现实,却让人感受到宇宙硕大的心灵在八十年那浑宏的律动声。它们丰富、深邃的内涵,使得自然、历史、社会、人的心灵整体地、浑然无痕地成为我们的审美观照对象。

——读者们显然不会忘记,当《诺日朗》出人意外地出现于一九八三年的中国诗坛上,使当时的诗坛产生了怎样的震颤!这道似从天外射来的强光,使得那些已惯于在狭小与昏暗的诗歌大地中偏身摸索诗行的某些诗人与诗歌评论家睁不开眼睛,乃至起而诅咒和攻讦;但它也使得那些无法忍受当时诗坛之昏暗与喑哑,期待着电的强光与雷的轰鸣的诗心为之欢呼!一位青年朋友不无激动地说:"中国诗坛只有一首诗,就是《诺日朗》!"也许这只是一位读者对杨炼、对《诺日朗》的偏爱,但这首诗磅礴的气势,恢宏的结构,深邃丰富的浑然之大象,鲜明浑厚的象征意蕴与主体创造色彩,确使它当之无愧地成为中国当代诗坛的翘楚。

三、从茫茫时空到冥冥宇宙

经过几年孜孜不倦的探索,杨炼的诗终于抵达了这样一种境界,它们不再是诗人个人情思意绪的直接宣泄与抒发,不再是对于现实生活与时代心理的某种反馈,也不再是某种单一历史或文化实体的图解或复述、抑或对它们的艺术性再观,它们开始成为超越时空之上的自为的存在,一种主体实现和再造自身的一种生命形式——

"任何反抗都没有可能达到你在诗中所作的,完全突破时、空的界限。诗介乎于声音和寂寞之间,成为一种穿透感官的神奇现象,既清晰又缥缈,既具体又抽象,现实而永久,动荡而安宁,不可接近,也无法远离。你的、他的、整个生命和自然,构成媒介性的语言。历史、命运、变幻的心灵在这个宏伟而精致的'框架'中,静静地呈现出自己的形象。"①

这段话集中反映了杨炼今天的诗歌观。

这种诗歌观念的形成,是一个在创作中渐进的过程。在《半坡》、《敦煌》、《诺日朗》、《西藏》等组诗之中,杨炼就已多次表示了这样的意旨:"被历史抛弃也抛弃了历史/……把不知不觉充满罪恶的时间杀死"(《半坡·石斧》);"连永恒也遭到瓜分——没有昨天与明天"(《敦煌·高原》);"期待不一定开始/绝望也未必结束"(《诺日朗》);"这巨碑,镌刻天象,无视而不朽。泰然高矗而久已逝去"(《逝者·二》)。所有这些诗句,表现了一种独特的时间观念,一种对一般时间观念的超越。

只有超越了时间的桎梏,才能从根本上征服死亡。诗人视死亡为与生命同在的一个永恒的环节。因此,完全占有生命,使主体

....

① 杨炼《重合的孤独》。

的自主性与创造力渗透生命的每一个环节之中,就构成了一种永恒,一种包含了死亡在自身的永恒。——"讣告/从诞生第一天就已发出/我独立醒来"(《半坡·石斧》);"每一秒钟的活对你于无穷的死。所有过时足以永恒"(《逝者·三》);"死亡凛然不移,显形于一个触目的极限——逝者,放逐幻象如归鸟,示众之失宣谕四维,于某地。"

对于时间与死亡的超越,使人的心灵形式与诗与美的存在形式达到了最大限度的契合,从而展示为一个永恒的"智力的空间",一个扬弃了单一、个别、偶然的存在物,包含了整个宇宙精神在内的艺术的空间。这个空间真实而虚幻,具体而抽象,无所在而又无所不在,无所指而又无所不指。在这一空间之中,诗人已经远远逾越了具体技巧的尝试,他在作品中体现的是这种空间张力感的贯穿力,这种空间所包容人类经验与宇宙精神的广度与厚度。诗人认为:这样的诗歌,"它不解释,而只存在。由于存在使读者在不知不觉中被渗透、改造、俘获而置力其中,""这个自足的实体,兼具物质与精神的双重特性,永远运动而又静止。"[1]

此刻,再回眸诗人所经历过的前几个阶段,令人感到,它们像是在不同层面上耸立着峰峦,显露着各自的风姿,但已经在诗人更高的俯视之下了。诗人正走向云霞如炽的更高的峰巅,走向诗与美的自在空间,同数年前在七十年代末那个特定秋夜之中的杨炼一样,面对遥遥峰顶、茫茫天路,诗人仍然毫不迟疑,毫无倦意……

....

[1]　杨炼《智力的空间》。

中国当代文坛的奇观

——近年来新诗潮运动述评

说它是奇观,因为它打破了中国当代文坛、诗坛数十年来缺少流派、缺少真正的艺术创新与理论争鸣的寂静,以自己诗的语言,宣告了中国诗歌发展史的一个崭新阶段。

说它是奇观,因为它竟引起诗坛、文坛如此巨大的震颤,而这由欢呼和诅咒、呐喊和围攻、喝彩和叹息杂糅而成的震颤,又绵延如此之长,波及如此之广——从七十年代的傍晚,一直到这八十年代的正午;不仅诗歌界,整个文学艺术界,乃至超出文艺界的许多人们,海外异邦的许多眼睛,都向它投以热切的关注。

说它是奇观,因为它竟不同于突呈异彩的地光或如幻如梦的虹霓,一瞬之间就消逝得无影无踪,只留给人们以记忆与感怀。它以自己似乎是不可思议,事实上却是完全合乎情理的内在规律性,顽强地存在着、发展着(尽管有人在一九八二年初就试图抢先清算它的"命运"①)。不管中国文坛是晴是晦,是风是雨,它像一幅正在创作过程之中的长卷壁画,在雨雪风霜的不同笔触与不同氛围之中,不断展示出一组组不同的画面,把自己完整的容貌逐渐呈现给诗歌艺术的历史画廊。

——就对固有艺术惰性的冲击与对我们民族新的艺术审美经验的发掘说来,这一新诗潮的贡献,明显地超过了近年来小说、戏剧、电影、音乐、舞蹈、雕塑等等文学与艺术形式的创新。

---

① 见《当代文艺思潮》1982 年第 3 期:《朦胧诗的命运》。

本文试图对这一"奇观"的发生、构成以及发展的基本情况作一个粗线条的勾勒，旨在当这一新诗潮即将成为我们诗歌传统的一部分，而犹未失去其本身艺术活力的时候，让它给我们当今与今后的艺术拓新留下更多一些经验与启迪。这里，我准备以回顾性描述为主，而不过多地作理论上的阐述；但当读者跟随本文重新览略了如上奇观发生、发展的基本过程，也许已经得到了一种理论的升华，而且这理论就根植于具体的现实之中。

关于所谓"朦胧诗"的概念

在我写作本文初稿的时候，曾准备完全不使用"朦胧诗"这个概念，因为我一直觉得，"朦胧诗"这一名词本身，并非是一个严谨的、科学的概念，而是当新诗潮运动刚刚兴发之时某些诗人和评论家因一时"读不懂"这些作品，气闷之余，随意送给它的戏称，并未经过认真的分析与科学的阐述。因而在这样一篇回顾、评析这一诗潮发生、发展过程的文章里，轻率地延用这一概念，会不会造成历史的含混与理论的混乱呢？

另外，我也注意到，无论是构成这一新诗潮的青年诗人还是支持、赞助这一新诗潮的评论家，都尽量避免使用这一概念，即并未对这一概念予以认可。因此，使用这一概念就似乎更缺乏充分的根据与现实的合理性了。

事实上，这些诗歌作品今天已再很少有人表示"读不懂"，而即使是在当时，广大青年读者以及相当一部分中青年读者也并不感到"不懂"或"朦胧"。记得上海的一位青年评论家——李劼在回忆他当年第一次读到舒婷、顾城、北岛等人的诗歌作品时，曾这样写道："我着实惊呆了。在自己的诗中我没能写出的我自己，却在别的诗中奇迹般地发现了。而且，我敢说，还有许多像我这样的青年会在这样的诗歌里看到自己的影子。别人称谓的朦胧诗,在我却觉得一点不朦胧。我要毫不讳言地说,我非常喜欢朦胧诗。因为,它是真诚的。它的这种真诚,将使千万颗年轻的心灵成为它停泊的港口。"①李劼的这段话,在广大读者、尤其是青年读者之中是颇有普遍性的。事实上,在他们那里,"朦胧诗"一语已不再是一个贬义词,而毋宁说是一个爱称了。这种情况在历史上是不乏先例的,像"多余的人"、"迷惘的一代"、"黑色幽默"等等称呼,都并不为作者本身所接受,细究起来,也并不见得合理,但它们却被延用下来,而且名正言顺地写在了文学史上。因此,现在执拗地排斥"朦胧诗"这一名称,似乎已无必要。

以上是一个简约的说明.下面,我们将要把回溯的目光投向七十年代末,尽管这个年代对大多数读者说来还只是昨天,但对于许多刚刚步入文坛、诗坛的后来者们,这却已经是一个陌生的年代了。

一 "解冻"与"不满"的一代

"思想解放运动"的惊雷,不但劈开了冻结着人们思想的极左思潮的冰川,而且它随之带来的思考与探索的春雨,也使中国几近荒绝的文苑诗坛泛出了新绿。

在一定时代的艺术舞台上,年轻一代的艺术家、诗人们是否具有一种与他们的长辈们有所不同的艺术主张与美学追求,是否隐蕴着一种反抗传统的巨大的潜能,从来是考察一定时代、一定民族的文坛艺苑会否有较大造就,会否在数年之中突呈异彩——为文学艺术的辉煌历史再翻开新的一页的重要判断标准。自从一九七

---

① 见《当代文艺探索》1982 年第 3 期。

八年以来,中国诗坛的一大特点,就是青年诗人们开始越来越不安分守己。他们意识到,他们的父辈诗人们在五、六十年代、乃至"文革"之中所选择的那条诗歌之路,是走不通的,他们试图为自己开辟一条新路。这样,他们不仅表现出对周围诸多现象的"不满"(详见骆耕野《不满》一诗,此诗曾获全国诗歌创作奖),而且对那些试图帮助、引导他们的中、老诗人们颇有微词。在一个全国性的当代诗歌讨论会上,当一位老诗人又一次表示"引导"之意时,一位青年诗人竟直言回敬道:"现在还不知道该谁引导谁呢!"

思想的"解冻"对于这一代人的构成,其意义是难以估量的,而这一代人新的思想意识对于我国诗歌与整个文学艺术"复兴"之影响,其意义同样是不可估量的。它使得冰滴化作清新的思想,使得这清新的思想能够走上报纸、刊物、书本,在人们的精神领域畅然流荡、交汇。同样,它也使得以前那些"手抄本"有机会公开发表,或以某种"半公开"的方式在青年中传阅、品评、渗透,使潜在的艺术力量得以实现。

正是在这七十年代末,这批诗歌新潮的先驱者们的作品进入了一个演练的阶段:他们以自己创编的油印刊物《今天》为园地,集中发表了数量较为可观的诗歌作品。北岛、江河、舒婷、芒克、杨炼、顾城等等诸人的作品都先后在这个刊物上发表。尽管该刊物并非公开出版物,但在几个大城市的高等院校与青年工人中却是很有影响的。《今天》上的诗歌,水平并不一致,不少尚处于初试阶段,但它们在美学风格上却构成了一种整体感,一种新的诗歌气息,这种总体性的诗歌气息对当时青年一代的诗歌趣味影响是巨大的。一九七九年,北岛的《回答》、舒婷的《致橡树》、《这也是一切》、《祖国呵,我亲爱的祖国》等等作品,开始出现在当时的全国唯一的一家诗歌刊物《诗刊》上。诗歌界逐渐对他们的创作引起注意。

在这前后,诸多高等院校的文学社、诗社,也自办起一批刊物,如北大的《未名湖》、人大的《林园》、北师大的《初航》、吉大的《赤子心》、武大的《珞珈山》等等(几乎每所高校都有这样的刊物)。这批大学生刊物上发表的诗歌,也都表现出与六、七十年代社会上流行的诗歌颇不相同的风貌。而经过相互间的影响、渗透,其美学倾向,开始日益向《今天》上的作品靠拢。其中最为典型的是吉林大学的《赤子心》诗刊,这个刊物上发表过的诗歌,初期尚未从传统诗风中全然脱胎出来,而后期,该刊的主要作者:徐敬亚,吕贵品、王小妮等人,却逐渐成为构成本文所评述的这股新诗潮的诗人,并以其标新立异的创新在全国产生影响。

——历史将诚实地记住那些不无稚气,却充满生机的自办刊物;记住那些每天被无数创新的欲念与灵感侵扰得无法安宁、甚至睡梦中还在作诗的诗坛开拓者们;记住我们诗的民族这样一个崭新的、诗的年代。

二　新诗歌观念

诗是什么？这是一个数千年来众说纷纭、争论不休的问题。对于这一问题的不同回答,反映了种种不同诗歌观;而不同的诗歌观,又由面貌各异的诗歌作品簇拥在它的周围。一个真正的诗人,他也许不采用逻辑严谨、文字简约、表述有序的语言把他的诗歌观念抽象出来,但他却不可能胸中毫无关于诗的一定观念。

十分明显,构成文坛上某种奇观的这股新诗潮,是作为对于五十年代末至"文革"十年这段时期中诗的一种反拨而出现的。从五十年代末开始,流行的诗歌观是一种非诗的诗歌观,即诗作为一种艺术形式本身独立性的减弱,乃至逐渐消失,除了其特有的分行、押韵,词彩上的修饰之外,几乎等同于宣传口号。这就使得诗歌直接依附于社论、讲话、文件、政策等等非艺术的东西而存在,为宣传、教化、配合运动而存在。诗是什么?诗是运动的号角,是阶级斗争的刀剑与炸弹,是扫除牛鬼蛇神的铁扫帚。于是一次运动,一大批诗,运动逐渐被否定,诗也随即变得一文不值。实质上,这种"诗歌观"是一种取消诗歌的诗歌观,它把诗歌存在的根据从诗歌自身外化到其他客体上去,这样,诗就不是因为本身的属性而存在,而是因为那一客体的属性才存在;它不是目的,只是一种手段、一种工具,而它作为一种艺术的本质规定性却已经不复存在了。由于它存在的根据是在别的对象上,那么这种对象一旦被否定,所谓的"诗",当然也无所依附,也就失去存在的可能与必要了。这样一种"诗歌观",显然不是一般的偏差或失误,而是诗的一种灭顶之灾——十年浩劫之后,诗坛的满目凋敝,就是这种诗歌观最终的现身说法。

作为亲眼目睹了这种惨境的诗坛后来者,新诗潮的诗人们作诗的最基本宗旨就是"诗首先是诗。诗作为直接的政治宣传品的厄运早该结束了!"(杨炼)他们呼吁:"诗人,请带上自己的心""诗是诗人心灵的历史"(芒克);他们认为:"诗没有疆界,它可以超越时间、空间和自我;然而,诗必须从自我开始"(北岛)。由于有本体论作为诗歌观的基础,把诗作为目的本身,随着探索的不断深入,他们的诗歌观也在日臻成熟和完善。

"一滴微笑的雨水,也能包容一切,净化一切。在雨滴中闪现的世界,比我们赖以生存的世界,更纯、更美。"万物、生命、人,都有自己的梦。每个梦,都是一个世界。……我也有我的梦,遥远而清晰,它不仅仅是一个世界,它是高于世界的天国。"——这是顾城以诗的感受与语言对自己的诗歌观的表述。

"诗人应该通过作品建立一个自己的世界,这是一个真诚而独特的世界,正直的世界,正义和人性的世界。"——这是北岛宣言式的凝炼、简约的表述。

"继承一种经过无数生命过滤的语言，并创造一个与这世界最隐秘的因果关系相连的超现实世界：一首诗，一个俯瞰平庸万物的奇迹！"诗介乎于声音和寂静之间，成为一种穿透感官的神奇现象：既清晰又飘渺，既具体又抽象。……你的，他的，整个生命和自然，构成媒介性的语言。"——这是杨炼显然经过了深思熟虑的论述，显示着他诗人兼诗论家的睿智与文彩。

他们的感受方式与表述方式各不相同，但却有本质上相通的一点，这就是，他们都认为：诗是一个由诗人创造出来的、超于现实之上的独特世界。创造这个世界，就是诗的目的本身；诗并不依赖于某种外在因素才能成立。这个世界，由诗人的情感意绪规定一切法规，因此，它不受客观时空观念与语言逻辑关系的限定制约。

但这个由诗人创造出的美与艺术的世界，又绝不仅仅属于诗人自我，它超越自然，超越时空，也超越自我。"历史、命运、变幻的心灵在这个宏伟而精致的'框架'中，静静地呈现出自己的形象"；"每一首诗都成为对人类感受和表达能力的一次发掘。每首诗都涉及无限"。（杨炼）

由于有这种以语言为媒介，构成一个情感表象世界的总体诗歌观，由于他们诗的世界是一个超时空、超自然、超现实，超自我的世界，因此，这些诗人们诗的感受方式本身就是"超感"的——亦即超乎一般感觉与知觉常规的。它们具体表现如下：

在诗歌的最基本单位"意象"的构成上，可以看到通感、交感、直觉、错觉、幻觉等感受方式的自如运用，可以看到抽象概念与潜意识穿上了奇特的具象化的外衣；

在意象之间的连接、组合上，超越现实生活中的常规因果链条与思维的逻辑关系法则，依据意象的形、声、色、味等等外观因素，使表面上看来并无任何关联的意象与意象群之间建立同态对应，依此规律,使意象自由流动、转换、烘托、印证。

在诗的总体营造与结构上,既注重总体构思的象征性,又广泛运用"兴在有意无意之间"的结构方法,并自如穿插跳跃、省略、"蒙太奇"式的自由联接、感受角度的突然改变、多重意识交替介入等方法,以打破一般思维秩序的网络,增加一首诗的空间感、张力感与内涵量。

如上特点,只是对这些青年诗人整个创作特征的一个简约概括,而具体作品与这样对总体观念的概述相比,总要丰富、生动得多。但是由于篇幅上的考虑,加之我在另外几篇文章中已经有所谈及,因此,本文就不再作更具体的分析与说明了。若读者对此有兴趣,可参看我的另外几篇文章。①

如上所述的这样一种诗歌观,这样一系列全新的诗歌构成形态与表现方法,它们之出现于七十年代、八十年代之交,对于刚刚从"文革"浩劫的瓦砾中走出来的中国诗坛,将会造成怎样的冲击,与这种冲击一同而来的阻力又将是多么巨大——这是不难想象的。

三 最初的交锋与交锋前的宁静

冲击交没有即刻就在诗坛显示出来。当《诗刊》发表了两三首这样的小诗,诗歌界并未对它们予以很大注意。而那些自办的油印刊物,也只限于在文学青年中传阅,同样尚未形成巨大的冲击波。

----

① 这几篇文章是:《新时期诗歌的基本美学特征及其评述》(载《诗探索》第 10 辑);《诗与美的巡礼,》(载香港三联书店《读者良友》创刊号);《我国当代诗歌对意象审美表现》(载 1985 年《文学评论・当代文学专号》)。

当时特定的社会心理与读者们长期以来形成的特定的诗歌兴趣，决定了新的艺术原则与艺术形式必须经历一个潜移默化的启蒙过程。因为对一定美学观念与艺术形式的适应与把握，是鉴赏者心理上逐渐积淀艺术经验的结果。只有经历了这样一个潜移默化的过程，新的艺术形式对广大已经习惯了以往艺术形式的读者说来，才不再是一座看不见门窗、无法进入的城堡，才会呈现为一座新奇美妙、令人留连的宫殿。

读者们当时所习惯并所期待着的，是《将军，你不能这样做》、《举起森林一般的手，制止！》等等具有巨大社会影响，能引起各个阶层的人们普遍关注的诗。这无论从当时的哲学思潮（真理的实践标准对"两个凡是"的否定）、社会心理（反官僚主义与不正之风），还是从上述提到的诗歌欣赏习惯来看，都是情理之中的，是极为正常的。

人们期待着——期待着这种振臂一呼、众声鼎沸、犹如海啸山崩的政治抒情诗再次出现。但是意味深长的是，人们所期待着的这种诗歌，却始终没再出现。同样惹人思索的是，对于这种情况，大多数读者并未感到很大的失望。在这段难得的平静之中，诗歌最主要的读者：青年一代读者们——这经受了十年动乱，因此迫切渴求真善美，渴求心灵的沟通，渴望呼吸新鲜的思想与艺术空气的一代人，已经与本文所评述的这些他们同代人的作品——这些追求真善美，闪烁着人性美、人情味、人道主义思想火花，而致力于艺术创新的作品产生了审美共鸣。上述诗人们的创作，则又与兴发于同一块土壤，因而彼此间相通、相近的其他青年诗人们的创作影响、渗透，于是声势日趋见盛，作品日趋见多，影响也日趋见大。一批感知敏锐，能与这一代青年诗人心灵相通的编辑们，通过"新星"、"新人新作"、"诗坛新一代"、"青春诗会"等等新颖别致，而又顺理成章的专栏、专辑，使这些作品纷纷然呈现于《诗刊》、《星星》、《上海文学》、《福建文学》、《文汇月刊》、《春风》、《长江文艺》、《人民文学》、《萌芽》、《青春》、《芒种》、《四川文学》、《长春》、《丑小鸭》等等诸多具有全国影响的诗歌与文学刊物上。这样，也就使得更为广泛的、各个层次的读者普遍注意到这些被称为"新星"或"怪客"的诗坛新人们。

短暂的宁静仿佛已经完成了它的使命，于是在诗坛的地平线上永远消失了。

首先到来的是尚未诉诸笔墨的舌战。在一九八〇年春天的南宁诗歌发展问题讨论会上，围绕青年诗人的创新问题，展开了颇为热烈的讨论。一部分与会者赞同这种探索与创新，认为这发生于中国当代诗坛是难能可贵的，应予支持、扶植；另一部分与会者则认为这些创新的方向问题值得注意，因为他们（指这批青年诗人）有脱离传统、脱离现实主义轨道的迹象，必须予以引导，予以批评与帮助；第三者则是较为公允的中间派，他们主张予以创新者们一定的宽让与自由，同时也要帮助他们注意自身的偏差。这场讨论由于缺少必要的理论准备，进展得并不能说十分深入，其气氛与后来的北京会议、昆明会议等相比，也还没达到后者近于"白热化"的程度。但它却是近年来围绕这股新诗潮热烈、持久争鸣的一个序曲；既然序曲已经鸣奏，那么它所引出的各个乐章，当然也就要依次在诗坛上空回响了。

四 "在新的崛起面前"——谢冕的敏锐感知与平和态度

南宁会议之后，谢冕在一九八〇年五月七日的《光明日报》上发表文章：《在新的崛起面前》。

作为一个历经了五十年代以来历次运动、历经了十年动乱的评论家，能够看得出，谢冕在写这篇文章的时候是相当谨慎的，平和的观点,平和的态度,平和的文风。谢冕不是、也并不试图摆出这一新诗潮的理论家的姿态,它是作为一个长者,一个公正的诗歌批评家身份发言的。

该文章并不长。谢冕主要表述了如下几个内容:

第一,诗坛目前所面对的实际情况——新诗面临挑战。"人们由鄙弃帮腔帮调的伪善的诗,进而不满足内容平庸、形式呆板的诗。"他提出:"一批新诗人正在崛起,他们不拘一格,大胆吸收西方现代诗歌的某些表现方法,写出了一些'古怪'的诗篇。"他们是新的探索者。这情况之所以让人兴奋,因为在某些方面它的气氛与五四当年的气氛酷似。"

继之,谢冕在文章中从考察历史的角度回顾了"五四"以来,中国新诗走过的历程。他指出这样一种事实:即六十年来,我们新诗的道路越走越窄。他认为,"这是受我们对于新诗发展道路的片面主张支配的。片面强调民族化、群众化的结果,带来了文化借鉴上的排外倾向。"针对这些情况,该文章集中论述了对于"传统"的看法——"传统不是散着霉气的古董,传统在活活泼泼地发展着。"并通过郭沫若、艾青成功的例子,说明外国诗歌的影响加入我们的诗歌中之后,也属于中国诗歌传统的一部分了。

最后,谢冕在文中呼吁批评界接受以往多次对作家作品"采取行动"的教训——"我们有太多的粗暴干涉的教训(而每次的粗暴干涉都有着堂而皇之的口实),我们又有太多把不同风格、不同流派、不同创作方法的诗歌视为异端、判为毒草而把它们斩尽杀绝的教训。"(遗憾的是,这样的教训不久又被重复。)在文章的结尾处,谢冕又一次强调:"当前的诗歌形势是非常合理的。鉴于历史的教训,适当容忍和宽容,我以为是有利于新诗的发展的。"

显然,谢冕在此文中没有、也并不试图阐述多么深刻的文学艺术理论(这些在他以后的几篇文章:《失去了平静之后》、《通向成熟

244

的道路》《中国最年轻的声音》等等有进一步深入的阐述),他所谈及的,大部分是有目共睹的事实。他以一个诗歌评论家的敏锐感知告诉人们:诗坛新人们正在崛起,应当给予他们支持;同时提醒人们不要重走过去"大批判"的老路。遗憾的是,他的提示并没有引起人们足够的重视。

作为一名大学教授,作为一般人们心目中所谓"学院派"的一员,谢冕对于新诗潮的这种敏锐感知与平和态度确是难能可贵的。他所留给诗坛的,是自五十年代以来批评家们所鲜有的形象。而这篇文章本身,也标示着一批沉痛记取了"文革"教训、开始注重艺术本身性质与发展规律的批评家已在形成。

五 "新的美学原则在崛起"
——孙绍振的大胆标新与意想不到的复杂局面

一九八一年,《诗刊》在三月号发表了孙绍振的文章《新的美学原则在崛起》。据该文作者自己说,此文发表之前,他已经正式通知《诗刊》:不再同意发表本文,要求予以收回(这是任何一个作者应有的权力),原因是该刊为文章加了非同一般的"编者按"等等背景。但据说"已经来不及了"。

孙绍振到底在文章中写了些什么?还是让我们回忆一下这"第二个崛起"的实际内容吧。

可以看出,孙绍振是试图对他的大学同窗——谢冕的那篇文章中提出的问题作进一步的理论阐述。他认为:"谢冕同志把这股年轻人的诗潮称之为'新的崛起',是富有历史感,表现出战略眼光的",接着他提出自己的看法:"与其说是新人的崛起,不如说是一种新的美学原则的崛起。"孙绍振并没有对这种美学原则作一个集中和简约的概括和定义,但他通过引证与分析这批青年诗人们自己的诗歌主张,表述了这样的内容:这批青年诗人们开始从本质上是非我的"社会的我",回归于真正意义上的"自我"——自觉的我(包含有社会性),这具体表现,"他们不屑于做时代精神的号筒,也不屑表现自我感情世界以外的丰功伟绩。""不是直接去赞美生活,而是追求生活溶解在心灵中的秘密。"该文章引用青年诗人徐敬亚的话:"诗人应该有哲学家的思考和探险家的胆量",并随即指出:"这是我国当前的一种现实,迷信走向了反面,培养了那么多的哲学头脑,闪烁着理性的光辉。"然后,他集中论述了人的觉醒、人的价值问题;艺术创新与传统的关系问题;并论述了创新必然会遇到的阻力,以及从前人那里合理地汲取养料创新的必要性、重要性。这篇文章,除开始"绪论"性的两小节分段独立而外,其余数千字一气呵成,不分段落,读着它,令人眼前不能不浮现孙绍振作为一个雄辩家侃侃而谈的形象。

孙绍振将这股新诗潮称为"新的美学原则在崛起",无疑是十分有见地的。因为任何艺术创新的实质,都是一定美学原则、美学观念上的突破。再优秀、完美的艺术形式只能在其特定的美学结构之中达到优秀与完美,而要继续向前发展下去,就只有打破这种原则与结构,开拓新的美学结构。若非如此,所谓艺术创新只能是"驴拉磨"式的原地徘徊,绝不可能构成真正意义上的艺术创新。该文接下来所阐述的人的价值问题、创新规律问题,也都颇标新之意,即便今天读起来也是饶有余味的。但文章似乎尚缺乏艺术的分析——缺乏从美学的、诗学的角度对这些青年诗人的作品与艺术主张予以分析、总结、概括,尽管他文章的题目是谈美学原则的崛起;文章谈哲学理论、社会学的理论多于谈诗学与艺术哲学的理论;尽管作者赞同青年诗人们提出美学与社会学不一致、而注重艺术目的本身的观点(哲学、社会学与美学有关,但毕竟属于不同领域,不同层次的问题)。作者后来自己谈到,因为是约稿,他的这篇文章是仓促而成的,某些方面考虑得尚不十分成熟、周密。总之,孙绍振的这篇"崛起",带有鲜明的思想解放运动以来"反思哲学"的色彩,这种反思哲学,恰是以发现人、注重人、重新审视人性、人的价值、人道主义等问题为重要标志的。

从人性、人的价值、自我表现、人道主义等等在当时本身就十分敏感的问题出发,分析、阐述诗歌艺术之中的"新的美学原则",这在一九八一年初的中国文坛,显然是一种大胆的标新立异,加上《诗刊》的"编者按"等诸原因,孙绍振的这篇文章一发表,就使他原已生于心中的志忑马上兑现为现实中的轩然大波。《诗刊》自从发表该文之后,在第四、第五、第六、第七、第八等期连续发表了程代熙《评〈新的美学原则在崛起〉》等一系列辩难文章;并在同版右下角摘录了孙绍振文章的主要论点。到此时,文坛之"奇观"已不再仅属于文坛,而在其他领域引起共震;《诗刊》的讨论已不再是单纯的艺术、学术争鸣。

六 "崛起的诗群"——徐敬亚长篇论文的横空出世

一九八三年初,《当代文艺思潮》双月刊在第一期登载了徐敬亚的长文《崛起的诗群》。一位后来曾经著文与徐敬亚商榷的评论家看了徐文之后说:"才华横溢!"(这似乎更有说服力。)然而,《诗群》发表时诗坛的气氛与发表后引起的一系列波动,却使这篇文章显得颇有些"生不逢时"。

当然,环境、气氛、受到的"待遇"等等,这些毕竟是外在因素,它们并不会从根本上影响一篇文章的实际价值。囿于篇幅,我们在这里不可能对这篇洋洋三万余言,以其急促的节奏,表述了诸多新鲜、尖锐的观点的长文作以全面的、细致的评述。但可以肯定地说:徐敬亚的这篇《崛起的诗群》,在整个中国当代文艺批评界是不为多见的,说它是一篇有特点、有情彩的好文章是绝不过分的。作者不仅才思敏捷,感受准确、细腻,而且他本人又是这诗群中的一员,因而论述从容自如,绝无许多批评文章那种因不熟悉、不了解创作的真实情况,下笔千言,离题万里,不得要领,不着边际的弊端。徐敬亚在整个大学学习期间始终酷爱诗歌,致力于诗歌创作与对于当代诗歌现状的研究。他是我们在前面提到的吉林大学《赤子心》诗刊的核心人物,又是老诗人,该校中文系主任公木的课代表与得意门生,作者有可能比较系统地思考中国新诗的现状与它走过的历史,并把目光投向诗坛的未来。正因为如此,他才能以流畅的行文,丰富的材料,做出理直气壮的发言。随便举如下二例:

关于诗中"自我"的问题,自讨论展开以来曾多次引起论争,有些批评家仍习惯于以抽象意义上的所谓"大我"来反对"自我",而一些创新者也往往表现出对"自我"概念的偏执与极端,即忽视"自我"的社会性,历史性的一面。而徐文在论述这一问题时指出:"'自我'是个人对一代人的兄弟般呼吁! 是以民族中的一代人抒发对外在世界的变革欲的面目出现。这与西方现代诗歌中,那种在大生产高度发展,造成一定程度的个人与社会脱节、对抗的'隐私式'的自我心理,截然不同。西方诗人多是从游离于社会漩涡之外的纯个人角度抒写。而中国新诗人却是从阶级(这方面较少)、民族、国家或至少'一代人'的角度来写诗,绝大多数诗人的'自我'都具有广义性。"这样概述这一代青年诗人的"自我"观,是比较准确得当的。

又如对于这股新诗潮产生的渊源,徐文指出:它"绝不是几个青年工人读了几本外国诗造成的""'文革'这样大的社会动乱,这样众多的心灵扭曲,不能不形成强大的心灵冲决力量,不能不在这一基础上爆发文学革命! 诗,作为人性的最亲密的朋友,作为心灵与外界最直接的连通线，不能不发生转折性的变革！正是那些'吹牛诗'、'僵死诗'、'瞒和骗的口号诗'将新诗艺术推向了不是变革就是死亡的极端！才带来了整整一代人艺术鉴赏的彻底转移——这是新诗自身的否定，是一次伴着社会否定而出现的文学上的必然否定。"尽管论述显得急促，措词显得激烈，但对问题的阐述却是泼辣生动、一针见血的。

当然，徐敬亚首先是一个诗人（尽管也许他的这篇长文比他的诗更有影响），诗人的思维特点是情感与形象互为推进时，颇易把对象的某些特点推向极至；诗人的语言也往往受命于激情，而不易把握精当的分寸感。在某种程度上，《诗群》一文激情胜过思辨，文彩冲淡分析，抒怀有余而逻辑上不够严密的倾向，也是颇为明显的。加之这篇长文涉及诸多较为复杂的问题，也不免造成某些粗漏与偏差。这正像文学艺术史上任何一篇代表创新者的宣言一样，在总体的合理性之中，也往往包含着某些偏颇与谬误。

比如文章在论述三十年来我国诗歌发展状况时这样阐述道："我们严重地忽视了诗的艺术规律，几乎使得所有诗人都沉溺在'古典＋民歌'的小生产歌吟者的汪洋大海之中。可以说，三十年来的诗歌艺术基本上重复地走在西方十七世纪古典主义和十九世纪浪漫主义的老路上。"建国以来，大部分诗人都囿于"古诗＋民歌"的外在化形式之中无力自拔这是事实，但把这种诗的境遇，归结为"小生产歌吟者的汪洋大海"是不够准确的，是缺乏认真的理论思考的，因此并没能把握问题的实质。把我国五、六十年代以来的诗歌创作等同于西方古典主义与浪漫主义诗歌，也显得牵强，因为二十世纪中、下叶的中国与十七、十九世纪的欧洲，其经济、政治、文化等背景都是颇不相同的，而建立在这样不同背景上的诗歌，也是有美学上的本质差异的。与此相关，把古典诗词艺术归结为以封建政治、道德和小生产经济为基础，把民歌归结为以封建田园牧歌为特征，这样直接的对号入座，也显得武断和缺乏说服力。文艺的性质与经济政治制度的性质并不表现为如此简单的线性因果关系；文化的价值也并不以社会经济、政治的状况为转移。

此外，该文章把新诗潮的兴起概括为中国现代主义诗歌的兴起，我以为也是大可以推敲一番的。现代主义作为西方文学史上一个特定的思潮，是有它本身一系列复杂背景与具体特征的；况且，它现在已经属于一个过去名词。而我国的这一新诗潮，则有其独特的构成特点与发展轨迹，诸多方面都很难与西方现代主义诗歌等同起来——尽管它受了现代诗的某些影响。这一点，徐敬亚在文中的一些具体论述中已经接触到（比如上面谈及的对于"自我"观的论述等等），但由于他立论上的先入为主，这些实际上的差异却没能改变他的那一基本论点。正是基于上述观念，使他行文之中的诸多判断与结果显得欠妥。

但是，即使如此，《崛起的诗群》仍然包含了总体的合理性与历史的必然性。它宛如一艘匆促启航的船，虽然显得不十分稳健，但由于同历史的风向取得了一致，就使得这船不会在辩难的波涛中被掀翻、淹没，历史将宽容地张开双手在彼岸迎接它。这正像当年黑格尔评价狂飙突进运动的青年先驱者们所指出的那样："当这种热忱以狂欢的情绪迎接那种精神的新生的朝霞，不经过深沉的劳作，立刻就想直接走去欣赏理念的美妙，在某一时期内陶醉于这种热忱所激起的种种希望和远景时，则对于这种过分的不羁的狂想，人们尚易于予以谅解。因为基本上它的核心是健全的，至于它散播出来围绕着这核心的浮泛的云雾，不久必会自身消逝的。"①

....

① 见黑格尔《小逻辑》第 3 页。

七 第四次作代会与今日之诗坛

一九八四年底至一九八五年初,全国第四次作家代表大会召开。由大会的具体内容,使得本身跨越八四年与八五年的这次会议具有了某种"辞旧迎新"的象征意义。

此次会议上,在人们心目中实际上已经成为新诗潮理论领袖的谢冕与作为新诗潮主要代表诗人之一的舒婷当选为中国作协理事,体现了整个文学界对于诗歌创新运动的关注与支持。

二月十二日,中国作协理论研究室邀请在京部分诗人、评论家举行座谈——这是全国作代会后,作协主办的第一个座谈会。在会上,刘湛秋、谢冕、张志民、牛汉、杨炼、郑敏、李黎、屠岸、刘再复、邵燕祥等十多位老、中、青三代诗人、评论家纷纷发言,感慨诗坛新的春天得来不易,呼吁给予艺术探索者爱护、声援、支持。

同年三月二十二日,在厦门文学评论方法论研讨会期间,中国作协理论室与《诗探索》编辑部联合召开与会诗歌评论家座谈会,孙绍振、楼肇明、张炯等十余人先后发言,一致呼吁:要从根本上杜绝那种粗暴的、带有某种"大批判"余风的所谓批评,开展最符合诗歌艺术特征的美学的批评。许多发言者回顾了近几年诗歌创作与批评走过的道路,指出这是一个较曲折的过程,因而,今天诗歌的春天决不能再得而复失。大家在发言中还相互传告,北岛、舒婷、顾城、杨炼、江河等人的诗集已被译成英、法、德、瑞典、挪威、丹麦等多种文字在其他国家出版。有的评论家还通过具体分析,认为:在中国当代文学创作中,诗歌最有希望达到世界总体文学的先进水平。大家展望诗坛前景,对未来充满信心。住在厦门的舒婷应邀到会,并在发言中介绍了她与其他青年诗人的创作近况。

同年三月二十一日,《深圳青年报》文艺版,以整个版面发表了北岛、舒婷、江河、梁小斌、顾城、杨炼、付天琳、李钢、骆耕野、王小妮、孙武军、王家新、陈所巨、梅绍静、杨牧、张学梦、叶延滨、徐小鹤、徐国静、高伐林等二十名诗人的作品，并在同一版发表了谢冕与孙绍振的两篇短文。谢冕在这篇题为《它们存在并且生长》的文章中说："这股后来被叫做崛起诗潮的中国新诗运动，最敏锐地传达了时代大潮的潮音。他们令人目眩的挑战性创新，使当代中国人对神的否定和对人的重新肯定的这一时代精魂，在诗歌领域中成为实体。他着重强调了这样的事实："在文学的复兴运动中，新诗体现了变革的先声。"孙绍振的文章题为《自由的风在召唤》，他写道："在改革的浪潮面前，生活方式在迅速发生变异。……人的价值标准正在巨变，新的价值观念和审美心理模式正在崛起。"他指出："谁最先感受到这灵魂深处的伟大阵痛，谁就不能不改革诗。"

该版编者为此专版写了这样的编者按："改革之潮涌荡，触目皆是崛起！为推进文学改革，开拓创作自由之风，为展示我国诗歌新林阵容，本报博集了国内二十家青年诗人的最新作品，辑成诗专版……"

特区吹来的春风令人振奋——我们所处的时代，的确是这样一个崛起之时代。

我们不是几乎每天都能在报纸上见到以"崛起"为题目的报道吗？无崛起的精神，无崛起的气概，是无法赶上并超过世界科学文化的先进水平，使我国真正立于世界民族之林的。诗与文学艺术的崛起腾飞，是我们整个民族这次崛起与腾飞的一个部分，并将成为我国发达的科学技术文化与整个社会文明的一个标志。因之，诗歌艺术的开拓者与创新者，理应得到像在奥林匹克运动会上获得金牌的运动员，在国际声乐、器乐、舞蹈比赛中获大奖的青年艺术家同样高的荣誉与嘉奖！相信我们这个有着源远流长的诗的传统的国度，会比祖先更懂得诗的价值；更知道爱护自己的臣民——

诗人们;会更尊重诗人们辛勤的探索与创新!

诚然,真正的诗歌道路,任何时候都只有经过诗人们自己在艺术上的开拓才会出现。令人兴奋的是,今日之诗坛,正是由这样一大批勇于探索与开拓的诗人们所构成。本文已多次提及的当年那批先驱者,虽已愈加成熟,却并未停顿,他们都在不断探寻新的突破,并已又相继发表了一批新的力作。与此同时,一批又一批新人在不断崛起,他们的名字已达到排列不完的程度,几乎每一家刊物的每期,都会出现新的名字、新的诗歌。专门发表诗歌的诗报、诗刊,已增加到近二十家(这是自"五四"新文化运动,新诗产生以来所从未有过的)。无数非正式出版的诗报、诗页、诗刊、诗集,铅印的、打印的、刻印的,几乎漫布全国各地。选种诗歌繁荣、兴旺的生动局面,在当今世界各民族诗坛之中,也是不为多见的,这当是我们古老诗国的骄傲!

当然,并没有哪个新诗人在简单重复北岛、杨炼、舒婷、顾城、江河等人当年抑或今天特有的旋律,诗的疆野从来没有像今天这样宽广、开阔,并正朝着更加宽广与开阔的未来发展。但是,同样十分明显,由当年那批最初的探索者们所带来的那种新鲜的诗歌艺术气息,已经融入当今中国诗坛的空气之中,而这空气,正为无数后续的探索者所自由呼吸。

1985 年 6 月 9 日

(原载《批评家》1986 年第 2 期)

在融合中重铸东方的现代诗魂

本世纪初,伴随着"五四"新文化运动的疾风暴雨,西方诗歌与诗学理论曾第一次被大批介绍到中国,给予当时这个古老的东方诗国的诗歌创新与发展以极大启迪。这次东西两大诗潮交汇的结果,是中国白话新诗的全面确立,以及随之而来的一大批才华横溢的青年诗人们的崛起。然而,自四五十年代以来,因为各种因素的影响却使中国大陆诗歌与外界诗坛的联系与呼应一度中断了数十年(由于特殊的政治、历史原因,台湾当代诗歌的发展与大陆有所不同)。七十年代末,同样伴随着中国社会又一个新变革的到来,西方诗歌——尤其是西方现代派诗歌,又一次在中国诗坛产生了重大影响。我愿意这样说:这是一次意义更加深远的交融,因为在这次对西方诗歌的学习与融汇中,中国当代诗人们业已完成了对于现代主义相当充分的体验与选择,并且开始了自己具有独特的东方现代意识的拓展与创新,即某种意义上对于前者的挑战与超越。也正是在这次中西现代诗歌的对话中,在一批卓有成就的中国当代青年诗人崛起的同时,那些对于西方诗坛来说已成经典的西方现代派诗人们,却在当今的中国诗坛上神奇地显示出了活力。

以下,准备对西方现代主义诗歌与中国"新诗潮"之间的相通之处和某些根本不同之处作一次考察,目的在于揭示出东西方现代诗潮各自的内在发生与发展规律以及彼此之间的联系,使诗坛的探索者们更自觉地意识到自己在世界诗坛中所处的方位,并为当代国际文化的研究提供新的参照与可能。

理性的思考与无寄托的再现

在开始这次考察的时候,我想先与读者一道重读两首颇有影响的"朦胧诗",它们都出自于新诗潮运动的发轫者与重要代表之一北岛之手。第一首是他的《一切》:

一切都是命运
一切都是烟云
一切都是没有结局的开始
一切都是稍纵即逝的追寻
一切欢乐都没有微笑
一切苦难都没有泪痕
一切语言都是重复
一切交往都是初逢
一切爱情都在心里
一切往事都在梦中
一切希望都带着注释
一切信仰都带着呻吟
一切爆发都有片刻的宁静
一切死亡都有冗长的回音

从直观上看,此诗似乎并没有十分突出艺术手法或表现技巧上的标新立异,有些诗句甚至着意于直白。但全诗作为一个整体,却有很深刻和丰富的意蕴,它以十四个"一切"开始的排比句,用沉重与警彻的声音宣谕了当代中国青年先醒者们的人生思考,揭示了当时中国固有价值观念——无疑包括艺术价值观念——的全面危机。因此,它撼动了当时中国一代人的心灵,而这一代人正是被称作"思考的一代"与"崛起的一代",代表着中国"后文化大革命主义"("后文化大革命主义"——这里是借用西语的表达方式"Post Cultural Revolutionism",指七十年代末以来,中国大陆以对"文化大革命"的反思与清算为基点的整个文学与文化复兴思潮)文化思潮的整个青年一代。这首诗表现了一种鲜明的理性怀疑主义,即:反"文化大革命"期间的非理性狂迷;它甚至带有某种悲观主义的色彩,即:反五十年代到"文革"期间以"假、大、空"为标志的所谓"革命浪漫主义"(又曰"积极浪漫主义")——实质上的伪浪漫主义,表现了一代人深沉、痛苦的怀疑与反思。

另一首是他的《回答》:

卑鄙是卑鄙者的通行证,

高尚是高尚者的墓志铭。

看吧,在那镀金的天空中,

飘满了死者弯曲的倒影。

冰川纪过去了,

为什么到处都是冰凌?

好望角发现了,

为什么死海里千帆相竞?

我来到这个世界上,

只带着纸、绳索和身影,

为了在审判之前,

宣读那些被判决的声音:

告诉你吧,世界

我——不——相——信!

纵使你脚下有一千名挑战者,

那就把我算做第一千零一名。

我不相信天是蓝的；

我不相信雷的回声；

我不相信梦是假的；

我不相信死无报应。

如果海洋注定要决堤，

就让所有的苦水都注入我心中！

如果陆地注定要上升，

就让人类重新选择生存的峰顶。

新的转机和闪闪的星斗，

正在缀满没有遮拦的天空，

那是五千年的象形文字，

那是未来人们凝视的眼睛。

　　这首诗同样带有鲜明的怀疑主义与反思哲学的色彩，"我——不——相——信！"即明显表现了这一点。然而，它的怀疑主义与反思精神与《一切》都有所不同，而这一不同又带来两诗总体艺术气氛的不同。怀疑、反思历来是行动的前奏，如果说，在《一切》中我们所看到的还仅仅是怀疑与反思，那么在《回答》中，我们已经明显地看到了这种行动："我来到这个世界上，只带着纸，绳索和身影"，"纵使你脚下已有一千名挑战者，那就把我算做第一千零一名"，这是典型的叛逆者与挑战者的形象，这个形象从"死者弯曲的倒影"中站起，高呼"我——不——相——信！"情感的极度激烈亢奋，使得诗的意象——包括这个行动者本身产生明显的夸张与变形；沉重的悲剧感与作为先醒者与开拓者的英雄主义激情相交织；既显示着新的哲学意识，也代表着新的美学追求。"如果陆地注定要上升，就让人类重新选择生存的峰顶。"——这一诗句，实际上道出了二十世纪七十年代末,中国大陆即将到来的思想、哲学、文化、文学、艺术乃至社会生活等诸种领域全面变革的必然现实。

事实上,不管是在诗人北岛的其他作品中,还是在其他中国当代先锋派诗人的作品中,要找到比上述二诗更具"先锋"特点的诗句都是极容易的事。上文所以提出《一切》与《回答》,目的在于使读者们注意到这样一种基本事实:中国当今的"朦胧诗"与新诗潮运动,从一开始,就有其独特的当代中国政治、历史、社会、文化等总体背景,而西方自本世纪初至中叶的现代主义诗歌显然亦有其独特的上述背景,在这一点上,二者是迥然有异的,而这正是当代中国"新诗潮"能以极强的生命力生存与推进的关键所在,也恰是我们今天把握与分析它与西方现代派诗歌之间异同的重要立足点。"新诗潮"的支持者,与这一新诗潮同命运的当代批评家谢冕在《朦胧诗选·序》中这样写道:"回首诗歌在新时期崛起的艰难命运,我们的心情有不无悲凉的欢悦。中国的艺术也如同中国的社会一样,每前进一步都要付出代价。诗为自己的未来不悼于奋斗,诗也就在艰难的跋涉中行进。"这种诗(艺术)与社会的双重艰难,自我(诗人)与民族的双重孤独,历史与现实的双重沉重,正是当代中国特定哲学与文化气氛形成的原因,也正是一代有才华,有造就的青年诗人、艺术家艺术存在与艺术崛起的历史,文化契机。

繁兴于上世纪末、本世纪初的西方现代派诗歌,从法国的先驱者波特莱尔、韩波、魏尔伦,到集象征主义大成的马拉美、瓦雷里;从意象派的庞德,到与象征派、意象派既有联系又有其各自特点的叶芝、里尔克、艾略特、史蒂芬斯,乃至稍后的超现实主义诸公,其创作过程展示了当时西方传统的基督教文化的危机意识,一种西方知识分子受骤变的社会现实冲击之后的失落感。从波特莱尔的《恶之花》到艾略特的《荒原》,西方的现代诗歌为读者展示了上世纪末,本世纪初资本主义世界的一片"精神荒原"。金钱的恶性扩张,文化的急剧贬值,人与物质间关系的严重异化,这一切使得晚期浪漫主义甜腻、柔软的旋律再也无法继续唱下去了。随着乞丐、妓女、赌徒纷纷出现于诗歌意象之中,诗的美学品格也开始出现全面嬗变。这种《恶之花》中所流露的以丑为美的美学意向,《荒原》所宣示的旧的精神信仰崩溃、而新的精神支柱尚无从发现的悲凉吟哦,史蒂芬斯《安息日的早晨》中对家教的嘲弄,乃至瓦雷里在艺术上的象牙塔内对"纯诗"的冥思苦想,上述这一切,在当代中国朦胧诗人的作品中是难以体验得到的。而在西方现代派诗人的作品中,我们也就更无从体验得到北岛的《回答》、《一切》,顾城的《一代人》、《红卫兵之墓》,杨炼的《诺日朗》、《自在者说》,舒婷的《四月的黄昏》、《致橡树》,以及江河的《纪念碑》、《祖国啊,祖国》等等作品的气氛。这些基本构成上的不同,贯穿于这两种不同的诗歌、文化现象发生、发展的整个过程。

表现精神、文化的危机,表现对当时西方社会的怀疑、否定与批判,是西方现代主义的重要主题之一。但西方现代派诗人们的怀疑主义态度却有着与中国当代青年先锋派诗人的怀疑主义迥然不同的色彩与层次。在西方现代派诗歌中,渗透着一股消沉与阴晦的冷气——一种明显的反抒情,反诗歌的艺术态度。不仅没有美丽的幻想,没有浪漫式的抒情,没有内心世界中的小夜曲或乌托邦,而且也没有义愤与怒火,没有英雄主义式的愤慨。这种对社会现实,对传统基督教文化,对个人命运都毫无热情,毫无期待,毫无兴趣的极度失望与极度消沉,几乎在任何一位西方现代主义诗人那里都能不同程度地体验到,即便对传统文化依依不舍的艾略特也毫不例外:

河的帐篷支离破碎,最后
　的手指般的树叶

紧握,伸进潮湿的河岸。

风

吹过这片棕色的土地,无

　　人听闻。仙女不在此地。

——《荒原》

我感到女仆们潮湿的灵魂

在地下室前的大门口沮丧地发芽。

一阵阵棕色波浪般的雾从街的尽头

向我抛上一张张扭曲的脸

……

——《窗外晨景》

此刻,一阵狂风暴雨

把一摊摊肮脏的枯叶

和空地吹来的旧报纸

卷到了你的脚下。

——《序曲》

　　——沮丧,怅惘,变态,异化,乃至精神分裂。连现实中阳光明媚,鲜花吐妍的四月春光,在诗人眼中也变成了"最残忍的月份","在死去的土地里混合着记忆与欲望。"(见《荒原》)

　　而在中国先锋派诗人所创作的朦胧诗里,尽管不乏怀疑,不乏否定,不乏悲观与失望,但重要的,也同样不乏深刻理性精神的思考与决心变革现实、积极行动的热望,不乏爱情的憧憬与友谊的讴歌,不乏小夜曲、罗曼史,甚至乌托邦式的艺术幻想。这些特征不论在北岛、芒克、江河的作品中,还是在杨炼、舒婷、顾城的作品中表现得都十分鲜明。如北岛的《雨夜》、《黄昏·丁家滩》，芒克的《葡萄园》、《秋天》，江河的《星星变奏曲》、《从这里开始》，杨炼的《人与火》组诗、《秋天》。而舒婷与顾城的诗尤其突出，几乎每一首诗都显示着上述特点。即使中国诗人们的不满与愤怒，也明显表现出一种历史意识与时代意识（或民族意识），一种英雄主义的悲慨与愤怒。这与西方现代诗人那种心灵悬空，无所寄托，找不到个人在社会中的位置，极度空虚无聊的心绪是极不相同的。这是中国当代青年的声音：

> 也许旋涡眨着危险的眼，
> 也许暴风张开贪婪的口，
>
> ——《序曲》

> 呵，生活，固然你已断送无数纯洁的梦
> 也还有些勇敢的人
> 如暴风雨中
> 疾飞的海燕。
>
> ——舒婷《致大海》

他们知道自己所面对的现实与历史赋予他们的使命是严峻的，但恰好是这种社会现实与这些历史使命使他们意识到自身的存在价值，意识到他们在社会中的位置，因而有所追求，有所期待，而不是无所寄托，无所希冀。他们懂得自己生活与行动的意义，懂得自己与现实之间的支点，这就使他们不会如西方现代派诗人因找不到个人在社会中的位置，找不到实现自我价值的方式而导致极度的怅惘与空虚。即便是在西风萧瑟、落叶纷飞的深秋，他们仍旧聆听到："秋天用红硕的语言叮咛，/生命永远有新的含义！"因此,纵使"雁行沉入天边的暮霭,/严冬在地平线上徘徊。/风,尖利的呼啸,把绝望给世界带来,"他们仍然高呼而且奋进——"我要迎着大风雪,/让冰冷的大火烧炸胸怀。/自由的新绿呵,在哪里? /我以不屈的灵魂将你期待!"(杨炼《秋天》)

"失望"、"绝望"等词语虽然在他们诗中时有出现,但其更似为了进一步烘托他们英雄式的悲慨与痛苦,而不是真正意义上的失望或绝望。严格地说,他们从未彻底感到绝望过。这与西方现代派诗人并不轻易提及"失望"或"绝望",然其诗歌作品的字里行间却浸透着无以复加的失望与绝望情绪是极为不同的,这是中国当代青年先锋派诗歌——"朦胧诗"与西方现代派诗歌产生于不同社会背景与存在不同文化层次上的鲜明写照。

中国当代先锋派诗人的基本哲学特征是一种理性的怀疑主义;从这一点上考察西方现代主义诗歌,其哲学基础则是一种总体上的非理性怀疑主义。两者间一个最根本的不同就是:前者怀疑的目的是思考与行动,思与行之间是相贯一致无法分割的;而后者怀疑的结果是对自身存在怀疑与否定,这就失去了思考的必要与行动的目的,从而陷入无法解脱的虚无。

融合与超越

"新诗潮"中,中国青年先锋派诗人对西方现代主义诗歌的学习与借鉴,也是无可避免地以他们所处的政治、历史、文化、文学层次为基础,以他们个人的人生经历,美学兴趣,气质禀赋为转移的。

顾城在其文章中曾多次强调西班牙著名诗人洛尔迦(Lorca)对他的影响。他说:"我喜欢西班牙文学,喜欢洛尔迦,喜欢他诗中的安达露西亚,转着风旗的村庄,月亮和沙土。他的谣曲写得非常动人,他写哑孩子在露水中寻找他的声音,写得纯美之极。"又说,"真正使我震惊的是西班牙和它的那个语系的文学——洛尔迦,阿尔贝蒂,阿莱桑德雷,聂鲁达。他们的声音里有一种白银和乌木的气概,一种混血的热情,一种绝对的精神,这声音振动了我。"(见《青年诗人谈诗》)顾城所谈到的西班牙现代诗的上述特点,并不易在法国、英国、德国、美国等西方现代主义主要发源地的诗坛中找到,但是上述西班牙语系的诗人,以及希腊现代诗人艾利蒂斯等人的作品,更易在中国今天的现代诗人那里产生广泛共鸣。这里,我们提及的政治、历史、文化、社会发展特点等因素无疑起着重要作用。

当然,作为某种意义上对于现代主义文学运动的反响,中国新诗潮在其美学意向与艺术手法上也显示出与西方现代派诗歌的诸多内在相通之处,如艺术创造上高度强化的主体意识;具体技巧上的大胆标新立异;对潜意识、无意识、幻境、错觉的探索与追寻;对于外民族文化的极大兴趣;对固有传统的反思与扬弃等等。下面,准备就最能够反映出现代诗学本质特征的两个层次:艺术形式上的全面趋新与致力于独立的诗歌艺术空间的建筑作一比较与探讨,以勾勒出新诗潮的作品融入西方现代主义诗歌,又走出西方现代主义诗歌的过程。

其一,艺术形式上的全面趋新。

以形式上的标新立异,不和习俗作为显示与实现自身存在价值的某种方式,这是几乎所有具有先锋派、现代派意象的文学艺术流派的共同特点之一。现代主义文学的鼻祖之一庞德就曾强调说:"艺术家应当是未来主义者。他不是固有文化的收藏者,而是新文化的创造者。艺术家是一个民族最敏感的触须,而那些平庸的一般民众却不会懂得或相信他们伟大的艺术家。"①基于这样的理论主张,现代派的诗人、艺术家就可以摆脱读者反映方面的担

---

① 见《Modernism》,《A Dictionary of Modern Critical Terms》(London 1978)。

忧,坦然进行各种异想天开的艺术实验。

法国象征主义诗歌的主要奠基者之一韩波曾写过一首题为《彩色十四行》的诗:

> 黑 A、白 E、红 I、绿 U、蓝 O 母音们
> 我几天也说不完你们神秘的出身

我们很难说这首诗有某一特定的内在象征意义,诗人只是从不同的音母那里通过直觉交感体验到各种不同色彩,从而使听觉、视觉、触觉、动觉等相互包容,使抽象与具象彼此交汇。比如,韩波从黑"A"联想到"嗡嗡叫的苍蝇身上的黑绒绒的紧身衣",从白色的"E"联想到"高傲的冰峰","伞形花微微的振动",由蓝色的"O"联想到"号角的刺叫的奇怪的响声,被天体和天使们划破的寂静",等等。这种类似于"艺术实验"的特点,无疑是诗学观念上根本性变更的需要,是创立一种全新的诗歌表现形式,即所谓现代诗学所必然经过的过程。在新诗潮运动发端之时,中国的青年先锋派诗人们也都无一不抱着极大的热情投入对于诗歌形式技巧的尝试与创新。如北岛就谈到:"我试图把电影蒙太奇的手法引入自己的诗中,造成意象撞击和迅速转换,激发人们的想象力来填补大幅度跳跃留下的空白。"顾城还专门写过一篇题为《关于诗的现代技巧》的专论,具体谈了通感(——"视觉、听觉、触觉、嗅觉可以通过心来相互兑换"),意识流(——"意识流不过是一种纵向、交错、混合的全息通感")以及自由联想等等现代诗的表现技巧。

与当年西方现代派诗人相仿,中国当代青年诗人们也在相当程度上把创新的尝试集中在诗的最基本与最重要的构成形态——意象,以及意象的结构上,在利用直觉、错觉、幻觉创造意象;意象的通感、交感、超感;意象的印证烘托;意象的非逻辑性流动转换;

意象的并列穿插；抽象概念的意象化等方面进行了卓有成效的探索与创新。这无疑是中国当代新诗潮融合并超越西方现代派诗歌所必须经过的一个阶段。像中国青年诗人们的如下诗句："蟋蟀和狼群使黑夜紧张，我的性格铸成方鼎"（杨炼《敦煌·高原》）；"让脆弱的灯光落在肩头"（北岛《路口》）；"背景的天空仍然是我深蓝的顾盼"（黄翔《世界，你的裸体与你的隐体》）；"用黄金麦秆编成摇篮，把我的灵感和心放在里边"（顾城《生命幻想曲》）；"神经和石纹在阴影中拓展"（哑默《飘散的土地》）等这些不胜枚举的诗句中，对现代诗内在精神的体验已相当深入，对所谓现代技巧的运用也已经相当自如，相当内在化。

可以说，以朦胧诗作为发端的中国当代新诗潮，在其艺术手法与技巧上几乎包容了西方现代诗歌从象征主义、意象主义、表象主义、未来主义、超现实主义等等一系列艺术层次，这种规模的诗歌运动，即便对中国这个古老诗国来说也是罕见的，而在当今世界中，则更属绝无仅有。

法国象征主义诗歌的集大成者，瓦雷里曾谈到："在以往的这四十年间，我们的诗歌似乎走入了一个实验阶段，如此众多的探索摧毁了许许多多的偏见，联结起了许许多多曾被认为是不可相容的体系。"[①]用瓦雷里这段话来概括中国朦胧诗以来现代派诗歌的探索与发展过程完全合适，只是在中国，这一过程不是经历了四十年，而是不足十年——这一过程从七十年代末开始，到八十年代中期已经完成。自一九八五年至一九八六年以后，中国的先锋派诗人们已愈加自觉循着中国特有的历史与文化气息，迈向一个世界诗歌史上全新的境界，他们已经结束了借鉴而开始了创造，一种更具有中国与东方色彩的现代诗魂已逐步注入他们的诗歌实体。

① 瓦雷里《The Art of poetry》，New York 1961 年版第 194 页。

其二,建立自己独特的诗歌艺术天国。

这是诗歌现代意识的又一个基本特征。在西方传统的文化体系中,诗歌的外在性与实用性特征是十分明显的,直到浪漫主义阶段,诗仍旧被作为一种情感的宣泄与外化。从上世纪末开始,西方世界不断受到经济危机,科技发展,宗教冷落,乃至社会革命的一次次重大冲击,使得知识分子不能不返归到对自身存在的思考,而现代哲学、现代心理学和生物学的发展,特别是弗洛伊德对于"本我"与"潜意识"理论的提出,更为诗与艺术的自觉内向化提供了可能。根据弗洛伊德的理论,诗中所发现的"联想性逻辑"对于人脑,人的思想是内在的。因此,对于构造自己独特的诗歌艺术天国(与一般真实世界相对应)的艺术努力在现代主义诗歌中就成为极普遍的现象了。例如,叶芝建立了一个著名的神话意识体系,构成了标志他独特创作特色的诗歌天国;而洛尔迦则建立了一个具有地方色彩的诗歌体系,即那个令顾城心驰神往的"安达鲁西亚";里尔克则把基督教象征主义、古典传统、原型艺术与文化等相交融,构成一个既与现实生活密切相关而又明显不同,持续发展的梦幻。艾略特的诗歌中也能看出与上述诗人相通相似的诗歌意向。

尽管对于不少中国现代派诗人来说,构造一个独立诗歌天国在相当大的程度上是为了标示与保证自己艺术上与人格上的独立,并从而与政治上的"工具论"、"任务论"与"服务论"相抗衡,但这一意向进入到审美创造领域却恰与现代主义的上述基本精神不期而遇。

北岛对于诗的宣谕即明确表明了这一点:"诗人应该通过作品建立一个自己的世界,这是一个真诚而独特的世界,正直的世界,正义和人性的世界。"

江河也说过:"艺术家按照自己的意志和渴望塑造。他所建立的东西,自成一个世界,与现实世界发生抗衡,又遥相呼应。"

这里,中国现代诗歌运动的历史层次与现实背景又一次从不同角度显示出来:诗的独立世界,有正义、良知与诗人自我的情感、意志,与一般真实世界相对峙又相呼应。而如下杨炼、顾城等人的表述,则既包容了历史与现实的因素,又进一步地进入到了诗的更深的美学层次。

顾城认为:

> "一滴微小的雨水,也能包容一切,净化一切。在雨滴中闪现的世界,比我们赖以生存的世界,更纯,更美。
>
> 诗就是理想的树上,闪耀的雨滴。
>
> 万物,生命,人,都是自己的梦。
>
> 每个梦都是一个世界。
>
> ……
>
> 我也有我的梦,遥远而清晰,它不仅仅是一个世界,它是高于世界的天国。
>
> ……
>
> 我向它走去,我渐渐透明,抛掉了身后的暗影,只有路,自由路
>
> 我要用心中的纯银,铸一把钥匙,去开启那天国的门,向着人类"
>
> ——《青年诗人谈诗》

事实上,顾城的诗本身,就是他用自己"心中的纯银"铸成一个神话般的天国。读他的诗,常使我想起那个为瓦雷里所毕生追求,又被他宣谕为无法抵达的"纯诗"的世界,尽管顾城笔下的诗歌天国有着当代中国现实的投影,有着诗人独特的性灵。顾城的父亲,诗人顾工在一次座谈中曾不无惊叹地谈到,他的儿子写诗的特点,

是将情思化为梦境,然后再于梦境中构造诗境。这足以见诗人为抵达到这个独特的天国所开辟的神奇途径。顾城的《生命幻想曲》、《我会像青草一样呼吸》、《海的图案》、《逝者》等许多作品,都极其鲜明地标示着顾城那个奇妙的诗歌天国。

与顾城的梦幻与潜意识心象世界不同,杨炼则是在另一个层次上,以一种诗化的哲学——直觉与思辨的合金,去"返虚入浑","由道返气"(司空图语),构成一种兼具有东方色彩与现代色彩的"智力的空间"。正像杨炼本人所说:"一首成熟的诗,一个智力的空间,是通过人为努力建立起来的一个自足的实体。……诗的能动性在于它的自足性:一首优秀的诗应当能够把现实中的复杂经验提升得具有普遍意义,使不同层次的感受并存,相反的因素互补,从而不必依赖诗之外的辅助说明即可独立";"这个自足的实体,兼具物质与精神的双重特性,永远运动而又静止。它正注视着世界诗坛的中心缓慢而坚定地返回自己古老的源头。"(见《青年诗人谈诗》)

杨炼自八十年代以来的探索,正是一个逐步自觉进入新的诗歌空间创造的过程。他那些引人注目的组诗《半坡》、《敦煌》、《西藏》、《逝者》、《诺日朗》、《自在者说》、《与死亡对称》等等都是他上述诗歌观的展示。

在他的重要诗作《诺日朗》中,诗人将中国西部特定的自然景色、文化精神与他本人对这些对象的感受;他对于中国历史与现实的"理性直觉"——哲学与诗合二为一的特定把握,在神话传说的模式背景上印证在一起,全诗五个部分既各有其独立的意义,又紧密交叉互为映照,从而形成了一个极具传统的东方特色,又极具现代的中国文化气息的"智力的空间"。下面让我们以此诗为例,具体把握一下杨炼诗歌空间构想。

高原如猛虎,焚烧于激流

暴跳的万物的海滨

哦,只有光,落日浑圆地向你我泛滥,

大地悬挂在空中

强盗的帆向手臂张开,岩石向胸

脯,苍鹰向心

……

牧羊人的孤独被无边起伏的灌木所吞噬

经幡飞扬,那凄厉的信仰,悠悠

凌驾于蔚蓝之上

这是《诺日朗》的第一部分:《日潮》。这里,自然、历史、幻象、现实互为杂糅,互为渗透,互为叩问,构成一个特定的意象实体,一个"悠悠凌驾于蔚蓝之上"的诗的空间。

在这种特定的背景中,"我"——"真正的男人"在"黄金树"丛中出现(第二部分《黄金树》):

我是瀑布的神,我是雪山的神

高大,雄健,主宰新月

……

我的奔放像大群刚刚成年的牡鹿,

欲望像三月

聚集起骚动中的力量

我的目光克制住夜

十二支长号克制住番石榴花的风

我来到的每个地方,没有阴影

触摸过的每颗草莓化做辉煌的星辰

在世界中央升起

占有你们，我，真正的男人

——这是全诗的主题，男神，亘古而长新的生命力，展示着一个民族生机与希望的阳刚之美。

在第三部分的《血祭》中，诗人却向我们展示出另一幅人类图景：在非理性、无理性的激情与欲望的驱逐下，"一把黑曜岩的刀割开大地胸膛，心被高高举起/无数旗帜像角斗士的鼓声，在晚霞激荡。"在这诗的字里行间，读者的心也不能不被震撼，被纷繁变幻着的空间意象牵绕着，去重新体验人类共同经历过的悲剧，体验那些无法抗拒，而只能后而沉思的命题。

第四部分《偈子》中的八句诗，凝练而充满神秘感，其出现于诗的中部，既呼其上，又引其下，增加了全诗是总体气氛与空间结构上的紧凑感。"绝望是完美的期待/期待是最漫长的绝望……/或许召唤只有一声——/最嘹亮的，恰恰是寂静"——诗人似乎要告诉你人生、命运的全部真言，然而那佛与禅一般的东方式的含蓄，又使你陷入深长的思索中。

最后一部分《午夜的庆典》，全诗的总体气氛达到高潮，整个作品的空间色彩愈加突出。虽然诗人又一次吟哦起"高原如猛虎"的歌头，但此时接下来的却已不再是"焚烧于激流暴跳的万物的海滨"，而是"被透明的手指无垠的爱抚"；不再是"经幡飞扬"或血肉飞溅，而是渗透"灿烂而严峻的美"。一种强悍却是成熟了的气息在诗中流荡——"树根像粗大的脚踝倔强地走着，孩子在流漓中笑着/尊严和性格从死亡里站起，铃兰花吹奏我的神圣。"这些意象组合构成的空间，显示了一个民族历尽掠劫之后，觉醒，成熟，并开始在一个新的历史层次上崛起的巨幅画图：

此刻,在世界中央。我说:活下去

　　——人们

天地开创了。鸟儿啼叫着。一切,

　　仅仅是启示

　　毫无疑问,《诺日朗》从意象特征、文化背景到内在精神意蕴都具有鲜明的东方民族的特征,但同时,从它的外在艺术形式,到内在的文化风格又都显示着鲜明的现代精神和现代文化意向,它既凌然悬浮于客观真实世界之上从而超越之,又时时隐现着真实世界——历史与现实的波光云影与基本内涵。对于《诺日朗》,对于杨炼八十年代中期以来的许多作品,我们已经无法在西方现代派诗人那里找到一定的对应物了,这是一个东方的现代诗魂创造出的独特和神奇的崭新的诗歌宇宙,是一个令当今西方诗人们震惊与叫绝的诗的空间。而这一现象作为一种总体趋势,正在使一批中国当代先锋派诗人们的存在开始具有独立的世界文化意义。

　　综上所述:中国的当代诗歌已经过了溶入西方现代派诗歌,又走出西方现代派诗歌的阶段——开始了以自己独特的现代东方性灵进行创造的过程。

东方现代诗魂的内在动力

　　完全可以说,如果中华民族不是一个具有相当深厚而独特的历史,文化根基的民族,如果当代中国的社会现实不是一种具有强烈的忧患意识,深刻的反思精神与巨大的社会变革情欲的社会现实;如果不是处于自七十年代末以来,以“后文化大革命主义”为背景,中国大陆经久不衰,彼此相贯的“美学热”,“哲学热”,“社会科学热”(包括心理学、社会学、人类学等等),“历史热”,以及大批青年画家、艺术家、音乐家、小说家与评论家们的大批崛起——这些人类文明史上不为多见的哲学,理论,文学艺术创新与繁兴热潮汇聚成的文化复兴之中,则这次新潮的最高层次很可能只会停留在对于西方现代主义的一般摹仿上,即:仅学习到现代主义诗歌的某种技巧,而无法构成自己具有东方现代色彩的辉煌实绩,最终,在艺术层次上被西方现代主义诗歌所包容与取消;更不会以如此骚动不安,一波未平,一波又起的急促节奏与磅礴气势,迅猛、亢奋地向前推进。

西方现代主义诗歌的发展包含了这样几个不同的流派和阶段:早期象征主义,意象主义,未来主义,表现主义,后期象征主义,达达主义,超现实主义。此后,则因第二次世界大战后时代精神、文化气氛的改变渐见式微,趋于下坡。第二次世界大战后,西方各国诗坛相继表现出"后现代"倾向——痛苦化作嬉笑,反思转为幽默,凝重释作轻漫,艰深走向直白,诗歌的美学意蕴明显转变为简单与浅薄。当今欧美诗坛即是这种情形的进一步持续。当然,这期间仍时有某种颇具才气的诗人出现,然而从诗的总体构成来看,当今的欧美诗歌,已构不成当年现代主义诗歌那样的艺术阵容与开拓性气势。

而就发展过程而论,中国的当代新诗潮运动具有如下不同特征:

首先,以朦胧诗作为发轫的中国新诗潮并无上述西方现代派诗歌那样从法国象征派到英美意象派和德国表现派,而进一步到立体未来主义与超现实主义这种逐次推进与演化的过程,而是在不足十年之内,走完上述的整个过程,表现出几乎所有上述流派的影响因素。

其次,新诗潮的许多重要诗人,其作品中都既可发现象征主义的因素,又可发现表现主义、未来主义或超现实主义的因素,诸如北岛、顾城、杨炼、江河、芒克、严力等人无不如此。这与法国象征主义与超现实主义之间的时间隔异与代表诗人的根本不同，与美国的艾略特之诗风统治美国诗坛几近三十年、五十年代以后才逐步开始出现 J. 阿斯伯莱，A. 金斯堡，W. 斯坦福德等具有某种"超现实"倾向的新一代诗人的缓慢过程，无疑是极不相同的。自从一九八五年以来，便有越来越多的中国青年先锋派诗人的创办诗刊，结联诗社，发表宣言，从宣告"向舒婷挑战"，到认定"北岛们已经死亡"，这种超越与创新意识之强烈，发展与推演速度之迅疾，也是当代西方现代诗歌的发展所未曾经历过的。

其三，当"超现实主义"的痕迹与"后现代主义"的某种倾向掺杂在一起，在中国大陆更新一茬青年诗歌弄潮儿（"学院派"或"新生代"）的作品中被表现与发挥得淋漓尽致之后（即以虚幻、怪诞的方式写日常生活，主张以口语代替意象等等），中国的当代新诗潮并没有像西方现代派诗歌那样在"超现实主义"之后即出现颓势。不仅北岛、杨炼、顾城、江河等朦胧诗的"元老"们仍在不断拿出新的力作，而且像一九八六年年底推出的"中国诗歌天体星团"这样的诗歌强力集团其艺术阵容与诗的质量都明显超越了以"后现代"为标榜的那一茬"学院派"诗人，在诗的感性动力上将新诗潮推向了一个新的层次。在当今的中国诗坛上，要想对杨炼《与死亡对称》、《自在者说》等近作，对上海城市诗人张小波、宋琳等人的近作，对贵州的黄翔、唐亚萍、哑默等人的近作找到与其对应或相通的外国现代派作品已显得十分牵强，客观地说，已是完全不可能了。

——这就是中国青年诗人们这几年所走过的诗歌"现代"的道路，这就是当今中国独特的诗歌发展现实。

杨炼在他的题为《重合的孤独》的诗集英文版序言中写道："人在行为上毫无选择时，精神上却可能获得最彻底的自由。人充分地表达自身必须以无所期待为前提。"这种千年孤独一朝醒来之后狂放的精神骚动与四周历史必然性的限定；这种心灵所能意识到的自由的无限可能性与相对于这种精神的自由天国来说现实之中诸多不可能性。也许，这就是中国新一代诗歌开拓者们能够在二十世纪的七八十年代——这个对于大多数国家或民族来说不属于诗歌的年代，创造出一大批具有独特的人类文化价值，令世界文学界关注的诗歌作品的根本原因？也许这就是在当今这次中西诗学新的对话与交融中，中国新诗潮的弄潮儿们能够坦然步入西方现代诗歌之中，又同样坦静地越其而过，走向自己于冥冥之中能够洞见到的东方现代诗歌天国的可能性与内在动力？就此意义来说，中国当代新诗潮的前景，其潜在着的艺术可能性目前尚是难以估计的。而意识到这一点，则显然也就是本文该就此煞笔的时候了。

独特的诗歌之路

——读非马的诗集《路》

.

　　去暑来美国之前,北京的青年诗人顾城曾对我说:"芝加哥有一位搞核能的诗人非马,你应该读一读他的作品。"

　　——"搞核能的诗人",仅这一独特的词组就足以吸引我的好奇心了。我的诗人朋友们,大都是以全部精力从事诗歌创作,即使不是专业诗人,也是致力于向专业诗人发展,像非马这样以科技研究为职业,而诗歌创作亦搞得颇有声色的人,我的确还是第一次听说。前不久,终于有幸得到了他所惠寄的新诗集《路》。那散发着幽微的墨香之诗行,让我看到了一条独特的诗歌之路。

> 再曲折
>
> 总是引人
>
> 向前
>
> 从不自以为是
>
> 唯一的正途
>
> 在每个交叉口
>
> 都有牌子标示
>
> 往何处去
>
> 几里

　　这是与这本诗选同名的小诗《路》。仿佛是作为全集的象征与标示,这首小诗鲜明地体现了非马的诗简洁、明快、不假雕饰的重要特点。但他的简洁与明快,又不是流于肤浅与平庸,而总是力求微言大义,于语言的凝练与经济之中寓含蓄、深刻的生活哲理。"从不自以为是/唯一的正途",这一诗句生动抓住了"路"的特点,并将诗人的主观意绪与其融为一体。

《命运交响曲》一诗:

> 用一个不肯走后门的
> 骄傲的额头
> 在前门紧闭的
> 现实的墙上
> 定音

读罢也令人叫绝。诗人把音乐表相转换成具体而生动的诗歌意象,使二者相互包含又相互印证,其结果是寓理因情趣而隽永;情趣因寓理而深长,真是"情致所至,妙不自寻"(司空图语)。

诗人自己在序中写道:"科技的训练,无可否认地,对我的写作有相当的帮助。如果说我的诗比较冷静,较少激情与滥情,文字与形式也比较简洁,便不得不归功于这些训练。"对于许多诗人与诗论家来说是尖锐对立的诗与科学,在非马那里却得到了和谐与统一,这是颇值得我们思索的。

科学的研究不仅需要简洁,而且需要透过纷纭以外在现象抓住本质,揭示出事物运动的内在规律。读《路》中的诗歌作品,我们不能不发现其与上述情形惊人的相通之处。在《一千零一夜》一诗中,诗人写道:幼小的我,曾对"听一个故事,杀一个妻"的"天方夜谭"深信不疑。但"人,总有长大的时候",现在的我则对"诵一段经,杀一批异教徒/杀一批异教徒,诵一段经"这样的天方夜谭深信不疑。这首小诗,十分巧妙而又相当深刻地揭示出了数千年来,人类在其意识形态领域乃至今日仍在继续重复着的悲剧。这种不是靠一车兵器,而是以寸铁伤人、一箭中的的诗歌表现方式,确堪称为非马诗歌之一绝。

诗与科学在本质上是相通的,这就是诗与科学都对真与美一往情深,都追求生命最终的充盈与和谐,都企及着冥冥之中的终极与无限。直接击杀人类诗与艺术美好天性的是金钱的崇拜与权力的欲望,是程式化、通用化生产以后现代主义文化,它们不仅是诗与艺术的天敌,也是与人类探索科学的热情相悖逆的。非马相信:文学与科学具有相辅相成之可能;相信"今天的工程师不能再以专心于纯技术上的事务为已足;他必须能面对技术的、经济的、社会的以及政治的种种问题作整体的考虑与处置。"我想,正是出自如此观念非马才有其科研同时吟咏诗的"闲情逸致",才能在其诗中对中国台湾地区、中国大陆地区、美国的不同社会现象发表其独特的诗意引申与审美评价(参见《芝加哥小夜曲》、《越战纪念碑》、《狗运》、《恶补之后》、《染血的手》等诗)。

读毕这本诗集,我在想,非马所走的这条独特的诗歌之路,使他与现代社会生活有了更广泛与紧密的联系,而《路》中所体现出的他"作为一个现代知识分子"的自我意识,不又是值得所有现代知识分子借鉴与思索的人生之路吗?

一九八七年暑于杜克大学

(《路》,非马著,台北尔雅出版社出版,1986 年)

原载:《诗刊》第 141 期,1987 年 10 月 15 日

附录：
《诗与美》[①]·序

李泽厚

李黎同志要我给他的新诗评论处女集草序，我既高兴又感慨。

高兴的是，终于到了出整本书为"朦胧诗"作全面肯定的时候了。"朦胧诗"终于渡过了它那苦难的朦胧历程，由贬词变为爱称；不但在海外、不仅在年轻人的心中，而且也在所谓文坛中，在整个新诗的历史上。

我决不申诉

我个人的遭遇

错过的青春

变形的灵魂

无数失眠之夜

留下来痛苦的回忆

我推翻了一道道定义

我打碎了一层层枷锁，心中只剩下

一片触目的废墟……

但是，我站起来了

站在广阔的地平线上

---

① 李黎《诗与美》，浙江文艺出版社 1988 年 7 月出版。本文是李泽厚为《诗与美》写的序。

再没有人，没有任何手段

能把我重新推下去

（舒婷《一代人的呼声》）

几年以前，我曾这样写过："……在那变形、扭曲或'看不懂'的造形中，不也正好是经历了十年动乱。看遍了社会上、下层的各种悲惨和阴暗，尝过了造反、夺权、派仗、武斗、插队、待业种种酸甜苦辣的破碎心灵的对应物么？政治上的愤怒，情感上的悲伤，思想上的怀疑；对往事的感叹与回想，对未来的苦闷与彷徨，对前途的期待和没有把握；缺乏信心仍然憧憬，尽管渺茫却存在希望；对青春年华的悼念痛惜，对人生真理的探索追求，在蹒跚中的前进与徘徊……所有这种种难以言喻的复杂混乱的思想情感，不都一定程度地在这里以及在近年来的某些小说、散文、诗歌中表现出来了吗？它们美吗？它们传达了经历了无数苦难的青年一代的心声。"①这是 1980 年为《星星画展》写的。当时心里想的主要正是朦胧诗。我想着在斗室里悄悄地读着《今天》油印小刊上的北岛，我想着不断传来的对舒婷、顾城的斥责声……一切都似乎如此艰难，黎明的风仍那么凌厉，我准备再过冬天……但曾几何时，却已春暖花开，连小说园地也开始了千红万紫，我当年把它看做新文学第一只飞燕的朦胧诗，终于"站起来了"，没有任何力量任何手段"能把我重新推下去"。时代毕竟在迅速前进，尽管要穿过各种回流急湍，但一代新人的心声再也休想挡住了，历史是这样的无情而公正。我怎能不高兴又感慨?!

因为时间等原因，我干过多次书稿未读却大写其序的事情。这次，我倒是把李黎的这些文章大体都翻了一遍。尽管没有完全

---

① 《画廊谈美》，载《文艺报》1981 年第 2 期。

细读,尽管我觉得文章还相当幼嫩粗略,尽管有一些看法我大概不会完全同意,但整个书稿强调诗歌评论要从感受出发,要分析意象,强调审美评论的重要性和独立性,反对以"民族化"的名义排斥吸收外来东西等等基本观点,我是非常欣赏和赞成的。

评论难写,诗歌评论更如此。因为"诗家圣处,不离文字,不在文字"(元好问),评论却要以文字准确地和细致地讲出诗的"不在文字"之处。李黎的书不但批判了多少年来文艺评论那种没出息的依附性格和棍棒作用,而且提出了这样一些建设性的庄严任务。我想他和他的年轻伙伴们一定会去努力探索,接近和实现它的。我们的各种评论将日益成熟起来。

1985 年 9 月 8 日夜

李黎和他的《诗与美》

何　慧

　　李黎的《诗与美》由浙江文艺出版社出版了。当我得到这本书的时候,李黎已经西去美国,在杰出的西方马克思主义批评家弗雷德里克·詹姆逊(Fredric Jameson 1934—　　)的指导下进行新的学习。翻着这本收集了李黎从一九八一年到一九八五年发表的文章的著作,我仿佛又回到了几年前。那是中国大陆地区经历了严冬之后的初春,阴云密布,雷声隆隆,常有暴风雨将至的险情出现。新思想却有如萌发在枝头的鹅黄色,搏动在无数个冬眠初醒的人的心头。那是些急需确定和证明,又很难确定和证明的东西。人们习惯了以衣御寒,对温暖还很陌生。是夏天将至,还是回复冬天,这是萦绕在每一个人心头的疑问。多年的政治运动使饱经沧桑的中国人即使面对初春也满怀疑虑:一方面是对新世纪的渴望,另一方面是能否有豁出去的勇气。这是一个需要激情、热血、大无畏精神的年代,是一个勇气比思想更珍贵的年代。中国的知识分子在此时担负了更新中国文坛面貌的责任。年青的李黎是他们中的一员。

　　还在冬天的时候,中国当代的一些青年诗人,北岛、舒婷们就写下了属于春天的诗。他们生长在一个缺乏个性的年代,源远流长的诗学理论被埋葬在"封、资、修"的古墓里,不见天日。他们的耳膜常常被全民诗歌运动的噪音敲击着,诗心和诗技巧的自觉都没有得到培养。然而,对生与死的思考,对"我"的意义的证明,对小窗下友情的记忆,却轻轻地、朦胧而排遣不去地回荡在他们的心头,他们艰难地捕捉着属于自我感觉的一瞬间,以粗糙的嗓音唱出了他们稚嫩的情怀。他们是春天里鹅黄色的一群,是大自然恩赐给枯萎的大陆诗坛的一点小小的启示。但是,几十年的政治风云早已给人们注入了一套语言体系,人们能约定俗成地看到"红旗"就想到"革命",看到"东方"就想到"无产阶级革命阵线",却很难领会"春天"和"死亡","恶"和"伟大"的联系。许多人,甚至许多名人对这群青年人提出了责难。"朦胧诗"这是中国诗坛上需要怜爱的异端。对于诗人有什么能比得上高贵的内心感受?中国诗魂应该发端在心的原野上!谢冕、孙绍振、徐敬亚举起了三只有力的拳头为朦胧诗人塑像。还坐在课堂听课席上的李黎,也为朦胧诗喊出了自己的声音。这时评论家的责任远远超出了知音的成分。

今天,当我重新翻着李黎这本《诗与美》的时候,我已经不再为里头的文章而惊诧,那些聚集了热血和激情的雷鸣已经化入了沧桑的年轮。纵然正义感和英雄主义在中国这片灾难深重的土地上仍然没有失去其作用,可我们毕竟从二十多岁走向了三十多岁,从激情的年龄走向了应该思想果实累累的年龄。用三十岁的目光去看二十岁的作品,除了惊诧于二十岁的成熟外,更多的是看到了可爱。

在一段时期里,大陆诗坛不仅没有诗心,也没有诗论。我们的诗人和诗论家是躺在贫瘠的红土地上的。越是理论传统的断裂时期,我们的诗论家就越是徘徊在无体系之间的孤魂野鬼。指点作品对于诗论家同样是艰难的。恢复高考制后进入高校的学生,一个个踌躇满志,指点江山,又深知自己任重道远。李黎无疑是这群人中的佼佼者,看看《诗与美》中那些旁引、佐证,我们就可以知道李黎在那个时期读了多少经典理论、诗歌作品、史稿和传记。学生的好处是可以对先生的观点博采众收,李黎不仅向他的授课老师学习,也向校外有影响的先生请教。精力充沛的他就这样轻易地站到了当时学术界的前列。

中国是个缺乏理论体系的国家,读前辈们的文章,我们常常为他们对感觉的惊人准确的表达而拍案叫绝。他们的思想果实是认知性的,扩大了读者的知识面后就"完了"。不能在方法上给人们提供更多的借鉴和启示。时至今日,那些拿得出"体系"的人,都是些外语极好的人才。捕捉着开放渐进的"洋风",李黎已经尝试着用新的批评方法来解释玄而又玄的中国古典诗论的某些问题。李黎的思维品格是观念型而不是情绪型的。

大陆政治历来是一根绷得很紧的弦,稍一触动就会引起连锁反应并且波及很远很远。政治斗争的方式在文学界并不逊色。这种对立斗争的现象潜伏着两败俱伤的危机,它预示着一部分人的必然牺牲,只有另辟蹊径才能缓解这种现象。在这九百六十万平方公里的贫瘠土地上,那些半文盲的人们并不缺乏对政治、政治手腕的认识,倒是缺乏对于美的认识。李黎为他的批评选择了相当好的支撑点——审美。"在美的作品中发现丑恶含义的人是堕落的,而且堕落得一无可爱之处,这是一种罪过,在美的作品中发现美的含义的人是有教养的,这种人有希望。"(王尔德)。李黎对朦胧诗亮出了审美的尺度,再也没有什么能比把诗和美联系在一起更恰当的了。很久很久,那些患政治敏感症的人,习惯于由诗想到政治,却不懂得由诗想到美。诗歌就是这样远离了人们的心灵的。然而要在美学领域进行新的建树同样是艰难的,我们曾经把那么多珍贵的知识丢进了垃圾箱,我们还能不苦恼于有一天要用时的左残右缺?在那个还属知识沙漠的岁月里,李黎的思想成果不可能不是稚嫩的。然而难能的是最初的醒悟,第一次的尝试。不管以后历史会走得多么遥远,追本溯源,人们还会看到当初和第一。

读《诗与美》的后记,发现李黎评价自己是个"较长于情感表象思维,逻辑思维能力并不很发达的人",他似乎对自己成了成功的批评家而不是成功的诗人遗憾不已。我印象中的李黎确实是个感情丰富的人,他易为情绪所动,而且溢于言表,心软软的表达出来却带着北方人的粗豪,看见他,我常常想,我们质素中很美丽的一部分是被那个可恶的年代埋葬了。要不,我们为什么会对那么多已经逝去却还未来得及细细品味的美丽而悻悻呢?李黎发议论的时候最动人,满怀真诚,从容不迫地顺着自己的思路谈很久,常常令听者吃惊于他的发现。李黎本该是个出色的诗人,只是他生在一个没有诗的年代,进大学后又塞了一脑子的学术用语。李黎从不矫饰,他的真诚无遮无拦,这是他性格中最动人的一面,他常把友情送给他的前辈和同辈,连挑剔的人与他相交也会生生不忘。李黎认理时是执著的,他的许多文章是针对别人不严密和不准确的观点发议论,只是他的执著掩盖在温文尔雅且体贴对方的态度下,让人无话可说。李黎无疑是个讨人喜欢的人,但愿世俗的风雨不要把他击伤,但愿与人交往时他能少受点委屈。

每一个成功的人都有他的命和运,所谓"命"是人的内在质素,所谓"运"是他生活道路上的种种际遇。三十岁之前的李黎命运真是好!读完了硕士课程,出了三本书,又去美国读博士。这种好运气的年青人在大陆是可数的。我并不认为任何"我"有肩负"我们"责任的可能,但作为故乡人,我希望李黎在新的环境中同样出色,为了他自己,也为了我们。

1989 年 8 月 9 日

在诗与美的园圃中

袁济喜

李黎,1956 年 11 月生于吉林省长春市。1975 年起插队于内蒙古科尔沁草原。1978 年考入中国人民大学;1982 年考入人大中文系研究生。1985 年秋到北京大学中文系任教。现已被美国杜克大学正式录取为西方文学理论及比较文学博士研究生。自 1981 年以来,发表了《"朦胧诗"与"一代人"》、《新诗"民族化"之我见》、《美学的方法与当代文学批评》、《审美意象与舒婷的诗歌艺术》等数十篇论文。论文集《诗与美》将由浙江文艺出版社出版;与人合作的《中国现当代诗歌赏析》由作家出版社出版。

"无心插柳柳成荫"

他没有想到自己会成为一名驰骋论坛、激扬文字的诗歌评论者,更没想到在充满诗意的秋夜、在窗外蟋蟀的轻吟中、把一篇篇由逻辑思维的经纬交织成的文字编成批评文集,在哲理的遨游中,来体验诗情之美,把握时代的脉跳。

他出生在一个知识分子家庭。温煦开明的家庭熏陶和教养,熔铸了他正直和开朗的性格。和所有的新中国的六十年代的孩童一样,他有过诗一样瑰丽的憧憬。但是,十年动乱搅碎了这一切。在上大学期间,一个月白清风的中秋节夜晚,他与几个同学在颐和园佛香阁上,突然提起每个人谈一件生平最喜欢和最痛苦的事。

他说道,他最痛苦的是那一天听到自己的父亲被"揪出来了",而最喜欢的一天则是他在内蒙古插队期间,一首歌颂"上山下乡"的长诗歌被正式发表了。

是的,当时一浪高似一浪的政治喧嚣,使他继续怀着虔诚的心情来看待当时发生的一切,迷狂压倒了由痛苦而引起的思考。在艰苦的草原插队生活中,他的一个重要的精神寄托,是诗歌。诗歌使他灵魂升华,保持了昂扬的生活热情。他的气质、禀赋,使他喜欢情感的奔放和心灵的不羁。但在他近乎诗人的性格中,却夹裹着一种斥力,这就是喜欢直抒胸臆,喜欢论辩,因而冲淡了诗人应有的含蓄蕴藉和直觉体味能力,这使他有一天终于从诗歌的情感天地中走出来,而运用评论开门见山地抒发自己的人生感喟和意见。但惟其从诗人的天地走出来,他的评论又溶进了别人不曾有的细腻的感受和充沛的激情。在他评顾城、舒婷诗作的《诗与美的巡礼》中,这种激情与隽永深刻的议论水乳交融,汇聚成美的海洋。他的评论,永远不是西方斯宾诺莎那种"不要哭,不要笑,而要理解"的超然静观,而是继承了我们民族古典诗论那种重体验、重品位的情理合一的品评传统。

他的这种近乎诗人与批评家的两种气质要素的互为消长和彼此取代,是八十年代初那种特定思潮冲激而成的。当他一九七八年进入中国人民大学文学系学习之后,在如饥似渴地攻读专业的同时,偶尔也写些诗,他在校刊发表的第一首诗是《唱给阅览室的歌》。夜晚,每当他在自习完毕走出破旧的平房教室时,他总要即兴朗诵郭小川的秋夜诗,常不免引起后面同学的窃笑。七十年代末和八十年代初,是历史的变动期。从噩梦中醒悟过来的一代青年又饱尝了待业、冷遇、彷徨和错愕等人间辛酸。"正声何微茫,哀怨起骚人。"莺歌燕舞的雅正之声早已被人们所腻味,而一大批油印诗歌刊物,传达了当时年轻人的幽怨之声,表现了他们骚动不安,探求宇宙的心愿。这些声音不期而然地传到了大学校园,传到了李黎和他的同伴那里,在久渴的心灵里,灌进了滋润的甘露。朦胧的诗境与并不朦胧的心境一叩即合,他的诗歌审美趣味开始转换,被感化、被紧紧地攫住了。这些诗歌中出现的审美问题,引起了他的深思,他经常在宿舍里和同学争论这些诗的美学追求。但是,在当时的刊物上,却不断传来对这些诗歌的斥责、嘲弄。在一九八一年的五月,这种斥责达到了高潮,《文汇报》发表了一位老诗人的长篇文章,以大半篇幅来挪揄和指责"朦胧诗"与"一代人"。

闷热的夏夜,闷热的心境,使他感到窒息般的压抑。难道在十年动乱中付出如此沉重代价的青年一代,用自己的嘴,说出一两句心里的话,竟如此不容于世。整整一年多来郁积在心头的思索,终于喷薄而出了。第二天,他一反往常地没有去上课,在阅览室一气呵成了那篇《"朦胧诗"与"一代人"》的文章。当他写完这篇文章后,才觉得心里好受了些。

《文汇报》发表了这篇文章后,从各方面传来了各种信息反馈,批评,责难,当然大多数是热情支持与鼓励。这使他进一步懂得了批评的责任,从此,一发而不可收了。他就当时诗坛激烈争论的问题,发表了自己的看法,写出了一系列的文章:《新诗"民族化"之我见》、《时代精神与诗人自我》、《还人情美于诗歌——谈近年来诗歌创作中的人道主义倾向》、《新时期诗歌的基本美学特征及其评述》,虽然受到冷落——这些文章在当时的气氛中不可能得到承认,但是却培养了他的理论兴趣,坚定了他献身诗界评论的信心,而在不知不觉中放弃了做一名诗人的打算。他为自己的评论集《诗与美》写后记时,引用了舒婷的名句,来说明自己这种转换与时代的关系:

也许/由于不可抗拒的召唤/我们没有其他选择!

历史上,投身文坛批评的人有各种原委,有感于文坛凋敝的,有以摩玩诗画来消闲的,也有用文艺批评来呐喊,来做时代弄潮儿的,这两种境界是大不相同的。而李黎的发轫,则始于"不可抗拒的召唤"。惟其如此,他的批评才能保持敏锐的触角。

"诗歌,期待着美学的批评"

也许由于诗境的陶染,他对美好的事物一往情深。他的论文集名之为《诗与美》,绝不是从名称上考虑的。美存在于具体的生活中,大学期间,对知识的渴求,对真理的追求,以及与众多的艺术爱好者的交往,使他在文艺创作和批评过程中,真正体会到艺术的灵魂是美。美的境界也就是人格独立、人性完美的境界。这就是他在论文中屡次引用、阐发的马克思的名言:美是人的本质力量的对象化,即在一个独立的情感统辖的世界中熔铸自己,直观其身。

他认为,美学的批评就是从感受出发,"我总觉得,对于一首诗的感受、鉴赏、品评,实际上就是对美的感受与把握的一种具体化。因为诗的本质特征就在于:通过感性的审美意象抒发诗人的情感(这情感中包含着思想、意志、欲念、憧憬等等成分),而美的本质恰在于人的本质力量的对象化。"这是他的肺腑之言,也是他与诗友交往中悟出的一点甘苦之言。古人说:"缀文者情动而言形,披文者观文以入情"。只有与创作者的诚挚相交与彼此尊重,只有对诗歌创作规律的熟谙,才能知道:诗歌始于形象感受,终于意象传达,是主客观统一的审美结晶。因此,他在一系列的文章中强调,诗歌批评要从审美感受开始,进而考察诗歌的审美价值以及这种价值中蕴含的社会意义与思想内涵,总结诗歌创作与鉴赏的内在规律。这些议论虽无高深之处,但却敏锐地抓住了长期以来批评者的痼疾,提出了疗救的方针。长期以来,文艺批评成为政治运动和形势变化的应声虫,批评家丧失了独立人格,完全用外在的道德教条和政治法规来裁剪文艺作品,无情地芟除了作品生动活泼的美学意蕴,剩下的只是干枝败条。批评家在"批评"别人的过程中,自己也形成了一套固定的批评尺度和思维模式,积重难返,以至今天的文学批评界也难以完全驱除这种积习。因此,李黎提出这种意见,无疑具有切中膝理的作用。马克思说过,理论在一个地方的实现程度,决定于那个地方需要它的程度。同样,理论价值的高低,除了自身的因素外,还在于它被时代承认、接受的程度,它是在对象中获得自己的地位与作用的。李黎诗论中表露的这些新颖意见和主张,正越来越被当代文学批评界所接受,形成新的批评原则。

"走向成熟的原野"

大学生活是美好而又纷繁的,虽没有社会上那种喧嚣、纷扰,但在这块土地上,仍然交织着真善美与丑恶的碰击。社会上和文艺界的风风雨雨,也吹洒到这块土地上。三年研究生生涯和四年大学本科生活,以及涉猎评论界的路途,使他逐渐成熟了。如同绝大多数正值韶华的大学生一样,在校园里他也经历了爱情的各种碰撞和波折。正如他所说的:"每个人心中都有一块埋葬往事和爱情的墓碑。"它记载着一个人追求和幻灭的足迹,标志着一个人的成熟。在《呵,我是秋天》这首诗中,他曾经写到:"我走向成熟的原野。/……/冷漠的冰雪/幼稚的蓓蕾/迷狂的蝉噪/一切都不属于我/我是坦然绽开的……"

他的评论生涯也不断向纵深发展。自从立志献身批评界之后,他就发誓,要为自己的立论负责,要把评论植根于坚实的科学真理土壤之中。因而,各种基础理论—— 中国的、西方的、古典的、当代的,都成为他涉猎、吸收的精神滋养。如果说,在他第一篇讨论文章中,还是社会历史的评论占主要地位的话,那么,在以后的学习和批评中,他把这种批评与艺术的本体——美结合起来,既重视美感形式,又高屋建瓴,用美学理论来分析诗歌的审美价值,将现象上升为本体。从《"朦胧诗"与"一代人"》到《诗歌,期待着美学的批评》,再到评论舒婷诗歌的一组意象论文章,标志着他的理论的成熟与批评方法的确立。尽管某些具体观点不无商榷之处,但说明他逐渐从注释和鉴赏的批评转入了美学的二层次交融的批评——理论分析与感受相结合的评论。这种方法对纠正当代批评理论与具体感受相脱节的某些现象是十分必需。

殷实的果实,保持着纯真的本色之美。李黎跻身批评界的历程,与别人相比,在于他的这种赤子真心与本色之美。他始终以他的笔追踪着文坛的发展,呼唤真善美而针砭那种依附政治说教的"批评",始终保持着他当年发表第一篇文章的犀利文风和喜欢争辩的秉性,没有遁入用玄学和新名词去敷演文章的路径。如果说这就是"幼嫩粗略"的批评,那么这种赤子之心倒恰恰是他的特色——当然,这并不意味着他的理论深度不应该加强。也许,文学批评的蓬勃生气,并不在于如同西方旧解释学所说的那样,是对作品奥秘的心解,而在于他站在历史和现实相结合的高度,从人类学的本体存在意义出发,率先发出得风气之先的呐喊、心声。纯粹的解释总会被新的科学发现所取代,而这种赤子之心发出的思考、议论,却不失其永久的批评魅力。这就是刘勰、钟嵘、司空图与柏拉图、康德、黑格尔、尼采的美学和艺术批评永远不会为自然科学方法所取代的原委。愿我们的批评家永远不失其风水相逢、自然成文的赤子之心!

(原载于上海《萌芽》月刊 1986 年 8 月号)

后记·诗是什么

诗是什么？

在诗歌早已被"边缘化"的今天，"诗是什么"这个议题本身还有意义吗？

在一个讲究"实际"，关心"实效"，注重"实用"，崇尚"实力"的"务实"时代，在拜金主义大行其道的社会潮流中来定位诗歌，诗歌也许什么都不是，并且很容易被流行的网络语言解构或解读为"诗是神马？"

的确，诗既不能当饭吃，也不能当物用；既无法买卖交易，也无法典当拍卖；当然更不能去用作"抵押贷款"或"打包上市"。其他门类的艺术品，由于其具备实用性或装饰性，书画尚可以按每平尺论价，歌曲也有可能按市场需求论价，而诗则无法评估出多少钱一行、多少钱一首、或多少钱一斤。

与"务实"相悖逆，诗的核心审美价值恰恰是其空灵与虚幻。诗一旦"务实"了，将马上会蜕变为顺口溜和大白话，从而诗意全无。古今中外，上下千载，莫不如此。宋朝著名的诗论家严羽曾做出如此精辟、深邃的论述："盛唐诸人唯在兴趣，羚羊挂角，无迹可求。故其妙处莹澈玲珑，不可凑泊，如空中之音，相中之色，水中之月，镜中之象，言有尽而意无穷。"短短几十字，把诗的真谛，诗该作为一门艺术的特质描写与阐述得淋漓尽致。诗所追求的正是这种美感与审美享受，而审美是没有实用性、利害感与功利目的的（德国哲学家康德语）。

其实，"诗是什么"作为一项诗学本体论研究的课题，我在上世纪八十年代中期去美国留学之前就已经完成了，相关文章已收入了本书；并且，当年我在北京大学任教时开设的"诗歌美学"这门课中也已对这一课题做了详尽的探讨。那么将近三十年之后，我之所以有"雅兴"重新提出这个议题，并出版这本书，主要是有感于今天我们中国人的精神生活被"实"的物质化的东西充填得太满了：拜金主义，消费风潮，利益至上，等价交换，等等，充斥人们的思想与观念之中，仿佛各大都市街面上填得满满的汽车，几乎失去了自由行驶的空间，以至于人们只能于拥堵之中，无奈地吸食着被污染的空气一样。为数众多的人们即消费者，似乎已经在商品经济的麻醉剂中不知不觉地逐渐丧失了审美的能力与感知、品味、享受幸福的能力。走过了头的实用主义文化：以金钱论实力，以财富说成败，以权势论高下，使人们为利益与财产而焦虑，去打拼，甚至而坠落⋯⋯

"和谐社会"不仅是一个重要的执政与治国理念，也是一个深刻的哲学与美学命题。但应当明悉的是，社会是由无数个体组成的，因此一个和谐的社会必然由每一个个体的愉悦感、幸福感、认同感、归宿感所构成的。众多个体的问题，必将成为普遍的社会问题。个体的内心不和谐、不幸福，一个社会也无法和谐，也很难具有令人满意的幸福指数。我们很难想象一颗不会审美的心灵会是一颗充满美感与幸福感的心灵。

当然，搞经济开发与建设需要求真务实，这并没有错。但是与世间一切事情一样：过犹不及，物极必反。如果过度开发与失衡建设，结果就要走向其开发与建设的反面：不仅自然资源与生存环境受到破坏，人们的思想与价值观念也将受到侵蚀，出现谬误。如果商品经济的发展浸蚀了包括文化、教育、审美甚至宗教在内的一切领域,那么就必然会出现社会的精神与信仰危机,就必须要有一个及时、有效的矫正。因为说到底,发展经济建设、提高 GDP 等等,无非是为了让更多的人们享有幸福与美好的生活;如果人们丧失了审美的能力与感受幸福的能力,那么我们的经济建设,我们要搞的"城镇化"工程,我们要实现的"小康社会"、"和谐社会"与"美丽中国"之构想等等,岂不是丧失了最基本的现实支撑点?

有美好情怀才能欣赏美妙山水;有美丽心灵才能构建美丽家园;"美丽中国"的构想只有当作为审美主题的人赋有了丰盈的精神、文化意蕴,方能显示出其活力、魅力、感召力、凝聚力与影响力。

在此意义上来说,人类几千年积累的诗歌艺术瑰宝,古人们所乐道的"思与境谐"、"物我两忘"、"天人合一"的境界,马克思所述:"美是人的本质力量的对象化"等等著名论断,都在说明同一个道理:诗与美正是滋润、慰藉当今社会之中人们干涸、饥渴的心灵的珍贵甘露……

近年来,也有人把当今中国社会的精神与信仰危机归结于中国缺少宗教传统。中国不是一个宗教国家,这是事实。但中国五千年的历史并未因缺少宗教而断裂或消亡,这也是不争的事实。在这中间,以诗歌为核心的辉煌灿烂的审美文化的确在中华民族的延续与发展中扮演了很重要的角色。

我个人认为,这个以诗与艺术为核心的审美文化是比宗教文化层次与境界更高,而且心灵上真正自由的精神追求,其中所蕴含与体现的真善美,可以使人的心灵得到更为充分的净化与升华,并达到超越宗教、更为自觉的人生境界。北京大学的老校长蔡元培先生早就提出过"以美育代替宗教"的著名主张,这在 21 世纪的今天,更显示出其重要的学术价值与深刻的现实意义。

每提到大学,我总会情不自禁地想到人大与北大:一所是把我培养成才的大学,一所是为我提供人生第一个讲台的大学;当然,还有我的美国母校杜克大学，那里赋予了我更为开阔的国际视野。大学永远是青春的代名词，大学也从来就是诗歌的摇篮与氧吧，因为诗永远属于青年，属于青春。我非常高兴，也非常荣幸我的这本关于诗歌的书能够由中国青年出版社：这个专门面向年轻一代的出版机构出版。我要借此机会真诚地感谢中国青年出版社的领导与朋友们，尤其要感谢本书的责任编辑李磊为出版此书所付出的辛勤劳动！

同时，我也要向我尊敬的前辈李泽厚教授、欧阳中石教授、谢冕教授致以诚挚谢意！不仅要感谢他们为本书做点评与推荐，更要感谢他们几位多年来对我的引导、关爱与支持！

是为后记。

李黎

2013 年 8 月 5 日于北京